Zwarte piste

D1425963

Bezoek onze internetsite www.awbruna.nl
voor informatie over al onze boeken en dvd's.

Suzanne Vermeer

Zwarte piste

A.W. Bruna Uitgevers B.V., Utrecht

© 2011 Suzanne Vermeer
Omslagbeeld
4 Eyes Photography/Photonica/Getty Images
Omslagontwerp
Wil Immink Design
© 2011 A.W. Bruna Uitgevers B.V., Utrecht

ISBN 978 90 229 9709 3
NUR 332

Amsterdam, september 2010

Unit ID: 154247057	Bin Number:	Shipment: 61567512
8 Oct 2018 06:26		International
UK2 Intexion	**UK2-22-12-E2**	
KM-263-135	9789022997093	Used - Very Good
Zwarte Piste		
By: Vermeer, Suzanne		

5118

1

Saskia wierp een korte blik in de spiegel. Mooi, de regen had weinig schade aangericht aan haar make-up en kapsel. Onder de paraplu van Roel hadden ze het stuk tussen bioscoop Pathé Tuschinski en deze kroeg half rennend afgelegd. Niet bepaald ideaal tijdens een eerste date, maar aan de andere kant had het ook wel wat.

Ze haalde een hand door haar korte, blonde haar en liep terug het café in. Het was een bruine kroeg zoals er in Amsterdam wel meer waren. Een lange bar waaraan de stamgasten zaten aan de ene kant, houten tafeltjes die vooral door stelletjes bezet werden aan de andere kant en de ruimte daartussen waar voornamelijk groepjes stappers bewust of onbewust hun territorium afbakenden. Saskia ging tegenover Roel zitten die een onbezet tafeltje had gevonden en wat te drinken had gehaald.

'Hopelijk is het te drinken,' zei hij terwijl hij een glas rode wijn voor haar neerzette.

Hij hief zijn glas. 'Proost.'

'Op een gezellige avond,' zei Saskia. Ze nam een slok en knikte tevreden.

'Lekker. Stukken beter dan het migrainespul dat bij ons in de schappen ligt.'

Zijn glimlach leek oprecht.

'Toch hoor je vaak dat mensen sommige wijnen uit een supermarkt beter vinden dan die hun slijter aanbeveelt. Ik ben een volslagen leek op het gebied van wijnen, hoor. Wat overigens ook voor andere dranksoorten geldt. Af en toe een biertje en daarmee houdt het voor mij op.'

Saskia haalde haar schouders op. 'Ik ben ook geen kenner. Om een globaal beeld te krijgen heb ik de supermarktwijngids een paar keer doorgebladerd. Keuze genoeg. Inmiddels ken ik een stuk of twintig merken die bij ons in de schappen liggen en weet ik ongeveer hoe ze smaken.'

'Maar je moet een klant toch advies kunnen geven? Wat gebeurt er als iemand jou bijvoorbeeld vraagt naar een lekkere rode wijn?'

'Dan wijs ik een merk aan en vertel mijn verhaaltje. Of ik zeg dat een collega het een lekker wijntje vond maar dat smaken verschillen hè?'

'Dat meen je niet.'

'Ja hoor. Het werk dat ik doe stelt weinig voor. Het beste bewijs daarvan is mijn loonstrookje. Ik zou niet weten waarom ik daarvoor een sommeliercursus zou moeten volgen. En bovendien hebben we bij de populairste wijnen advieskaartjes staan. Mensen verwachten in een supermarkt ook niet gauw dat je hen persoonlijk uitgebreid kunt adviseren, dan gaan ze wel naar de slijterij.'

Ze nipte van de wijn en wilde het gesprek zo snel mogelijk een andere wending geven. Weg van de supermarkt waar ze Roel had ontmoet en met tegenzin haar geld verdiende.

'En wat doe jij voor werk?'

'Financieel adviseur,' antwoordde Roel meteen. 'Ik werk voor een bedrijf dat zich voornamelijk bezighoudt met startende ondernemers. Het kantoor ligt drie straten van jouw supermarkt vandaan. Al ben ik daar niet zo vaak omdat ik tachtig procent van mijn tijd aan het bezoeken van klanten besteed.'

'Beginnende ondernemers, in deze crisistijd?'

'Ik kan me voorstellen dat het vreemd klinkt,' zei Roel. 'Maar juist in deze lastige tijden zijn er enorm veel inschrijvingen bij de Kamer van Koophandel. Gepast werk vinden is zo'n crime, dat heb je zelf ook gemerkt, en daarom besluiten hele volkstammen voor zichzelf te beginnen. Vooral de starters laten zich op financieel gebied goed voorlichten, om beginnersfouten te vermijden.'

Hij haalde zijn schouders bijna verontschuldigend op. 'Op veel mensen komt mijn werk gauw over als een saai beroep. Maar dat is dus niet zo. Het is echt een uitdaging om mensen een juist advies te geven. Als ze hiermee aan de slag gaan en het pakt goed uit, heb ik daar voldoening van. Noem het eer van je werk.'

'Maar ik neem aan dat het ook weleens misloopt,' haakte Saskia in. 'Hangen die klanten dan briesend van woede aan de lijn?'

Roel schudde krachtig nee. 'Het komt weleens voor dat het niet zo loopt als vooraf ingeschat. Het blijft tenslotte ondernemerschap, nietwaar? De fout, als je daarvan mag spreken, ligt dan bijna altijd bij de ondernemer. Mijn adviezen worden namelijk standaard onderbouwd door statistieken en toegegeven, ook daar kun je niet altijd van uitgaan, want er spelen te veel factoren mee. Ik kan adviseren en probeer vooruit te denken, maar ik kan niet de toekomst voorspellen.'

Hij nam een slok van zijn bier en maakte met een handgebaar duidelijk dat hij het over iets anders wilde hebben. 'Hoe lang werk jij al in die supermarkt?'

'Veel te lang,' lachte ze. 'Bijna een halfjaar.'

'Maar wat heb je daarvoor dan gedaan?'

Om wat tijd te winnen nam ze een flinke slok van haar rode wijn. Moest ze nu alles over zichzelf en het afgelopen jaar gaan vertellen? Konden ze het niet gewoon over de film of over muziek hebben? Makkelijke, veilige onderwerpen waardoor je de ander toch een beetje beter leerde kennen? Misschien stelde ze zich aan, maar haar gedwongen ontslag en de baan die ze nu had waren sterk verbonden met wat er nog meer mis was gelopen afgelopen jaar. Daarom had ze het er liever niet over. Maar dat kon Roel niet weten. En dat hoefde ook niet. Ze kon het even kort en zakelijk over haar werk hebben. Dat zou bij een eerste date normaler overkomen dan het opzichtig vermijden. Hij gaf haar de indruk dat hij haar echt wilde leren kennen. Of zij dit ook wilde, wist ze nog niet. Ze was al maanden niet uit geweest en wilde eindelijk weer een beetje lol. Op zich leek hij iemand die het rustig aan wilde doen, wat ze wel prettig vond, maar ze wilde het ook een beetje luchtig houden en hij leek haar erg serieus.

'Ik heb op de kunstacademie gezeten en ben daarna in de binnenhuis-architectuur gerold,' antwoordde ze naar waarheid. 'Vooral de jaren dat ik voor een architectenbureau werkte, waren ontzettend leuk.'

De intensiteit waarmee hij luisterde en haar aankeek vond ze wel een beetje eng. Hoewel hij probeerde losjes over te komen, had hij iets geforceerds over zich. Alsof deze date zeer belangrijk voor hem was en hij tot het uiterste wilde gaan om deze avond maar te laten slagen. Zou hij soms eenzaam zijn? Of zou hij een nieuwe klant in haar zien?

'De crisis maakte een einde aan dat leuke leventje,' ging ze op luchtige toon verder.

'Ook in mijn bedrijf vielen klappen. Binnen enkele maanden daalde de omzet drastisch en moest ik vertrekken. Omdat de hele branche met een zware terugval te maken kreeg, kon ik een baan bij een ander bureau wel vergeten. Nadat het grootste deel van mijn spaargeld was verdwenen, moest ik ander werk vinden. Uiteindelijk werd het een bedrijfsleidersfunctie bij een supermarkt. Ik hoopte nog dat ik met mijn achtergrond de winkelindeling kon verbeteren, maar uiteindelijk sta ik soms ook gewoon vakken te vullen. Een groot verschil met het bezoeken van vakbeurzen en uitgebreid lunchen met klanten, kan ik je verzekeren.' Ze moest er zelf een beetje om lachen, maar Roel lachte niet mee.

'Wat een verhaal,' zuchtte hij. 'Waarom ben je eigenlijk niet voor jezelf begonnen? Ervaring genoeg, lijkt me.'

Zie je wel, nou wilde hij zich aan haar binden met zijn goedbedoelde advies! Ze had het nog niet gedacht of had er alweer spijt van. *Wat een cynisme. Ik ben mezelf niet. Geef die man een kans.*

'De eerste maanden na mijn ontslag had ik nog goede hoop om een gelijksoortige baan te vinden. Toen dit een illusie bleek, dacht ik erover om voor mijzelf te beginnen. Maar als zelfs de gerenommeerde bureaus met al hun knowhow het niet konden redden, wie was ik dan om te denken dat het mij wel zou lukken? Dat, en misschien een beetje de angst om op eigen benen te staan, en nog meer onzekerheid te hebben, dwong me een andere richting op.' Ze grijnsde. 'Wat een briljante carrièreswitch, hè?'

Roel stond op. 'Inderdaad.' Hij wees naar haar bijna lege glas.
'Hetzelfde?'

Hoewel ze niet zo'n drinker was en er bij voorkeur een traag tempo op na hield, knikte ze bevestigend en bleef vrolijk glimlachen.

'Wel ja, joh.'

Hij knipoogde, maar jolig doen was duidelijk niet zijn ding. Het zag er een beetje belachelijk uit.

Saskia liet haar blik door het café glijden. Een rij kroegtijgers aan de bar, een groepje dertigers die dicht bij elkaar stonden ernaast. Zo te zien waren het vrienden. Twee vrouwen uit het gezelschap lachten uitbundig om iets wat de man naast hen net had gezegd. Een van hen dronk daarna met een flinke slok haar glas leeg en liep naar de bar. Opeens keek Saskia in het gezicht van de man met wie ze jarenlang lief en leed had gedeeld.

Hij zat op een kruk naast een gokkast en keek haar recht aan. Zelfs toen er mensen langs hem heen liepen en hun blik doorkruisten, bleef hij haar strak aankijken. Als een standbeeld.

Saskia voelde haar maag samenknijpen. De spanning sloeg in haar spieren. Wat deed hij hier? Lichte paniek. Ze moest hier heel snel weg. De impuls om meteen op te staan en het op een lopen te zetten, wist ze met moeite te onderdrukken. Ze dwong zichzelf rustig door te blijven ademen en vooral niet verder in paniek te raken. Daar was ook geen reden voor, realiseerde ze zich. Hij wilde haar geen kwaad doen. Ze moest vooral helder blijven denken en geen gekke dingen gaan doen, zich niet aanstellen, zich niet op d'r kop laten zitten. Het was inmiddels lang genoeg over tussen hen.

Toch zag ze het niet zitten om hier nog langer te blijven. Nu ze wist dat hij haar in de gaten hield, zou ze zichzelf niet meer kunnen zijn. Enkel van die gedachte werd ze al onrustig, daar kon het vooruitzicht op een relaxte conversatie met Roel niets aan veranderen. Ze wilde geen scène, maar werd bij die gedachte opeens boos. Wat zat ze zich nou op te vreten, ze kon toch zeker wel doen en laten wat ze wilde? Stalkte hij haar? Als ze niet zoveel fatsoen zou hebben, zou ze doen alsof ze haar nieuwe liefde had gevonden en voor zijn neus met Roel gaan zoenen. Maar ze had fatsoen. En vooral geen zin om een flirtstukje op te voeren. Opeens was ze doodmoe.

Ze pakte haar mobiele telefoon uit haar handtas en deed alsof ze druk in gesprek was. Roel ving haar blik toen hij van de bar terug kwam lopen. Op het moment dat hij een vol glas rode wijn voor haar neerzette, zei ze: 'Doe rustig aan, ik ben zo bij je,' en stopte de telefoon weer in haar handtas.

'Een vriendin van me is helemaal door het lint gegaan,' beantwoordde ze zijn vragende blik. 'Ik moet naar haar toe om haar te kalmeren.'

Roel knikte begrijpend, al zag ze de teleurstelling in zijn ogen. 'Oké… duidelijk, natuurlijk moet je gaan,' sprak hij aarzelend. Een beetje aandoenlijk. Ze stond op en kon het niet laten om hem toch op zijn wang te kussen.

'Bedankt voor de leuke avond. Jammer dat het zo snel voorbij is gegaan.'

'Zal ik je wegbrengen?' zei hij snel, hoopvol.

Vriendelijk maar beslist bedankte ze voor het aanbod. 'Ik neem een taxi, ze woont in Zuid.'

Toen ze naar de deur liep, keek ze strak voor zich uit.

2

Ze stapte fors door, maar bij elke stap nam de twijfel toe. Had ze de juiste beslissing genomen? Was het wel zo verstandig geweest om direct op te stappen? Of had ze juist moeten blijven zitten? Gewoon doorkletsen met Roel en haar ex negeren? Misschien had ze toch moeten doen alsof Roel haar nieuwe vriend was. En als Richard de confrontatie had opgezocht? Nou, dan had hij die toch kunnen krijgen!

Ze wist dat dit onzin was en dat ze niet rustig had kunnen doorkletsen. Richard had zeker de confrontatie gezocht. Die drukke kroeg was niet de plaats voor een fikse ruzie, laat staan in het bijzijn van Roel. Die zachtaardige jongen zou waarschijnlijk de gemoederen hebben willen sussen, waarmee hij Richard ongetwijfeld nog meer op de kast had gejaagd.

De regen viel met bakken uit de lucht. Ze trok de kraag van haar jas zo hoog mogelijk op om haar nek nog enige bescherming te bieden tegen de venijnige regendruppels. Het hielp niet echt. Spetters verenigden zich in haar nek en vormden stroompjes die langs haar rug gleden. Ze rilde, en keek met half dichtgeknepen ogen naar een tram die bij de Munttoren stopte, weer optrok en het Rokin opreed.

Ze keek vlug over haar schouders. Achter haar liep niemand die op Richard leek. In zichzelf gekeerd stak ze bij het Muntplein over om de Reguliersbreestraat in te kunnen lopen. Ze kon hier wel gaan staan wachten op lijn 14 die haar naar de Indische buurt zou brengen, maar ze wilde hier niet blijven. Te dicht bij de kroeg, misschien te dicht bij Richard. Ze wilde het zekere voor het onzekere nemen. Als ze richting Rembrandtplein en Waterlooplein liep kon ze onderweg alsnog opstappen. Het schelle geluid van een claxon deed haar geschrokken terug op het trottoir stappen. De taxi trok op.

'Trut!'

Met gebogen hoofd liep ze door. Trut, dacht ze. Die man kende haar niet, maar had gelijk. Ze was inderdaad een trut.

Natuurlijk had ze niet de juiste beslissing genomen. Weglopen was altijd de weg van de minste weerstand. Ze was toch sterker, stond hier toch boven? Toch bleef ze een akelig gevoel houden. Hoe groot was nou de kans dat Richard op een zaterdagavond op hetzelfde tijdstip in dezelfde kroeg zit als jij en je date? Belachelijk klein. Hij moest het hebben geweten. Maar hoe? Roel en Richard waren vreemden van elkaar. Had Richard hen soms vanaf de bioscoop gevolgd, vroeg ze zich vervolgens af. Ja, het kon haast niet anders dan dat hij hen van een afstand had gevolgd. Wat een idioot!

Een tram stopte bij de halte op het Rembrandtplein. Gejaagd door de aantrekkende wind vloog de regen over de straat. Ze bedekte haar gezicht, zodat ze het nummer van de tram niet kon lezen. Moest ze een sprintje trekken of haar eigen tempo aanhouden? Ze koos voor het laatste en liep verder richting Waterlooplein. Op dit tijdstip reden er voldoende trams en de minuten die ze meer of minder in de regen liep, maakten nu ook niet meer uit. Bovendien deed het lopen haar goed.

Had Richard het van een van haar collega's in de supermarkt gehoord? Nee, dat leek onwaarschijnlijk. Drie, misschien vier meiden wisten van haar date. Ze had het hun zelf verteld, maar Roel kwam hooguit één keer per week op haar werk en als hij er was liep hij direct naar haar toe.

Dan had je nog de gemeenschappelijke kennissen. Nou, daar was ze snel klaar mee. Na hun scheiding had Richard in hun voormalige vrienden- en kennissenkring vervelende roddels over haar verspreid, waardoor ze weinig vrienden meer had overgehouden. Ze was vanavond expres niet met Roel naar hun vroegere stamkroeg gegaan. Tijdens hun huwelijk was ze er regelmatig met Richard wat gaan drinken en langzamerhand hadden ze in dat café een soort van kennissenkring opgebouwd. Niet dat ze bij deze mensen over de vloer kwamen of gezamenlijk op vakantie gingen, maar op een bepaalde manier maakten sommige bezoekers toch deel uit van hun sociale contacten.

Na de scheiding was ze er nog een paar keer geweest, omdat ze dacht dat het goed was eraan te wennen om Richard tegen te kunnen komen. Hij had ook gezegd dat hij het jammer zou vinden als ze dat niet meer zou doen. En het waren toch zeker ook haar kennissen? Wat was ze eigenlijk naïef geweest. Natuurlijk was het anders dan toen ze met Richard was getrouwd. De sfeer bleef prettig, iedereen deed normaal, maar ze voelde dat ze een vreemde eend in de bijt was geworden. Tot die ene avond toen ze bij de groep aanschoof en er een pijnlijke stilte viel. Even dacht ze dat Richard er was en dat iedereen in verlegenheid was gebracht. Maar Richard was er niet en na een vluchtige begroeting hervatte iedereen zijn of haar gesprek, zorgvuldig haar blik vermijdend. Na een kwartiertje was ze het toneelstukje zat. Met Daniel Ochtens had ze het altijd goed kunnen vinden. Ze trok hem aan zijn jasje en knikte naar de deur. Aan de spiedende blikken had ze maling, maar ze wilde weten wat er speelde en binnen was het te luidruchtig.

Daniel draaide nog even om de hete brij heen voordat het hoge woord eruit kwam. Richard was hier eergisteren geweest en had aan zijn vrienden plus aanhang verteld dat zijn huwelijk niet alleen was stukgelopen omdat ze langs elkaar heen leefden. Er was meer aan de hand geweest. Hij wilde er niet te veel over uitweiden, maar hij liet zich toch ontvallen dat 'zij het niet zo nauw met de huwelijkse trouw nam'.

Verbijsterd, woedend en over haar toeren had ze de kroeg verlaten. Wat een vuile rotstreek om dat te beweren van iemand die nog nooit was vreemdgegaan, bij wie die gedachte zelfs niet was opgekomen! Op dat moment kon ze hem wel vermoorden.

Eenmaal buiten had ze hem direct gebeld, maar hij nam niet op. Zijn telefoontje kwam drie dagen later. Verontschuldigingen te over. Zo had hij het niet bedoeld, het was een geintje geweest, hij zou het hun vrienden wel uitleggen, blablabla. Nog steeds pissig over deze smakeloze grap had ze de verbinding verbroken. De klootzak.

Naar hun 'stamkroeg' was ze nooit meer teruggegaan. Hoe belachelijk de beschuldiging van Richard ook was, er bleef altijd iets van hangen. Tegen dit soort roddels was je gewoon kansloos. Ze had een leuke tijd in die kroeg gehad en dat wilde ze zich blijven herinneren.

Alleen Karlies Oostveen was er altijd voor haar geweest. Ze kenden elkaar al vanaf de kunstacademie en waren sindsdien echte vriendinnen. Tijdens Saskia's huwelijk had Karlies Richard geaccepteerd, eigenlijk meer getolereerd. Voor zover Saskia wist had ze hem na de scheiding niet meer gezien.

Maar... Karlies was een heel aparte. Vaak had ze haar beste vriendin vergeleken met Phoebe uit de televisieserie *Friends*. Een beetje wereldvreemde meid die opeens een rake of juist volstrekt idiote opmerking kon maken. Ze was een schat, maar volkomen onvoorspelbaar. Zij zou toch niet over Roel verteld hebben...

Roel was een aardige vent, prettig in de omgang. Verder dan dit reikten haar gevoelens voor hem niet. Hij leek daarentegen de hele avond zo zijn best te doen. En eigenlijk had hij dat die paar keer dat ze hem gezien had voordat ze waren uitgegaan ook gedaan. Daarom was het misschien wel beter dat het vanavond voor Roel op een anticlimax was uitgedraaid. Hij was een illusie armer en een ervaring rijker. Ze hoopte dat hij zou snappen dat het niet echt zou werken en snel over deze teleurstelling heen zou stappen en bovenal dat hij normaal zou doen als ze elkaar weer in de supermarkt tegenkwamen. Als hij daar nog zijn boodschappen zou doen.

Ze hoorde het geluid van een naderende tram. Ditmaal versnelde ze haar pas en was ze precies op tijd toen de deurtjes openklapten. Ze stapte in en de chauffeur zette de tram nog voor ze kon gaan zitten weer in beweging. Vanaf de halte waar ze straks zou uitstappen was het een paar honderd meter tot haar appartement. Het vooruitzicht van een leeg huis maakte haar somber. In de weerspiegeling van de ruit zag ze het gezicht van een vrouw die ouder leek dan de tweeëndertig jaar die ze in werkelijkheid was. Ze wendde haar blik af en keek recht voor zich uit. Alles was beter dan de wrede confrontatie met haar spiegelbeeld.

3

Ze zat in de woonkamer van het appartement waar ze samen met Richard jarenlang had gewoond. De indeling was precies zoals ze zich die herinnerde. De televisie stond aan, maar ze keek de andere kant op, in de richting van de deur. Ineens stond Richard voor haar neus en keek haar indringend aan.

Zijn kleding was als altijd modieus, eigenwijs, een tikkeltje jongens-achtig. Het paste bij zijn levensstijl: jong, ambitieus en doortastend. Hij had de wijsheid in pacht, net als zijn collega's. Zij waren *the untouchables* van de reclamewereld en iedereen mocht dat weten. Bescheidenheid was in de wereld van het snelle geld en succes eerder een handicap dan een deugd.

Ineens was het alsof ze door een telescoop keek die elk detail van zijn gezicht uitvergrootte. Hij had zijn lip opgetrokken, waardoor een lelij-ke, woeste grimas ontstond. Zijn pupillen leken donkere gaten.

'Die gore klootzak van een Maaskant,' siste hij. 'Ik hoop dat die hufter heel snel een langzame dood sterft.' Hij spande de spieren van zijn onderarm en balde zijn vuisten. Alsof hij op het punt stond zijn tegen-stander knock-out te slaan. 'De volgende keer dat ik dat zwijn tegen-kom vermoord ik hem.'

Even leek hij geen raad met zichzelf te weten. Langzaam zakten zijn armen langs zijn lichaam, al ontspande hij zich niet. 'Volgende maand kan ik mijn boeltje pakken. Het bedrijfsresultaat keldert, er moet ge-sneden worden in de organisatie. En deze jongen is dus de lul.'

Hij legde zijn hoofd in zijn nek, keek vertwijfeld omhoog en hief beide armen.

'Kun je dit begrijpen?' sprak hij meer tegen zichzelf dan tegen haar. 'Ik word ontslagen. Ík, de grote aanjager van het bedrijf, de man met de gouden ideeën die al miljoenen bij ze in het laatje heeft gebracht. Ík, degene die tientallen stagiairs heeft opgeleid tot prima werknemers, moet vertrekken terwijl slijmballen als Vergeer en Evertsen gewoon mogen blijven.'

Hij snoof luidruchtig en imiteerde de stem van zijn chef Gregor Maaskant. 'Er moeten keuzes worden gemaakt, Richard. Het is moeilijk voor me, voor iedereen, maar volgende maand nemen we helaas afscheid van je.'

Hoofdschuddend liep hij naar de dichtstbijzijnde stoel en ging zitten. 'Kun je dit begrijpen?' Het was een retorische vraag. Als door een adder gebeten sprong hij uit de stoel. In twee stappen was hij bij een bijzettafeltje en griste met een venijnig gebaar de lamp ervan af. Hij deed dit met zoveel brute kracht dat het snoertje bij de achterkant van de lamp brak. Zijn arm zwaaide naar achteren. Ze wilde schreeuwen, er kwam geen geluid uit haar keel.

Tot haar opluchting zette hij de lamp weer terug op zijn plek. Van het ene op het andere moment leek de agressie uit zijn lijf te zijn verdwenen. Hij oogde opeens relaxed, alsof hij zich bij de situatie had neergelegd.

Zonder enige reden begon hij keihard te lachen. 'Dat vind jij leuk, hè trut?! Nu ik word ontslagen ben jij de grote madam. Kun je aan iedereen vertellen dat jij het geld binnenbrengt. Lekker met je vriendinnetjes roddelen over die loser van een man van je. Die sukkel, die stumper, die nietsnut. Die werkloze prutser die ooit veel geld verdiende maar nu moet bedelen bij de Sociale Dienst om een uitkering. Lekker hè, secreet?! Eindelijk draait het allemaal om jou!'

Ze wilde wat terugzeggen, zijn idiote aanval pareren en ontkrachten. Was hij soms vergeten dat ook zij ontslagen zou worden?! Ze moest hem kalmeren, maar de woorden bleven in haar keel steken. Ze kon niet praten, alleen toekijken hoe de huiskamer in een horrordecor was veranderd en moest de ene na de andere beledigende zin aanhoren.

'Dat laat ik niet gebeuren,' zei hij zacht maar dreigend. Opeens had hij een mes in zijn hand. 'Als ik dan toch naar de klote ga, ga jij met me mee.' Hij stapte naar voren, hief het mes en stak toe. De huiskamer werd zwart.

Met een schreeuw kwam Saskia overeind. Ze baadde in het zweet en haar ademhaling was jachtig. Schichtig keek ze om zich heen. Het dekbed, een vale lichtstraal tussen de gesloten gordijnen, het nachtkastje… haar slaapkamer. De vertrouwde omgeving verjoeg de angstaanval. Ze pakte het glas van haar nachtkastje en nam een slok water.

Rustig. *Je bent in je eigen slaapkamer en alles is oké. Je hebt een nachtmerrie gehad. Een heel heftige. Niets aan de hand, kom even tot rust, dan kun je zo weer gaan slapen.*

Ze bleef rechtop zitten. Hij had nooit op zo'n onbedaarlijke wijze tegen haar geschreeuwd en van geweld was geen sprake geweest. Waarom droomde ze dit dan? Was het een waarschuwing? Een onbewuste angst? Maar waarvoor dan? Dat hij op het punt stond agressief te worden? Was er echt een hoop opgekropte woede die hij nooit heeft laten zien? Had ze hem eigenlijk wel echt gekend?

Ze schudde met haar hoofd. Dit was onzin, therapeutisch gezwets dat helemaal nergens op sloeg. Het was maar een nachtmerrie geweest. Iedereen had weleens een nare droom.

Met een diepe zucht liet ze haar hoofd zakken op het kussen. Maar pas ruim een uur later viel ze weer in slaap.

4

Na vijven werd het drukker. Dan kwamen de mensen van kantoor voor hun dagelijkse boodschappen en liepen huisvrouwen of moeders die hun kinderen van het kinderdagverblijf hadden gehaald gehaast naar binnen om snel een maaltijd bij elkaar te graaien of iets te halen wat ze vergeten waren. De frisdranken en zuivelproducten gingen hard, zag Saskia. Waarschijnlijk zouden ze het tot sluitingstijd wel redden, maar ze besloot dat ze dit risico niet wilde nemen en wenkte een collega die bezig was met het herschikken van de schappen waarop de zakken pasta's en potten pastasaus stonden.

'Janneke, hoe lang ben jij daar nog bezig?'

Haar veel jongere collega haalde haar schouders op.

'Een kwartiertje of zo.'

'Prima. Als jij klaar bent, vul jij dan de zuivel bij?' Ze vroeg het vriendelijk, maar beslist. Hoewel ze een paar dagen terug tegen Roel nog wat laagdunkend over haar werk had gedaan, nam ze het toch wel serieus. Als ze dan dit werk moest doen, wilde ze het ook zo goed mogelijk doen. En dit betekende dat het tijdens haar shift als een geoliede machine moest lopen. Een groot deel van haar voldoening haalde ze uit de vaststelling dat gedurende haar dienst de klanten geen lege schappen hadden aangetroffen, maar ook niet gestoord werden door het bijvullen ervan en dat de rijen bij de kassa's te overzien waren geweest.

'Goed zo. Jij regelt straks de zuivel, dan ga ik op zoek naar Hans. Hij kan mooi de frisdranken bijvullen.'

Met een snel gebaar waaruit routine sprak, zette ze een pak lasagne recht dat iemand daarnet had teruggelegd. Ze draaide zich om en bleef staan omdat er vlak achter haar een karretje stond.

'Hallo, schoonheid,' zei Richard met een ontwapenende glimlach. Hij verplaatste het karretje niet, zodat ze bijna geen kant op kon.

'Hoe is het ermee? Hard aan het werk om de klanten tevreden te houden?'

Ze overwoog om de kar opzij te duwen en hem te negeren, maar besloot dat ze er waarschijnlijk beter van af zou komen als ze hem gewoon als een klant zou behandelen. Ze zou hem aanhoren en dan wel verder kijken.

'Om deze tijd is het druk,' antwoordde ze. 'Ik heb weinig tijd, dus...'

Haar gehaaste reactie leek geen indruk op hem te maken. In zijn donkerblauwe pak en zwarte regenjas oogde hij uitermate relaxed en zelfverzekerd. Zijn glimlach leek oprecht. 'Je kunt vast wel een beetje pauze gebruiken,' sprak hij warm. Zijn rechterhand verdween in de binnenzak van zijn jas. 'Hiervoor kunnen de klanten toch wel even wachten?'

Hij haalde een in plastic verpakte roos tevoorschijn en gaf deze aan haar.

'Ik ben de laatste tijd niet makkelijk geweest, heb dingen gedaan die de schoonheidsprijs niet verdienden. Maar geloof me als ik zeg dat ik nog steeds van je hou. Deze roos is een symbool voor de liefde. *Onze* liefde. Zonder jou is er niets aan, Sas, en heeft het voor mij weinig zin om verder te gaan.'

Saskia stond perplex. In haar ooghoeken zag ze hoe mensen bleven staan. Een oudere vrouw glimlachte vertederd. Mijn god, dacht ze. Dit kan niet waar zijn. Hij is helemaal de weg kwijt.

Met een strak gezicht pakte ze de roos toch aan. 'Dankjewel,' sprak ze koeltjes. 'Ik neem hem aan, omdat ik zie dat je moeite doet, maar ben er niet echt blij mee, Richard. Ik heb liever dat je dit soort dingen niet meer doet.'

Was ze duidelijk genoeg? Het was over, ze wilde hem niet meer. Hij bleef haar echter lief aankijken, alsof haar woorden er niet toe deden. 'Denk erover na, Sas. Geef me in elk geval nog een kans.'

Omdat hij blijkbaar een enorme plaat voor zijn hoofd had, besloot zij directer te zijn. Ze moest nu tot hem doordringen en voor eens en voor altijd duidelijk maken dat het tussen hen echt over was. Ze duwde het karretje weg en ging recht voor hem staan.

'Luister nu heel goed naar me, Richard, en knoop het volgende in je oren. Ons huwelijk is over en dat blijft zo. Er komt geen verzoening. Niet nu, niet volgende week, niet over twee jaar. Het is klaar. Jij gaat jouw weg en ik de mijne. Laat me met rust en haal het nooit meer in je hoofd om dit soort idiote toneelstukjes op te voeren op mijn werkplek.'

Zonder hem verder een blik waardig te keuren liep ze weg. Ze was vijf meter bij hem vandaan toen ze hem 'Saskia!' hoorde schreeuwen. Met tegenzin bleef ze staan en draaide zich om.

'Denk erover na,' sprak hij op luide toon. 'Geef me alsjeblieft nog een kans!'

Onthutst over zoveel gebrek aan realiteitszin en schaamte schudde ze mismoedig haar hoofd en liep bij hem vandaan.

5

Richard leek de afwijzing zonder verder protest te accepteren. Terwijl ze zogenaamd druk bezig was, hield ze hem waar mogelijk in de gaten. Gelaten zag ze hem zijn boodschappenlijstje afwerken. Als zij in zijn schoenen had gestaan was ze met een rood hoofd zo snel mogelijk de winkel uit gelopen. Het leek alsof het hem nauwelijks had aangegrepen, want hij bekeek op zijn gemak de artikelen voordat deze in zijn karretje verdwenen, maar het drong tot haar door dat hij tijd stond te rekken.

En ze gaf hem daar alle gelegenheid toe door juist op hem te letten. Ze moest echt aan het werk, dan zou hij wel afdruipen. Hans was bij de tijdschriften en ze gaf hem de opdracht de schappen met frisdranken bij te vullen. Zelf liep ze door naar het magazijn. Daar wilde ze met eigen ogen de voorraad van enkele huismerken checken; een klusje waar ze vandaag nog niet aan toe was gekomen.

'Saskia, kassa 2.' Wat nou weer, kon ze zich niet even terugtrekken? Voordat ze de kans kreeg om te denken waarvoor Karin haar hulp nodig had, klonk er weer een oproep. Ditmaal nog nadrukkelijker. 'Saskia, kassa 2!'

Weer in de winkel wist ze dat het mis was. De rij bij kassa 2 was veel te lang, en vooraan stond Richard. Hij was druk in gesprek met de caissière die zich zichtbaar ongemakkelijk voelde. Ze ging sneller lopen. Wat heeft die eikel nu weer bedacht, ging het door haar heen. Met korte stapjes slalomde ze langs de wachtende klanten.

'Voor de zoveelste keer, ik hoef niet te betalen,' hoorde ze Richard zeggen tegen haar collega achter de kassa. Van zijn ontspannen houding van daarnet was weinig meer over. Hij oogde geïrriteerd, als een leraar die steeds weer aan dezelfde leerling moest uitleggen dat huiswerk maken een onderdeel van het leerproces was.

'Mijn ex-vrouw heeft hier een rekening lopen. Daar kun je dit bedrag op zetten.'

Hij keek de ongelukkige caissière doordringend aan. Die had in de drie jaar dat ze hier werkte zelden zo'n apart geval meegemaakt.

'Of vertrouw jij soms je eigen cheffin niet?' jende hij verder. 'Ze is toch je cheffin, of heeft ze me dat gewoon wijsgemaakt? Tja, soms weet je ook niet meer wat je moet geloven. We zijn gescheiden, hè. En zij heeft financiële problemen. Volgens mij liegt ze regelmatig de hele boel bij elkaar om onder haar verplichtingen uit te komen. Een van die verplichtingen is de boodschappen die hier op de band liggen. Die zou zij betalen.'

Karin keek hulpeloos rond. Ze sloeg een zucht van opluchting toen Saskia langs een klant glipte en voor haar stond.

'Wat is er aan de hand, Karin?'

Richard gaf antwoord. 'Er is helemaal niets aan de hand voor Karin. Tenminste, als zij gewoon doet wat ik zeg en dat is deze boodschappen op jouw rekening zetten. Dat hadden we toch afgesproken? Of ben jij dat alweer vergeten? Zoals je zoveel afspraken vergeet…'

Ze moest de neiging onderdrukken om hem een klap te verkopen. Dit was zo laag-bij-de-gronds, zo gemeen. Maar ze hield zich in. Tegenover de klanten en collega's kon ze het niet maken om uit haar rol te vallen. Ze pakte uit haar binnenzak haar creditkaart en gaf deze aan Karin.

'Ik betaal,' sprak ze met ingehouden woede. 'Maar alléén voor deze keer.' Daarna pakte ze een plastic tas en stopte daar zijn boodschappen in.

'Dat is nog eens service,' grijnsde Richard. 'Hopelijk gaat het morgen wel wat vlotter, want over al dat gedoe vooraf ben ik minder te spreken.'

'Uw auto staat aan de overkant?' acteerde ze. 'Dan loop ik wel even met u mee. Karin, roep even hulp in om kassa 3 ook te openen.'

Ze liep meteen naar de uitgang en zag uit haar ooghoeken dat Richard haar volgde.

'De volgende keer dat jij me dit flikt, zal ik een stuk minder vriendelijk zijn,' siste ze toen ze buiten op de stoep stonden. Ze zette de tas neer en keek hem uitdagend en vastberaden aan. 'Ik vlieg je aan of bel de politie.'

Richard bleef stompzinnig grijnzen. In plaats van de verbale uitval die ze verwachtte, pakte hij de tas op en boog zijn bovenlichaam naar haar toe.

'Dit stelde helemaal niets voor, een vingeroefening. Je zult verbaasd staan van wat ik allemaal kan als ik echt mijn best doe.'

Ze walgde van zijn vette knipoog.

'Geef me nog een kans, dat is alles wat ik vraag.' Hij draaide zich om en stak gemoedelijk de straat over.

6

Saskia drukte op de bel. Met een zoemgeluid werd de deur geopend. Ze liep de trap op naar de eerste verdieping. Halverwege hield ze haar pas in en riep: 'Ik ben het!'

Er kwam een 'joehoe!' terug. Boven stond Karlies haar in de deuropening op te wachten. 'Hé, meisje. Wat fijn om je weer te zien. Zóó lang geleden.'

Saskia gaf haar drie zoenen en grinnikte terwijl ze door Karlies stevig omarmd werd. 'Twee weken!'

Karlies knikte bevestigend. 'Dat bedoel ik. Veel te lang geleden. Maakt niet uit. Ga lekker zitten en vertel. Ik ben gek van nieuwsgierigheid. Kopje thee?'

Saskia schudde haar hoofd en liet zich in de diepe kussens van de bank zakken. Karlies ging in haar favoriete fauteuil zitten, wreef in haar handen en keek haar verwachtingsvol aan.

'En? Is het wat geworden?'

'Niet echt.'

'Waarom niet? Door de telefoon klonk je anders behoorlijk enthousiast. Leuke vent dit, aardige vent dat.'

'Het lag niet zozeer aan hem. Roel is inderdaad een geschikte vent, maar niet echt mijn type.'

'Dus jullie hebben de hele nacht over wereldproblemen gesproken en afgesloten met een gezellig spelletje scrabble.'

'Was het maar waar.' In bondige zinnen vertelde ze hoe het avondje uit was verlopen. Toen ze bij haar haastige vertrek uit de kroeg was beland, sloeg Karlies een hand voor haar mond en sloot haar ogen.

'O, nee,' fluisterde ze.

'Wat?'

'Richard. Dat hij precies wist waar jij was, is mijn schuld.' Met een venijnige beweging stond ze op en stampte met haar voet op de vloerbedekking.

'Verdomme, wat ben ik stom geweest. En ik bedoelde het zo goed.'

De vragende blik van Saskia spoorde haar aan om verder te vertellen. 'Donderdagavond, een uur of halfzeven, ging de bel. Ik had eten besteld en drukte zonder erbij na te denken op de automatische ontgrendeling van de voordeur. Opeens stond Richard voor mijn neus. Hij omhelsde me als een oude vriend, wat ik behoorlijk vreemd vond. Afijn, ik liet het maar gaan en bood hem wat te drinken aan. Vanaf dat moment sprak hij alleen maar over zichzelf. Heel irritant. Het ging allemaal zo geweldig in zijn nieuwe baan, de ene vriendin na de andere, hij verdiende bakken met geld, blablabla. Toen hij ook nog eens heel denigrerend over jou begon, dat het baantje van je niets voorstelde en dat je sociaal ook uitgekakt was, gaf ik hem de wind van voren. Ik vertelde hem dat je binnenkort ander werk kreeg en dat je aan elke vinger een andere man kon krijgen als je dat wilde en dat je met een van hen zaterdag naar Tuschinski zou gaan. Blijkbaar had hij daar niet op gerekend, want van het ene op het andere moment was zijn branie over. Hij begon half te stotteren, zei dat hij nog een afspraak had en vertrok.'

Ze schudde schuldig met haar hoofd. 'En ik dacht nog wel dat ik hem daarmee op zijn nummer had gezet. Wat ben ik een sufferd.'

Ze stond op en liep naar het raam. Saskia liep naar haar toe en legde een arm om haar schouder. 'Trek het je niet aan, joh. Verspilde tijd en moeite. Dat is hij niet waard.'

Karlies klemde haar kaken op elkaar.

'Hij komt er hier niet meer in,' sprak ze beslist. 'Ik ben helemaal klaar met die lul.'

Saskia moest een glimlach bedwingen. 'Kom, laten we weer gaan zitten.' Terwijl ze naar de bank liep, liet ze haar blik door de kamer glijden. Karlies was een van de meest aparte mensen die ze ooit had leren kennen. Sinds haar achttiende woonde ze op zichzelf in dit grote grachtenpand. Het was eigendom van haar vader, een schatrijke zakenman die in Monaco woonde. Ze was zijn enige kind en dochter van zijn eerste vrouw, met wie hij uit liefde was getrouwd. Toen zij aan een slopende ziekte stierf, stortte zijn wereld in. Twee jaar lang bleef hij min of meer aan zijn kantoor in Amsterdam gekluisterd en werkte dag en nacht om het verdriet te vergeten. In die periode had hij meer geld verdiend dan hij de rest van zijn leven zou kunnen opmaken.

Nadat hij de dood van zijn vrouw een plekje had gegeven, besloot hij het roer om te gooien. Hij ging met volle teugen genieten van het leven. En hoe. Tegenwoordig woonde hij met zijn vierde vrouw in Monte Carlo en volgens Karlies kon het niet lang meer duren voordat ook zij een plaatsje in de rij der exen kreeg toebedeeld.

'Wat een rotweer,' mompelde Karlies. 'Bewolkt, regen, halfbewolkt, kou. Holland, Holland, wat hou ik toch van jou.'

Saskia liet haar maar even mopperen. Meestal draaide Karlies snel weer bij om vervolgens voor te stellen poffertjes in Laren te gaan eten of op de Champs-Élysées koffie te drinken. Ze was een vat vol tegenstrijdigheden. Op een trip in de jungle van Zuid-Amerika kon ze moeiteloos een all-inclusive vakantie in Turkije laten volgen en na een dagje als vrijwilligster bij de voedselbank kocht ze zonder enige gêne voor duizenden euro's aan kleding in de P.C. Hooftstraat. Maar nog nooit had Karlies zich, zolang als ze elkaar kenden, arrogant of onbeschaamd gedragen.

'Ik weet wat we gaan doen!'

Ah, zie je wel.

'Volgend weekend vliegen we samen naar Monaco. Even een weekendje ertussenuit. Kun je mijn vader ook weer eens zien, dat is namelijk al eeuwen geleden.'

Voordat Saskia de kans kreeg te reageren, klonk de zoemer van de deurbel. Nog nagenietend van haar ingeving liep Karlies naar een telefoon die aan de muur hing en drukte op de knop ernaast die de voordeur automatisch opende. Saskia slaakte een diepe zucht.

'Hoe vaak heb ik je al gezegd dat je dat schermpje van die telefoon moet laten maken? Op deze manier weet je nooit wie je binnenlaat!'

Karlies haalde haar schouders op. 'Ach, het zijn toch altijd vrienden of kennissen.'

Saskia wilde hierop ingaan, maar een luide stem kwam via de traphal de woonkamer binnen.

'Hallo, wij zijn het!'

Karlies maakte een triomfantelijk gebaar met een strekking van 'zie je nou wel?' 'Joehoe!'

Toen het tweetal de kamer binnenkwam gaf Saskia de voor haar onbekende vrouwen een hand en bleef uit beleefdheid nog even zitten. Blijkbaar hadden deze dames elkaar helemaal gevonden. Vorige week. Bij een of andere workshop. Na een kwartiertje stond ze op en wenste Willemijn en Astrid nog een prettige dag toe. Bij de deur pakte Karlies haar stevig vast en vroeg haar nog even te blijven. Het zou goed voor haar zijn. Maar Saskia had nu geen zin in een theekransje, hoe gezellig dat ook kon zijn. Bovendien wilde ze haar verhaal over Richards bizarre gedrag op haar werk niet in het bijzijn van anderen bespreken. Dat zou van de week wel komen.

7

Saskia legde een kussen onder haar rug en ging languit op de bank zitten. Het actualiteitenprogramma op de televisie volgde ze maar met een schuin oog. Ze zorgde ervoor dat ze vanaf de straat niet te zien was. Stel dat hij er weer stond. Net als gisteren, eergisteren en de dagen ervoor.

Het stalken was begonnen nadat ze Richard had opgebeld en hem tekst en uitleg had gevraagd over zijn belachelijke actie in de supermarkt. Ze begreep totaal niet dat als je iemand terug wilde en weer voor je wilde winnen, je dat op zo'n vernederende manier zou doen. Bij haar werkte het niet, en ze had nogmaals benadrukt dat het over was en dat ze erachter was gekomen hoe hij in dat café op had kunnen duiken. Zo ging je niet met elkaar om en als hij haar privacy niet langer respecteerde, zou ze maatregelen nemen. Desnoods een aanklacht bij de politie tegen hem indienen.

In plaats van een antwoord had hij het gesprek verbroken en zijn mobiele telefoon uitgezet. Sindsdien had ze hem niet meer gesproken. Wel gezien.

De dag na haar belletje had ze overgewerkt en was tegen negenen thuisgekomen. Ze had een bord pasta gegeten, afgeruimd en liep naar de afstandsbediening van de televisie die op de vensterbank lag. Toen ze deze pakte, keek ze naar buiten. Richard stond aan de overkant. Hij leunde tegen het rolluik van een winkelpand en keek haar recht aan. Na een paar seconden haar blik gevangen te hebben gehouden draaide hij weg en verliet de straat. Ze huiverde.

De volgende avond had hij er weer gestaan, ditmaal een halfuur eerder. De dag daarop was hij pas om elf uur de straat in komen lopen.

Door de onregelmatige tijden vroeg ze zich elke avond af of hij weer op zou komen dagen. Hij wilde duidelijk laten zien dat hij zich niet de les liet lezen.

Na de eerste week van dit stalkgedrag, had ze contact met haar advocaat opgenomen en het hele verhaal verteld. Hoewel hij zich begripvol toonde, kon hij weinig tot niets voor haar doen. Richard mocht daar staan en door de straat lopen. Zolang hij haar niet bedreigde, was er geen sprake van gevaar en konden ze hem niet aanpakken. Alleen als zijn gedrag stelselmatig werd, en dan sprak je volgens haar advocaat over maanden, hadden ze misschien kans op een straatverbod.

De meest voor de hand liggende 'oplossing' had ze uiteindelijk laten zitten. Gewoon de gordijnen sluiten zodat ze elkaar niet meer zouden zien. De gedachte dat hij in haar buurt was zonder dat ze hem daadwerkelijk zag, bezorgde haar nog meer angst. Wat ging hij doen als ze hem niet meer in de gaten kon houden? Ging hij dan aanbellen, dingen door de brievenbus gooien of haar tijdens werktijd stalken? Werd het van kwaad tot erger?

Omdat ze dit risico niet durfde te nemen, bleven de gordijnen open. Ook om hem te laten zien dat ze niet bang was. Ze hoopte maar dat deze beklemmende onzin een bevlieging van hem was en hij er binnenkort mee zou stoppen. Hoewel ze niet meer wist wat bij hem een bevlieging was of niet. Hij leek totaal niet meer op de man met wie ze getrouwd was geweest.

Hoe was het toch mogelijk dat iemand zo kon afglijden? Dit had ze nooit zien aankomen. Zeker niet in de eerste vier jaar van haar vijfjarige huwelijk. Ze hadden allebei een prima baan, een leuk appartement en gingen regelmatig met vakantie. Huisje-boompje-beestje. Hun kinderwens was die eerste jaren nooit meer dan een licht verlangen, iets voor in de toekomst. Daar had ze nu geen spijt van, want ze moest er niet aan denken om in deze situatie een kind op te voeden.

Nu zij er de tijd voor nam en het niet langer met de mantel der liefde bedekte, kon zij pas concluderen dat het eigenlijk nooit goed tussen hen had gezeten. Misschien heel in het begin, maar toen ze eenmaal waren getrouwd hadden de vervelende kanten van zijn karakter zich al geopenbaard. In die tijd had ze nog in hem geloofd, zijn nare gewoontes voor lief genomen. Hij was ongeduldig en opvliegend geweest, al was hij nooit echt agressief naar haar geweest. Daarom kon ze het makkelijker goedpraten voor zichzelf, al hadden ze weleens wat ongemakkelijke momenten in het openbaar gehad. Vooral als hij wat gedronken had. De scherpe kantjes zouden er met de tijd wel af worden geslepen, dacht ze toen nog.

Ook was hij jaloers geweest, wat ze in het begin heel schattig had gevonden. Maar jaloezie leek om te slaan in bezitterigheid. Ze had het steeds vervelender gevonden, maar probeerde er luchtig in te staan. Als je wilde dat je huwelijk zou slagen, moest je daarvoor offers brengen. Alleen moest het altijd van haar kant komen, en dat brak haar uiteindelijk op. Met de landelijke recessie was hun huwelijk ook moeizamer geworden.

Het nare toeval wilde dat zij allebei hun baan verloren. Na jaren van weelde werd Richard ontslagen bij het reclamebureau. In de wetenschap dat het in zijn vakgebied voorlopig vrijwel onmogelijk was om werk te vinden, nam hij na maanden van frustratie een baantje als verkoper van tweedehands auto's. Zijn droom om ooit leiding te geven aan ambitieuze mensen die door middel van communicatieve hoogstandjes en briljante marketingstrategieën de wereld wilden veroveren, lag aan gruzelementen.

Ook zij stond van de ene op de andere dag buiten. Het architectenbureau bleef verstoken van opdrachten waardoor de jongere medewerkers als eersten werden ontslagen. Haar drie jaar werkervaring woog niet op tegen de oudgedienden met een veel langere staat van dienst, die het moeilijker zouden hebben met opnieuw een baan te vinden. Zei men. Maar ze vroeg zich af of die hun baan ook wel zeker waren, want ze waren wel de duurdere krachten. Een lange zoektocht naar enigszins passend werk leverde louter teleurstellingen op. Omdat zij principieel weigerde een uitkering aan te vragen, nam ze de baan in de supermarkt aan en zelfs daar was heftige concurrentie voor geweest.

Ze werd eigenlijk als assistent van de bedrijfsleider aangenomen, maar deze werd na een paar weken ernstig ziek. Het kostte haar weinig moeite zijn werk over te nemen. Het werk daagde haar niet op dezelfde manier uit als haar eerdere baan had gedaan, maar ze had tenminste een baan. En de mensen met wie ze samenwerkte waren aardig, waardoor er een prettige sfeer heerste. Dit was in elk geval nog iets.

Het begin van de crisis was dus ook het einde van hun huwelijk. Het zat natuurlijk al langer scheef in hun relatie, maar dit was wijsheid achteraf. Pas later zag ze dat de crisis als een katalysator had gewerkt, waardoor ze, zo leek het, opeens heel snel uit elkaar waren gegaan. Nu wist ze inmiddels dat ze al langer op Richard was uitgekeken. Hun drukke banen en haar wil om het huwelijk te laten slagen hadden deze waarheid verbloemd.

Nu de economie weer wat aantrok, zou ze misschien weer een kans maken op ander werk. Het was tijd om internet op te gaan en die ene baan te vinden waarnaar ze al zo lang op zoek was. Eerst moest ze haar eigen leven weer op orde hebben. Dan kon ze altijd nog zien met wie ze dat ging delen. Misschien moest ze wel voor zichzelf beginnen zoals Roel had gezegd, maar voorlopig wilde ze het even zonder hem en zijn advies doen. Ze boog opzij, pakte haar laptop en ging rechterop zitten. Even twijfelde ze of ze het zich inbeeldde, maar toen hij zwaaide wist ze genoeg. Ook vanavond was hij gekomen.

November, 2010

8

Voor de zoveelste keer keek ze op haar horloge. Kwart voor acht, nog een kwartier dus. Ze stond op van de bank en ijsbeerde door de kamer. Het was nu onmogelijk om stil te blijven zitten. Het gesprek moest goed gaan. Als er nog een gesprek zou komen. Voor hetzelfde geld was Zalia Laponder het vergeten of was er iets of iemand tussen gekomen waardoor ze pas morgen zou bellen. Of helemaal niet meer…

Ze moest ophouden zichzelf gek te maken, maar het idee dat ze door dit gesprek deze nare periode achter zich kon laten en aan een nieuwe toekomst kon beginnen was te spannend.

Dat ze Nederland wilde verlaten wist ze inmiddels zeker. Na veel wikken en wegen had ze de knoop doorgehakt. Amsterdam was haar geboortestad, haar familie woonde in de omgeving en ze had Karlies hier, wat de beslissing erg moeilijk had gemaakt, maar ze was het zat dat ze zich niet echt ontwikkelde. Dat het economisch niet opschoot. Dat ze buiten Karlies geen echte andere vrienden had. Ze zou haar vreselijk missen, maar omdat Karlies een getalenteerde en bevlogen reizigster was, zouden ze elkaar zeker blijven zien. En, toegegeven, ze was het hele gedoe met Richard meer dan zat. Ze had zich niet willen laten kennen en deed ook naar de buitenwereld alsof dat er niets mee te maken had, maar het was wel een van de redenen geweest om te vertrekken.

Ongeveer twee weken geleden was ze op internet op een personeelsadvertentie gestuit die haar, hoewel ze geen ervaring had, zeer had aangesproken. Dezelfde avond nog had ze gereageerd. Om zichzelf te onderscheiden van de overige sollicitanten, had ze naast haar standaard-cv ook een persoonlijk verhaaltje toegevoegd waarin ze haar huidige situatie toelichtte. Of dit doorslaggevend was geweest, wist ze niet. Het was een risico geweest, want misschien wilde de familie Laponder geen 'probleemgeval'. De reactie was kort en zakelijk geweest, dus ze wist nog steeds niet of het had geholpen. De Nederlandse Zalia die met haar man en kinderen in Zwitserland woonde, schreef dat ze geïnteresseerd was. Of het vanavond om acht uur schikte te bellen. Toen ze het bericht had gelezen, reageerde ze direct met een bevestiging. Het kon haar niet schelen welk tijdstip ze haar had voorgesteld, als Zalia Laponder maar belde en haar die baan van au pair gaf...

Ze vroeg zich af hoeveel andere kandidaten er zouden zijn voor leuk werk, een uitstekend salaris en gratis wonen. Alleen, Zwitserland lag niet naast de deur. Voor haar was dat echter geen bezwaar. Ze vertrok liever vandaag nog dan morgen. Ook de taal zou geen probleem vormen. Ze had in haar vorige baan veel contact met Duitse klanten gehad en daarvoor nog een cursus Duits gedaan. Hoewel ze zich ook wel realiseerde dat Zwitsers geen Duits was, wist ze dat ze zich gemakkelijk zou kunnen redden.

Ze liep naar het raam en liet haar blik door de straat gaan. Het was tien voor acht en van Richard was geen spoor te bekennen. Hoewel het nog vroeg was, kreeg ze steeds meer hoop dat hij zijn onzinnige actie had beëindigd. Sinds twee dagen had hij zich niet meer laten zien. Toch was ze er niet gerust op. Misschien had hij weer iets anders bedacht. Nee, zodra ze kon, wilde ze hier weg.

Twee minuten over acht ging de telefoon. Buitenlands nummer zo te zien. Ze liet de telefoon driemaal overgaan, haalde diep adem en nam op.

'Met Saskia van Lieshout.'

Een lichte ruis op de lijn begeleidde een heldere vrouwenstem.

'Goedenavond, Saskia. Je spreekt met Zalia Laponder.'

9

Saskia duwde de flappen naar beneden en plakte de bovenkant van de kartonnen doos dicht met tape. Opgewekt liep ze naar de slaapkamer en zette de doos boven op twee andere. Dat inpakken en verhuizen zo leuk kon zijn, had ze niet gedacht. Dat was de vorige keer heel anders geweest. Toen had ze met een heel ander gevoel haar boeltje gepakt. Richard had met tranen in zijn ogen toegekeken. Goede oude tijden, maar niet heus.

Morgen zou ze een deel van haar spullen naar Karlies brengen. Die had meteen haar huis als opslagplaats voor de inboedel aangeboden. Het grachtenpand had genoeg ruimte.

Het was halftien en haar todolijst van vandaag was afgewerkt. De meubels, de meeste keukenspullen, het servies en de televisie zouden kunnen blijven staan voor de onderhuurder. Mooi, dan kon ze nu nog even languit op de bank met een glas wijn binnen handbereik.

Het geluid van de bel stoorde haar. Ze drukte op de intercom.

'Ja?'

'Hallo Saskia. Ik ben het. Wil je de deur opendoen?'

Ze stond meteen als aan de grond genageld. De stem van Richard was als een koude douche. Haar eerste reactie was dat ze hem keihard wilde afwijzen. Dat hij moest oprotten. Richard had al een paar weken zijn gezicht niet meer laten zien en ze was er na verloop van tijd van overtuigd geraakt dat hij de moed had opgegeven. Toen ze de baan in Zwitserland had gekregen, was hij iets minder nadrukkelijk in haar gedachten geweest. Natuurlijk was ze constant alert op zijn volgende streek, maar de voorbereiding voor het avontuur in Zwitserland vroeg steeds meer aandacht. Nu moest ze de verhuizing rond krijgen.

'Dat lijkt me geen goed plan, Ries.' Ze had deze zin amper uitgesproken of ze wist al dat ze een fout had gemaakt. 'Ries': te persoonlijk, te intiem. Te veel 'hun'.

'Ik ben met vijf minuten weer weg, Sas. Geef me die kans... alsjeblieft.' Ze vroeg zich nog even af wat ze moest doen en nam toen een beslissing. Binnenkort kon hij haar toch niet meer lastigvallen en ze voelde zich gesterkt door al haar plannen en voorbereidingen.

'Vijf minuten,' zei ze streng en drukte op de knop die de benedendeur opende. Ze bleef bij haar voordeur staan en hoorde Richard op de trap lopen.

'Bedankt,' sprak hij timide toen hij haar zag staan. Ze was eerst van plan geweest hem niet binnen te laten, maar voelde zich ongemakkelijk toen hij wat bedremmeld een paar treden lager bleef wachten. Ze ging hem voor naar de woonkamer en hij nam meteen plaats op de bank. Welja, voel je thuis, dacht ze. Ze bood hem niets te drinken aan en ging in de fauteuil zitten die schuin tegenover de bank stond. Van de bravoure die hij altijd had uitgestraald was weinig meer over. Ondanks zijn 1 meter 85 oogde hij fragiel, alsof hij elk moment in elkaar kon storten.

'Ik ben hier om mijn excuses aan te bieden.' Hij keek recht voor zich uit en meed haar blik.

'Wat ik na onze scheiding heb gedaan was verkeerd. Ik heb er oprecht spijt van. Ik hoop dat je me vergeeft.'

Ze liet zijn woorden even bezinken. Moest ze even laten bezinken. Eerst stalkt hij haar weken en dan komt hij doodnuchter en nerveus zijn excuses aanbieden? Natuurlijk was ze opgelucht dat hij zijn spijt betuigde, maar ze begreep de omslag helemaal niet.

'Vergeven?! Zomaar? Ik weet het niet. Je kunt je toch niet weken als een absolute hork gedragen en dan met hangende pootjes even om vergeving komen vragen? Ik heb nachten wakker gelegen van je idiote gedrag!' Ze haalde even diep adem. *Niet in de aanval gaan, geen zwakte tonen, dan maak je het alleen maar erger.* 'Als je meent wat je zegt is het fijn om te horen dat je er spijt van hebt,' ging ze voorzichtiger verder. 'Je hebt het me niet makkelijk gemaakt.'

Hij knikte.

'Ik probeer het allemaal achter me te laten. Langzaam maar zeker begin ik een nieuw leven op te bouwen. Maar je bent me wel een paar antwoorden schuldig, aangezien er de laatste tijd niet meer met je te praten viel. Dat is het minste wat je kunt doen, dus ik wil graag een eerlijk antwoord op een paar vragen. Waarom moest je me bijvoorbeeld vlak na de scheiding zo nodig zwartmaken bij onze vrienden en kennissen? Was het niet pijnlijk genoeg dat we uit elkaar gingen? Waarom heb je me als een idioot de afgelopen weken constant gevolgd? Ik had nooit gedacht dat je je woede zo kinderachtig zou uiten. Waarom heb je niet eerder gewoon met me gepraat?'

Richard sloeg beschaamd zijn handen voor zijn ogen en slaakte een diepe zucht.

'Zoals jij het nu zegt, klinkt het zo hard, zo... belachelijk.'

'Dat was het ook, Ries.' Nu gebruikte ze expres de afkorting van zijn naam.

'Je hebt gelijk,' zuchtte hij. 'Sinds enkele weken is mijn verstand beetje bij beetje teruggekeerd en nu pas zie ik dat ik me als een idioot heb gedragen. Ik ben als een olifant door een porseleinkast gedenderd. Alles draaide om mij, geen moment heb ik bij jouw gevoelens stilgestaan. Ik hoopte echt dat we nog een kans zouden hebben, maar toen jij dat zo resoluut afkapte, was ik gekwetst. Ik kon niet geloven dat je me nóg een keer afwees.'

Hiermee maakte hij zich er wel heel makkelijk van af. Ze overwoog hem te onderbreken. Wie had hier nou wie gekwetst?! Hij kon dan wel als een zielig vogeltje met kilo's spijt aankomen, uiteindelijk vertelde hij precies wat hij wel en niet kwijt wilde. Richard was een manipulator eersteklas, wist ze uit ervaring. En het diepe dal waarin hij nu zat, bracht daarin geen verandering. Ze was ervan overtuigd dat je zulke karaktertrekken nooit bij iemand kon veranderen.

'Ik geef nog steeds heel veel om je, Saskia. De scheiding heb ik nooit kunnen verwerken. We... ik heb nooit goed kunnen praten, en ik zie nu in dat dit een deel van het probleem is. Al die stomme dingen die ik heb gedaan waren wanhoopsdaden, uit verlatingsangst en bezitsdrang. Het was een schreeuw om aandacht. Om jouw aandacht.'

Hij haalde zijn schouders op en keek haar voor het eerst recht in haar ogen aan.

'Ik heb een paar weken geleden professionele hulp gezocht. Daar werd ik geconfronteerd met de werkelijkheid. Sindsdien gaat het stukken beter met me. Eindelijk heb ik weer oog voor de realiteit.'

Saskia keek hem taxerend aan. 'Wat goed van je.'

Voor wat het waard was, had hij zijn excuses gemaakt en professionele hulp gezocht. Ze herkende hem bijna niet terug. Het klonk allemaal te mooi om waar te zijn, maar ze kon er niet aan voorbijgaan dat hij haar leven na hun scheiding behoorlijk had vergald.

'Ik ben hier ook gekomen om afscheid van je te nemen.'

Opnieuw verbaasde hij haar.

Hij glimlachte vermoeid. 'Nee, joh. Ik ga heus geen gekke dingen doen. Het is gewoon beter voor mij om afstand te nemen van mijn huidige omgeving. Ik moet mezelf zien terug te vinden, zonder zweverig te worden. Het begin is er, nu moet ik ook doorzetten. Na de kerst vlieg ik naar Curaçao. Een vriend van me heeft daar een cocktailbar aan het strand waar ik ga werken. Voor onbepaalde tijd, ik heb echt geen flauw idee wanneer ik terugkom. Als ik nog terugkom.'

Hij liet een nadrukkelijke stilte vallen, maar ze wist niet goed hoe ze hierop moest reageren. Was het weer een truc van hem? Hij leek oprecht.

'Wat is het hier kaal trouwens, of verbeeld ik me dat soms?'

'Nee, hoor,' antwoordde Saskia nonchalant. 'Ik was al die tierelantijntjes en hebbedingetjes zat. Ik wil het wat anders gaan inrichten, dat hoort bij het opnieuw beginnen.'

De leugen kwam er zo vlot uit dat hij geen argwaan leek te hebben. Hij stond op, spreidde zijn armen en keek haar met een meewarige glimlach aan.

'Waarschijnlijk is dit de laatste keer in lange tijd dat wij elkaar zien. Geef je me nog een knuffel voordat ik uit je leven verdwijn?'

Daar was de charmeur weer, dacht ze. Nu hij zijn zegje had gedaan, leek hij weer zichzelf te worden. Met tegenzin en een beetje stijf stond ze in zijn omarming. Snel liep ze naar de deur om hem te openen.

'Het ga je goed,' zei Richard.

'Dank je. Ik hoop dat Curaçao een succes voor je wordt.' Zo, afstandelijker kon ze niet worden. Daarna sloot ze de deur en plofte op de bank. Het leek wel alsof alle problemen vanzelf opgelost werden.

Januari 2011

10

Eindelijk bereikte ze het plaatsje Kandersteg. Stapvoets reed ze haar Ford Fusion een parkeerplaats op en betaalde aan een loket. Medewerkers in uniform leidden de stroom auto's met duidelijke handgebaren naar de autotrein. Toen het eindelijk haar beurt was, gaf Saskia gas en reed het stalen gevaarte op. Het was vreemd, alsof je met je eigen auto een karretje van een achtbaan vormde. De autotrein van Kandersteg ging via een lange tunnel dwars door de bergen heen. Een kwartier in het pikkedonker. Toch was het de snelste optie. Als je de snelweg nam, had je minstens anderhalf uur meer reistijd. En ze had al genoeg kilometers gereden.

Vijf minuten later kwam de trein in beweging. Na een slingerroute door het dal reden ze de tunnel binnen. Van het ene op het andere moment werd de omgeving pikzwart. Ze sloot haar ogen om aan de nieuwe situatie te wennen. Toen ze haar ogen weer opende, kon ze wat contouren van de binnenkant van de auto zien, meer niet.

Omdat ze niets anders kon doen dan wachten tot de trein de andere kant van de tunnel had bereikt, sloot ze haar ogen weer. Hoewel ze wel wat rust kon gebruiken na al die kilometers, lukte het haar niet om zich op een hobbelende en kreunende trein die haar door een berg bracht, echt te ontspannen. Ze deed haar ogen weer open en bleef wachten op een lichtpuntje in de verte. Nog elf minuten, volgens haar dashboardklok.

Wat een geregel en gedoe in de afgelopen weken. Voor haar gevoel had ze elke vrije minuut besteed aan de voorbereiding van haar vertrek. Rennen, vliegen, sjouwen en afscheid nemen. Vooraf had ze echt geen idee gehad wat er allemaal bij zou komen kijken. Zowel lichame-

lijk als emotioneel. Emigreren was een hele operatie en ze was blij dat
het meeste regelwerk achter haar lag. Het was nog steeds een beetje
onwerkelijk dat ze in een ander land ging werken en wonen. Ze had nu
evengoed met vakantie kunnen zijn, zoals ze al vaker naar Oostenrijk
met vakantie was geweest. Maar toen had ze niet haar huis zo opgeruimd.

Haar spulletjes had ze beetje bij beetje ondergebracht in het grachtenpand van Karlies. In het begin van de verhuizing had deze zich enthousiast opgesteld, in haar ogen was dit een goede stap voor een
nieuwe toekomst. Maar toen de laatste doos was opgeborgen, vond
Karlies het vertrek naar Zwitserland opeens een vlucht waarvoor ze
een stokje moest steken. Ze zou de volgende dag een kantoorpand
huren waarin binnen een week een binnenhuisarchitectenbureau kon
worden opgestart. Als dat niet lukte, leek een modewinkeltje dat ze
samen zouden runnen haar een goede tweede keus. Mocht ook dit niet
lukken, dan sprong ze elke maand financieel bij tot een betere baan
zich aandiende. Toen ze eenmaal was uitgeraasd, vielen ze elkaar in de
armen en werd er flink gejankt. Saskia glimlachte om deze herinnering. Karlies kennende kon ze volgende week al bij haar op de stoep
staan, maar ze keek er ook niet van op als het nog drie maanden
duurde.

Ook met haar familie zou ze in contact blijven. Hun onderlinge band
was niet sterk, maar ook niet slecht. Ze waren familie en bezochten
elkaar om de zoveel tijd. Meestal met verjaardagen en feestdagen. Toen
haar vader drie jaar geleden onverwacht overleed, was er even sprake
van saamhorigheid geweest. Naarmate de tijd echter verstreek, verdween ook dit speciale gevoel en ging ieder weer zijn eigen weg.

Deze kerst had ze bij haar moeder in Haarlem doorgebracht. Ze had
de sleutel van haar eigen appartement inmiddels overgedragen aan de
onderhuurder en ze had eigenlijk niets meer in Amsterdam te zoeken.
Daarom had het haar wel een goed idee geleken om van kerst tot
Nieuwjaar, de dag waarop ze zou vertrekken, bij haar moeder te zijn.
Haar zus Debby kwam met dochter Eva, zoontje Robert en onuit-

staanbare echtgenoot Boudewijn tweede kerstdag en oudejaarsavond ook langs.

Het was allemaal best meegevallen. Geen harde woorden of verwijten deze keer. Iedereen was ervan doordrongen dat ze definitief het land ging verlaten en probeerde de sfeer goed te houden. Sinds lange tijd was Richard niet ter sprake gekomen. Even vroeg ze zich af hoe het met hem zou gaan. Zou hij al op Curaçao zijn? Na die avond waarop hij zijn excuses had aangeboden, had ze inderdaad niets meer van hem vernomen. Op zoek naar zichzelf. Ze betrapte zichzelf op haar cynisme, terwijl ze eigenlijk hetzelfde deed door naar Zwitserland te gaan.

Nog twee minuten voordat ze Goppenstein zouden bereiken. Ze tuurde in de duisternis.

Van het ene op het andere moment was er licht toen ze vanuit een bocht direct in het dal van Goppenstein belandden. Ze moest even met haar ogen knipperen. De trein minderde vaart, stopte en even later kwam de rij auto's in beweging om de trein te verlaten. Met de plattegrond van de omgeving naast haar op de passagiersstoel, begon ze aan het laatste gedeelte van haar reis. Via de stad Visp reed ze naar het zuidelijk gelegen dorpje Stalden. Vanaf dat punt moest ze de routebeschrijving die Zalia haar had toegestuurd aanhouden. Terwijl ze over de kronkelweggetjes reed, was ze blij met de nauwkeurige aanwijzingen.

11

Het huis van de familie Laponder lag aan de voet van een berghelling die na honderd glooiende meters ineens steil omhoogliep. Vanaf de weg was ook het gastenhuis zichtbaar, haar nieuwe woning. Dit houten verblijf stond twintig meter achter het grote huis. Saskia wierp een snelle blik op de omgeving en zag nog vier vrijstaande huizen. Verder zag ze alleen maar ruige berghellingen, massa's sneeuw, kabbelende beekjes en talloze bomen. Het was een plaatje uit een sprookjesboek, een ongerept wintertafereel waarin je jezelf kon verliezen.

Ze stapte uit en liep met onzekere tred over een pad dat naar de voordeur leidde. Een ijskoude wind gleed langs haar gezicht en sneed door haar kleding. Toen ze halverwege de tuin was, werd de deur geopend. Zalia Laponder stond in de opening en verwelkomde haar met een warme glimlach.

'Hallo, Saskia. Kom snel binnen, hier is het stukken warmer.'

Nadat ze Saskia's jas had aangenomen ging Zalia haar voor naar boven. In de woonkamer stond Jules Laponder haar op te wachten. Met zijn lichtblauwe overhemd, achterovergekamd haar, spitse gezicht en ondeugende glimlach deed hij haar sterk aan Jort Kelder denken, maar dan zonder de bretels. Voor iemand die nog niet zo oud was had hij al wel diepe lijnen in zijn voorhoofd en gezicht die leken aan te geven dat hij een stressvol leven leidde. Ze schudden elkaar de hand, waarna de kinderen werden voorgesteld. Pim was in zijn uiterlijk duidelijk een mix van zijn ouders. Zalia had al verteld dat hij acht was. Hij gaf haar een hand met een bijna militaristische hoofdknik zonder Saskia aan te kijken. Hij probeerde duidelijk zijn verlegenheid te verbergen. De twee jaar jongere Dione had hier geen problemen mee. Haar grote, donkerbruine ogen straalden de wereld in. Het was nu al duidelijk dat zij later tot een kopie van haar moeder zou uitgroeien.

Na een kop thee en wat vragen over haar reis, liet Zalia Laponder haar de rest van het huis zien. Op de hal beneden kwamen drie slaapkamers, een badkamer en een kantoortje uit. De eerste verdieping bestond uit een woonkamer en een grote keuken die van alle gemakken was voorzien. Rondom deze verdieping lag een breed houten terras. De zolder op de bovenste verdieping had ze niet gezien, maar Zalia vertelde dat deze alleen als opslagplaats van oude spullen diende en dat ze er waarschijnlijk nooit echt hoefde te komen.

'Dit is een eerste indruk,' zei Zalia toen ze naar beneden liepen. 'Binnen een week weet je alles te vinden. Zo groot is het ook weer niet.'

Saskia knikte afwezig. De inspanningen van haar reis begonnen langzamerhand hun tol te eisen.

Eenmaal in de gang, griste Zalia een lange winterjas van de kapstok. 'Naar jouw huis is het een klein stukje, maar lang genoeg om een verkoudheid op te lopen. Les één: ga in de winter nooit zonder jas naar buiten. Al lijkt het om iets onbenulligs te gaan als het vuilnis buitenzetten of het stoepje sneeuwvrij maken; altijd een extra kledingstuk aantrekken. Je kunt hier in de bergen namelijk van het ene op het andere moment bevangen raken door de kou.'

Saskia tikte met haar vingers tegen de zijkant van haar hoofd.

'Begrepen, mevrouw!'

Zalia lachte. 'Sorry. Ik klonk vast wel heel erg als een schooljuf!'

Saskia wuifde het weg. Het was alsof ze elkaar al jaren kenden, zo gemakkelijk ging dit contact.

Zalia gaf haar een dikke knipoog en stapte naar buiten. Het pad naar het gastenverblijf was keurig sneeuwvrij gemaakt.

'Welkom in je nieuwe stulpje.' Zalia opende de deur en maakte een weids armgebaar.

'Niet groot, maar wel gezellig. Tenminste, dat vind ik.'

Zalia had het juist verwoord. Het had de afmetingen van een grote blokhut, maar was voorzien van alle gemakken. De keuken was compact maar efficiënt ingericht met een koelkast en zelfs een ingebouwde vaatwasser onder het aanrecht en de keramische kookplaten. In de huiskamer stonden een bank, een tafel, twee stoelen, een tv en een elektrische kachel. De open haard was voor haar een aangename verrassing. Ze had nog nooit in een huis met een open haard gewoond.

'En hier naast elkaar de badkamer met toilet en een slaapkamer. En? Vind je het wat?'

Saskia knikte enthousiast. 'Ja, geweldig.'

'Gelukkig maar.' Zalia opende de deur en liep naar buiten. Verderop stond Jules hen bij Saskia's auto telefonerend op te wachten. Toen hij hen naar buiten zag komen, beëindigde hij snel het gesprek.

'We helpen je met je bagage. Daarna kun je bijkomen van de reis. Je zult wel moe zijn.'

Gezamenlijk brachten ze haar spullen van de auto naar het gastenhuis. Toen alles in de huiskamer stond, keek Zalia op haar horloge.

'Het is nu bijna vier uur. Zo rond een uur of zes wilden wij een hapje gaan eten. We zouden het leuk vinden als jij meeging. Kunnen we elkaar wat beter leren kennen. Heb je daar zin in?'

'Ja, graag!'

Toen Jules en Zalia haar alleen lieten begon ze voortvarend haar koffers op het bed uit te pakken. Toen ze klaar was en de koffers had opgeruimd, lonkte het lege bed. Als ze nou heel even zou gaan liggen om zich te ontspannen, dan zou ze de avond waarschijnlijk beter doorkomen.

Opeens schrok ze wakker. Het duurde even voordat het tot haar doordrong waar ze was. Hoe laat was het?! Ze graaide naar haar horloge op het nachtkastje. Over een halfuur werd ze door de familie Laponder verwacht! Ze kwam snel overeind en liep naar de badkamer om zich op te frissen. Even twijfelde ze over wat ze aan moest trekken. Casual, maar niet te sportief?

Om vijf voor zes trok ze de deur achter zich dicht. Het uitzicht was fantastisch. Ontelbare sterren fonkelden in de nacht en de maan belichtte de contouren van ruige bergkammen. Ongeveer vijftig meter van haar vandaan stond een houten huis waar licht brandde. Het was kleiner dan het huis van de familie Laponder, maar zo te zien geen vakantiehuisje. Voor het raam stond een man. Vanwege de afstand was het lastig om details te zien, maar ze kreeg sterk het idee dat hij naar haar keek. Toen hij zijn arm opstak en naar haar zwaaide, wist ze het zeker. Ze groette terug en liep naar het huis van haar nieuwe werkgevers.

12

Dione gaf haar een kus op haar wang. 'Tot straks!'

Pim volgde het voorbeeld van zijn zusje. 'Doei!'

Ze zwaaide naar het tweetal dat zich snel bij hun vriendjes voegde.

Doei, dacht ze. Zo vertrouwd. En dat pas na drie dagen echt elke dag met ze om te gaan…

Met een groepje ouders die hun kroost in de grote sporthal hadden afgezet, liep ze naar de uitgang. In Visp was het een traditie dat de plaatselijke sporthal tijdens schoolvakanties werd omgebouwd tot een arena waarin de plaatselijke jeugd zich overdag kon uitleven. De activiteiten varieerden van trampolinespringen tot vingerverven. Er waren voldoende vrijwilligers aanwezig om de boel goed te laten verlopen.

Het was even voor tienen en ze had vandaag nog genoeg te doen. Om te beginnen de boodschappen, daarna een was draaien en tegen een uur of drie wilde ze de routes rijden die ze de komende tijd het meest zou moeten afleggen.

Het weekend had ze nog even kunnen bijkomen en kunnen wennen aan haar huisje. Maandag had Zalia haar de twee huizen laten zien die werden verhuurd. De twee chalets waren eigendom van de familie Laponder en stonden net buiten Visp. Het merendeel van het jaar waren de huizen bezet. Van november tot mei door wintersportliefhebbers, en in de zomer namen wandelaars en bergbeklimmers er hun intrek. Zij zou het aanspreekpunt zijn voor de verhuurders. Ook moest ze ervoor zorgen dat de zogenaamde wissel, die altijd op zaterdag plaatsvond, goed verliep: schoonmaken, beddengoed vervangen en de gasten welkom heten. Verder zou ze weinig tot geen contact met de gasten hebben. Enkel in het geval van dringende vragen of calamiteiten moesten ze op haar kunnen rekenen.

Gisteren had ze met Jules het magazijn van zijn im- en exportbedrijf bezocht, dat gespecialiseerd was in sportartikelen. Hoewel het gebouw slechts op drie kilometer van hun huis lag, bracht Jules hier weinig tijd door, vertelde hij. In zijn showroom in Zermatt handelde hij bijna al zijn zaken af. Het magazijn en de daarboven gelegen kantoorruimte waarin de afdeling Administratie van zijn bedrijf zat, zag hij meer als een noodzakelijke papierwinkel die ook zonder zijn aanwezigheid prima functioneerde.

De kantoorruimten waren voor haar echter wel van belang. Op wat tafels en stoelen na stond één unit leeg. Over de mail had ze met Zalia besproken dat zij in de toekomst daar haar eigen werkkamer van kon maken. De tekeningen die zij daar hoopte te produceren, waren voorlopig verbonden aan een ambitieus project dat Jules volgend jaar wilde realiseren. Ergens deze week zou hij haar meenemen naar het stuk grond, waar ze aan de hand van schetsen en bouwtekeningen alvast wat inspiratie kon opdoen. Zo zou ze haar oude vak weer een beetje kunnen gaan oppakken.

Terwijl ze over de toekomst hadden gesproken, had Jules benadrukt dat 'de kids het belangrijkst waren'. Door hun succesvolle zakenleven hadden ze flink moeten inleveren op de qualitytime met hun kinderen. Haar inbreng kon ervoor zorgen dat er weer een knussere sfeer in het gezin ontstond. Dat de kinderen het gevoel hadden dat er altijd een soort van 'tweede moeder' of 'oudere zus' aanwezig was. Het was een gok, een experiment, waarover hij en Zalia lang hadden gediscussieerd.

Saskia had het vermoeden dat Jules geen voorstander van deze stap was geweest. Misschien was hij inmiddels wat bijgetrokken, maar echt enthousiast leek hij er niet over. Net als alle dingen die in hun gesprek voorbijkwamen, sprak hij er op een zakelijke manier over. De glimlach op zijn gezicht leek eerder plichtmatig dan een uiting van zijn werkelijke emoties. Hij kon wel met zijn mond lachen, maar zijn ogen lachten niet mee.

Ze stapte in haar auto en reed naar de Migros voor de boodschappen. Eigenlijk was ze een au pair plus, met straks een bijbaan als binnenhuisarchitect. Ze verdiende een mooi salaris en betaalde geen huur, zodat ze lekker kon sparen. Zondag was haar vrije dag en op woensdag- en zaterdagmiddag had ze ook voldoende tijd voor zichzelf. Doordeweeks kon het gebeuren dat zowel Jules als Zalia 's avonds laat van hun werk kwam waardoor zij bij de kinderen moest blijven. Negen van de tien avonden was een van de twee na zessen gewoon thuis en kon zij haar eigen gang gaan. Ze stopte voor een rood verkeerslicht. De beige Porsche Cayenne links op de kruising sprong meteen in het oog. Hé, was dat niet Zalia's auto? Ja, de vrouw achter het stuur herkende ze. Zou Zalia haar ook zien? Het leek wel of die helemaal in gedachten verzonken was. Ze hing meer in de auto dan dat ze zat en leek erg bleekjes. Maar heel goed kon Saskia het niet zien. Er zou toch niets ernstigs gebeurd zijn?

De kinderen, schoot het door haar heen. Moest ze meteen omdraaien naar de sporthal, om te checken? Als er iets was, dan hadden ze haar toch zeker ook meteen gebeld? Ze had de tweede dag al een mobiele telefoon met een Zwitsers abonnement gekregen. Ach, wat zat ze zich hier nu al ongerust te maken. Het zal de onzekerheid wel zijn over de verantwoordelijkheden die Zalia en Jules haar durfden te geven. Ze overwoog om te toeteren en te zwaaien, maar zag hoe Zalia haar hoofd liet hangen en toen met een ruk optrok nadat de bestuurder achter haar had getoeterd. De Porsche reed rechtdoor richting Zermatt. Omdat Zalia enkele kilometers verderop van deze wintersportplaats haar makelaardij had, leek het logisch dat ze terugkwam van een afspraak met een cliënt en gewoon naar kantoor ging.

Zou het een slecht gesprek zijn geweest? Zalia leek haar echter niet het type dat zich door werk uit het veld liet slaan. Maar iets moest haar zo aangegrepen hebben. Misschien was ze gewoon moe. Het was nou ook weer niet dat Saskia haar in die paar dagen zo goed had leren kennen dat ze dit allemaal kon gaan invullen. Toch zou ze vanavond even opletten of ze iets aan Zalia kon merken. Wie weet kon ze wel iets voor haar doen.

13

Het stuk grond lag net buiten de plaats Brig, wat met de auto een kwartiertje rijden was van Visp. De totale oppervlakte bedroeg twee hectare, waarvan de helft als bouwgrond stond geregistreerd. Het was nu nog een stuk ongerepte natuur, maar als het aan Jules lag kwam daar snel verandering in. 'Dit is een toplocatie. Midden in de natuur met Brig op loopafstand. Tien minuten verderop heb je de Riederalp met z'n fantastische pistes en aan de andere kant van de berg ligt Zermatt met de Matterhorn, een van de meest luxueuze wintersportbestemmingen van Zwitserland.'

Hij hief zijn handen ten hemel en lachte hardop. 'Wat wil een mens nog meer?!'

Het was inderdaad een prachtige plek. Gisteravond had ze met het gezin Laponder gegeten en Jules had haar uitgenodigd vandaag naar het terrein van zijn nieuwe project te gaan kijken. Ze waardeerde het dat hij haar zo snel erbij betrok. Het was een gezellige avond geweest en aan niets kon ze merken dat Zalia ergens mee zat. Waarschijnlijk had ze zich dus gewoon vergist.

'Verfijnd duurzaam toerisme.' Het klonk alsof Jules een folder voorlas. 'Het project moet matchen met de omgeving. Zowel de lokale bevolking als de toeristen zullen het beschouwen als een verrijking van de omgeving.' Met een weids armgebaar probeerde hij zijn woorden kracht bij te zetten.

'Twaalf chalets, gebouwd van duurzaam materiaal in een groene omgeving. Multifunctioneel, oftewel geschikt voor winter- en zomerpubliek. Zoals bijvoorbeeld het zwembad met overkapping. In de winter behaaglijk warm en zomers verfrissend omdat we dan de kap in de grond laten zakken. Het moet daar komen te liggen.'

Saskia knikte instemmend. Jules klonk heel ambitieus. Hierdoor werd ze steeds nieuwsgieriger naar de plannen die daadwerkelijk op papier stonden, daar kon ze wat mee.

'De meeste vergunningen heb ik al.' Met zijn nagels pulkte hij aan de dop van een kartonnen koker. Toen de plastic dop naar zijn zin niet snel genoeg meegaf, haalde hij uit zijn jaszak een Zwitsers zakmes. 'De nationale trots,' grijnsde hij. 'Bijna iedereen hier heeft het op zak, reuzehandig.' Met de punt van een kort lemmet tikte hij de dop van de koker en haalde een bundel opgerolde tekeningen tevoorschijn.

'In maart…' Het gezoem van zijn mobiele telefoon onderbrak zijn verhaal. Wat onhandig klemde hij de tekeningen en de koker onder zijn oksel en graaide met zijn vrije hand in de binnenzak van zijn jack. Hij wierp een korte blik op zijn beeldscherm, drukte op het rode icoontje en borg de telefoon weer op.

'In maart verwacht ik alle benodigde vergunningen rond te hebben. Nog voor de zomer moet de eerste paal in de grond. Najaar 2012 staat de oplevering gepland.'

Saskia keek hem sceptisch aan.

'Klinkt geweldig, maar is dat niet erg…'

'Snel, optimistisch, onrealistisch? Nee, dame. Dit is Zwitserland, hier werken de mensen keihard en komen ze hun afspraken nog na. Ik heb uitvoerig met de aannemers gesproken en zij zijn ervan overtuigd dat ze deze klus in dat tijdsbestek kunnen klaren. Overigens zijn er in het voorlopige contract boeteclausules opgenomen. Als ze niet voor de afgesproken datum kunnen leveren, moeten ze betalen. En geloof me, Saskia, als Zwitsers ergens een hekel aan hebben dan is het wel aan geld verliezen. Ze zullen hemel en aarde bewegen om dat te voorkomen.'

Weer ging zijn telefoon. Geërgerd drukte hij de beller weg.

'Deze tekeningen geven duidelijk aan welk materiaal waar wordt gebruikt. Vooral de binnenkant van de chalets is voor jou interessant. Op het keukenblok na is de indeling nog blanco.'

Saskia keek geconcentreerd naar de tekeningen die er zeer professioneel uitzagen. Hier kon ze zeker wat mee.

'Van Zalia had ik begrepen dat je ook ervaring hebt in de tuinarchitectuur?'

Voordat ze kon antwoorden klonk weer de ringtone van zijn mobiele telefoon. Deze keer kon Jules zijn ergernis niet meer verbergen. Hij draaide zich om, griste de telefoon uit zijn jaszak en liep bij haar vandaan. Ze kon niet horen wat hij precies zei, maar wel dat hij snauwde. Het waren haar zaken ook niet. Het gesprek duurde hooguit een minuut. Hij leek zich even te herstellen voordat hij weer naar haar toe liep.

'Waar waren we gebleven?' sprak hij met gespeelde nonchalance. 'O, ja. De tekeningen. Nou, ik maak overal kopieën van zodat jij ze op je gemak kunt bekijken. In je eigen kantoor, want ik laat de hoekkamer boven het magazijn opknappen. Tekentafel, een paar fatsoenlijke stoelen, likje verf, schrijf- en tekenmateriaal, een koffiezetapparaatje en hopsa, jij hebt je eigen kantoor. Lijkt je dat wat?'

'Het liefst zou ik vandaag al beginnen,' antwoordde Saskia enthousiast.

'Geef me twee weken, oké?'

Samen liepen ze naar de auto's die langs de weg stonden geparkeerd.

'Jij redt je verder wel?' vroeg Jules toen hij het portier van zijn BMW X5 opende en meteen instapte. Toen ze knikte, sloot hij het portier en reed weg. Saskia draaide zich nog eens om en keek naar het gebied waar over anderhalf jaar een prestigieus resort zou verrijzen. Met haar hulp.

14

'Hoe bevalt het tot nu toe?' vroeg Zalia. Ze had Pim en Dione naar bed gebracht en zat onderuitgezakt in een leren fauteuil.

'Heel goed,' antwoordde Saskia naar waarheid en nam een slok van haar koffie. Op verzoek van de kinderen was ze na het eten nog even blijven hangen. Het liep inmiddels tegen halfnegen. Normaal gesproken zou ze al op haar eigen bank liggen met een goed boek en een glas wijn.

'Voor zover ik het kan beoordelen, loopt het lekker tussen jou en de kids,' zei Jules. 'Of ben ik nu te optimistisch?'

'Ik heb hetzelfde gevoel en dat is best wel vreemd. Ik bedoel, ik ben hier nu ruim een week maar het lijkt wel alsof ik er al drie maanden ben.'

Zalia glimlachte. 'Die twee lopen met je weg.'

'We kunnen het inderdaad goed met elkaar vinden,' beaamde ze. 'En je mag gerust weten dat ik daar vooraf best zenuwachtig over was. Ik ben tweeëndertig, gescheiden en heb geen kinderen. Dit is mijn eerste baan in het buitenland en de "corebusiness",' ze keek Jules met een scheve grijns aan, 'zijn de kinderen. Afgezien van mijn nichtje en neefje heb ik met kinderen weinig ervaring. Dat het dan zo goed gaat en jullie dat vertrouwen hebben is echt fijn.'

'Als we heel eerlijk zijn, hebben we wel even getwijfeld of we niet liever iemand met meer ervaring met kinderen wilden, maar juist doordat je geen kinderen hebt, ben je veel flexibiler en juist door je leeftijd heb je meer ervaring dan meiden van begin twintig. Je was de beste kandidaat en geloof me, de meest eerlijke jury bestaat uit onze kinderen.'

'Jullie boffen met ze.'

Zalia glimlachte en keek even naar Jules. Er werd iets gecommuniceerd tussen die twee wat Saskia niet begreep. Alsof ze ergens buiten werd gehouden. Misschien zou ze nog heel wat met de kinderen te stellen krijgen. 'Goed, morgen ga ik verder met deze cursus, nu zoek ik mijn eigen hutje maar weer eens op.'

Zalia stond ook op en liep grinnikend naar een kast en kwam terug met een envelop.

'Kijk eens aan, stagiaire. Hier heb je alvast een deel van je eerste loon, dat kun je vast wel gebruiken totdat je pinpas van je nieuwe rekening er is.'

'Bedankt!' Toen ze de envelop van Zalia aanpakte viel haar oog op de ring die ze droeg.

'Wat een mooie ring. De combinatie van vormgeving en materiaal is heel bijzonder.'

Zalia leek even niet te weten hoe ze moest reageren. Aarzelend zei ze: 'Ja, hij is heel speciaal…' Voor Saskia verder kon vragen, nam Jules het woord. 'Even over morgen. Wij hebben geen afspraken lopen, dus regelen we zelf het ontbijt, hoe zat het ook alweer met de chalets, schat? Ik zou graag nog wat thuis willen werken.'

'Eén familie in de chalets vertrekt om elf uur en de andere om twaalf uur. Laten we hier om halfelf afspreken, dan rijden we samen naar het eerste huis. Daar nemen we afscheid van die mensen en verschonen de bedden. Om twaalf uur doen we hetzelfde in het andere chalet.'

'Prima,' antwoordde Saskia, die alles best vond, maar wel zag dat Zalia een beetje gespannen was geworden en aan haar ring zat te draaien. Had ze iets verkeerds gezegd? Of Jules? Nou ja, het was voor Zalia ook een lange dag geweest en morgen had ze toch weer die verplichting van de chalets. Het onderhoud van de twee chalets was het laatste op Saskia's todolijstje van deze week. Dan zou ze al haar taken een keer gedaan hebben en de belangrijkste plekken in de omgeving een keer gezien hebben. Ze hadden er deze week de vaart in gezet, maar het was ook het beste om maar gewoon dit nieuwe leven in te duiken. Ze zei Zalia en Jules gedag en liep naar haar huis. Toen ze op de helft was hield ze haar pas in en keek omhoog. Het uitzicht was spectacu-lair. Koud en helder weer vormde een perfect decor voor een schitte-rende sterrennacht.

Met haar handen in de zakken van haar jack genoot ze voor even van de adembenemende schoonheid. Doordat ze zo stil stond, dacht ze opeens opgewonden stemmen uit het huis achter haar te horen. Ze draaide zich om en zag Zalia nog net met een woest gebaar een gordijn dichttrekken. Ze zouden toch geen ruzie hebben? Niet haar zaken.

Gedreven door de ijzige temperatuur die haar oren liet tintelen, wan-delde ze naar haar huis. Ze opende snel de deur, deed het licht aan en haar jas uit. Ze knielde naast de open haard en legde de houtblokken erin. De eerste paar dagen was het haar niet echt gelukt een lang bran-dend vuur aan te leggen. Sinds gisteren ging het haar eindelijk beter af. Terwijl ze een paar nieuwe briketten in de haard legde, werd er ge-klopt. In de veronderstelling dat Zalia haar wat was vergeten te vertel-len, liep ze naar de deur.

15

'Goedenavond, mijn naam is Klaus Vagner.' Hij knikte haar vriende-
lijk toe en stak zijn hand uit. 'Ik ben uw buurman en kom me even
voorstellen. Ik hoop dat ik niet stoor…'
Dus hij moest de man zijn naar wie ze de eerste avond gezwaaid had.
Hij was aantrekkelijk. Donkere ogen. Zwart haar, gezonde teint.
Iemand die graag buiten was. Ze zette zich snel over haar eerste twijfel
heen, schudde zijn hand en deed een stapje opzij.
'Saskia van Lieshout. Wat leuk u te ontmoeten, kom verder.'
Eenmaal binnen viel zijn oog direct op de open haard. Hij knikte in de
richting van het stapeltje hout. 'U gaat hem aansteken?'
'Proberen is een beter woord.'
'Mag ik een poging wagen?'
'Graag, zelfs. Alle hulp is welkom.'
Geroutineerd stapelde hij het hout op en toen hij het aanstak, zag ze de
vlammen snel langs het hout klimmen.
'Het belangrijkste is om de houtblokken op de juiste manier neer te
leggen,' sprak Vagner met een innemende glimlach. 'De briketten doen
de rest. Het kan overigens ook met krantenproppen, hoor.'
Ze had het verschil gezien met haar geklungel, maar twijfelde of het
haar de volgende keer beter af zou gaan.
'Bedankt, ik zal het de volgende keer ook zo proberen. Kan ik u wat te
drinken inschenken?'
Hij nam plaats op de bank. 'Graag.'
'Witte wijn?'
Hij knikte. 'Ik zag u met de kinderen sneeuwballen gooien. Volgens
mij vonden ze het geweldig.'

'Anders ik wel. Ik ben erg blij dat het zo goed gaat en ik hoop dat dat voorlopig zo blijft.'

'Wat leuk,' antwoordde hij enthousiast. 'Dus jij werkt voor de familie Laponder.'

Ze knikte. Het was prettig dat hij duidelijk Hoogduits sprak, wat ze tot nu toe weinig had meegemaakt. De meeste mensen spraken hier een Zwitsers dialect dat voor haar lastig te verstaan was. Pas als men zag dat ze er moeite mee had, pasten ze zich aan.

'Ja, ik ben een soort au pair. Ik help ook bij de verhuur van chalets en probeer in de toekomst wat ideeën op papier te zetten voor het interieur van een nieuw project van Jules. Hiervoor was ik binnenhuisarchitect.' De eerste indruk was belangrijk, en ze wilde door hem gewoon niet gezien worden als een leeghoofd die het op haar tweeëndertigste niet verder had geschopt dan nanny bij een rijke familie. Wat, als ze heel eerlijk was, wel dicht bij de waarheid kwam.

'En jij? Behalve voor het raam staan en zwaaien, bedoel ik.'

Hij lachte innemend, wat hem nog aantrekkelijker maakte.

'Ik ben kunstenaar, geen kantooruren voor mij dus. Mijn inspiratie doe ik vaak op in de natuur, als ik mijn hoofd helemaal leeg kan maken. Of tijdens het naar buiten staren door het raam. Dus als jij me weer ziet staan, weet je dat ik eigenlijk aan het werk ben.'

Saskia schoot in de lach. 'Wat voor kunst maak je?'

'Beeldende kunst. Ik heb geen vaste klanten of opdrachtgevers en mijn werk wordt vooral in de Verenigde Staten geëxposeerd. Blijkbaar is Zwitserland er nog niet aan toe.'

Ze grinnikte. Er was een klik, ze mocht hem wel. Hij had een prettige, rustige uitstraling. Alsof hij alles op een ongedwongen wijze onder controle had.

'Verenigde Staten? Droomt niet iedere kunstenaar en artiest daarvan?'

'Puur toeval, een vriend van mij kende een kunsthandelaar uit Bern. Hij liet die man wat werk van mij zien en van het een kwam het ander. Die kunsthandelaar zag Amerika als de ideale verkoopplek voor mijn werk. Na een moeizame start bleek dit inderdaad het geval. In totaal heb ik er acht jaar gewoond.'

'Woonde je hier ook voordat je naar Amerika ging?'

'Ja, ik ben hier geboren. Dit huis was van mijn moeder. Drie jaar geleden kreeg ik een telefoontje dat het niet goed met haar ging. Ik ben direct gekomen en was gelukkig net op tijd om afscheid van haar te kunnen nemen. Omdat mijn twee broers hier niet wilden wonen en we om sentimentele redenen het huis niet wilden verkopen, ben ik hier gebleven.'

'En alles wat je in Amerika had opgebouwd heb je achtergelaten?'

'Ja, er zijn belangrijkere dingen in het leven dan een carrière. Al moet ik daar gelijk aan toevoegen dat de verandering van omgeving mijn werk goed heeft gedaan. Ik denk dat het eerlijker of puurder is geworden. En het wordt nog steeds in Amerika geëxposeerd, dus ik doe iets goed. Maar nu zit ik je te vervelen met mijn kunstenaarspraat. Genoeg over mij, nu wil ik weleens wat meer over jou weten.'

Saskia wist niet waar ze moest beginnen, wilde beginnen. Zo interessant was haar leven niet geweest. Werken, trouwen, ontslagen worden, scheiden. Dat deden wel meer mensen. Maar het belangrijkste was voor haar de beslissing geweest alles achter te laten. Opnieuw te beginnen. Dat deed misschien niet iedereen. Het gekke was, ze voelde nu eigenlijk geen weerstand om erover te praten. Ze wist alleen niet of het door deze Klaus kwam en het gemak waarmee hij over zichzelf sprak, of omdat ze haar leven weer een beetje op orde kreeg en niet meer het gevoel had in de ellende te blijven hangen.

'Ik beschouw deze baan als een tweede kans,' begon ze. 'De afgelopen tijd, met name het laatste jaar, heb ik wat tegenslagen gekend. Een gestrand huwelijk en een ex-man die hiermee niet goed kon omgaan. Daarnaast werd ik ontslagen, een klap in mijn gezicht omdat mijn werk mijn leven was. In die baan kon ik echt mijn inspiratie kwijt. Toen ik het in Nederland niet meer zag zitten, kwam deze aanbieding op mijn pad. Hopelijk werkt het voor mij net zoals bij jou, dat de verandering van omgeving zorgt voor een boost in mijn leven. Zowel privé als zakelijk.'

Ze haalde wat onhandig haar schouders op. 'Ik probeer niet te veel verwachtingen te hebben, maar tot dusver word ik niet teleurgesteld. Ook al ben ik er nog maar net, het voelt goed hier te zijn. De omgeving, het feit dat je nuttig bent voor anderen en er zelf plezier aan hebt, en vooral de mensen. Het klikte meteen met Zalia. Het doet me goed te zien dat ze hier succesvol zijn. Weet jij hoe lang de familie Laponder hier al woont?'

'Een paar jaar. Het chalet waarin Zalia nu woont was van haar ouders, ze gebruikten het als vakantiehuis waar zij de zomer en een deel van de winter doorbrachten.'

Hij leek even te aarzelen. Was ze te nieuwsgierig? Het was niet haar bedoeling hem meteen uit te horen, maar ze voelde zich op haar gemak en hij had iets uitnodigends, iets waardoor je sneller tot de kern kwam dan bij andere mensen.

'Ik ken Zalia al sinds mijn jeugd,' ging hij verder. 'Toen ze naar Zwitserland verhuisde, heeft ze eerst haar intrek in het chalet genomen. Daarna besloot ze in Zermatt te gaan wonen.'

Hij nam een slok van zijn wijn en keek voor zich uit. Ze had graag doorgevraagd, maar hield zich in nu hij zo serieus was geworden.

'Ik begrijp wel wat Zalia en haar familie naar Zwitserland trok. Het is hier prachtig!'

Klaus ging met plezier op die opmerking in.

De sfeer bleef zo goed dat ze nog een fles witte wijn opende. Toen hiervan de bodem in zicht kwam, stond hij op.

'Bedankt voor de goede avond, Saskia. Het is lang geleden dat ik zo fijn met iemand heb gesproken.'

'Dat geldt ook voor mij,' antwoordde ze iets te snel. Ze wilde helemaal niet gretig overkomen. Maar hij leek geen schroom te kennen en omhelsde haar vriendschappelijk en kuste haar op haar wangen.

'Dit doen we snel over, buurvrouw.'

'Goed plan.'

'Volgende keer laat ik je mijn huis zien.'

Ze knikte en keek hem na toen hij door de dwarrelende sneeuw naar zijn chalet liep.

Goed plan.

16

Curaçao

Richard liet zijn vingertoppen over haar bovenbeen glijden. Haar huid was zacht en mooi gebruind door de Caribische zon. Toen zijn hand langs haar buik streek, voelde hij de zweetdruppels tussen zijn vingers. Hij had de meest geweldige nacht van zijn leven gehad.

Een gewone bardienst op een doordeweekse dag was geëindigd in een uitzonderlijke vrijpartij die de tijd voor even had doen stilstaan. Alleen hij en zij.

'Het was geweldig,' zuchtte hij en draaide zijn hoofd naar de vrouw die naast hem lag. Ze heette Wendy en kwam uit Den Haag. In tegenstelling tot de graatmagere en onzekere jonge meiden die in groepjes de bar bevolkten, was Wendy alleen binnengestapt en recht op haar doel afgestapt. Met haar sensuele glimlach en volle figuur had ze direct zijn aandacht getrokken. Zij was een echte vrouw, zo eentje die precies wist wat ze wilde en dat ook kreeg.

Na twee cocktails en een praatje was ze opgestaan met de mededeling dat ze voor het einde van zijn dienst terug zou komen. Een belofte waaraan ze zich had gehouden.

'Vond jij het ook zo lekker?'

Ze mompelde iets en nam nog een trek van haar sigaret. Ze staarde loom naar het plafond en vermeed het oogcontact dat hij probeerde te maken. Toen zijn hand over haar borsten gleed, ging ze op haar zij liggen en drukte de peuk uit in de asbak. Daarna draaide ze weer terug, keek hem recht aan en glimlachte geforceerd.

'Het was lekker, maar nu moet jij je aankleden. Ik ben moe en wil slapen.' Hij probeerde haar wang te aaien, maar ze duwde zijn hand resoluut weg.

'Met nu bedoel ik ook nu. Het was leuk en nu is het klaar.'

Hij keek haar verbouwereerd aan. De vrouw met wie hij zo intiem was geweest, veranderde van het ene op het andere moment in een ijskonijn. Hoe was dat mogelijk? Ze hadden toch een geweldige tijd gehad?

'Maar...'

Met een blik die geen ruimte voor twijfel liet, keek ze hem aan.

'Er is geen maar. Geen klef gedoe, alsjeblieft. We hebben allebei gekregen wat we wilden en nu gaan we verder met ons leven. Rode rozen en mooie beloftes zijn niet aan mij besteed. Ik heb nog vijf dagen vakantie en haal alles eruit wat erin zit. Daarna ga ik weer terug naar Den Haag, waar een uiterst saai bureau en nog saaiere verloofde op mij wachten.'

Zonder zich verder iets van hem aan te trekken liep ze naar de badkamer.

'Ik neem een douche en ga dan naar bed. Als ik terugkom wil ik dat jij weg bent, oké?'

Richard slikte en balde zijn vuisten. Zijn keel was gortdroog. Zijn slapen begonnen te kloppen. Wie dacht die trut eigenlijk wel dat ze was? Zwaar teleurgesteld gooide hij de deur van de hotelkamer achter zich dicht. Hij moest hier snel vandaan voordat het uit de hand zou lopen. Hij kende zichzelf goed genoeg om te weten dat hij tegen zijn grens aan zat. Er was weinig meer voor nodig om hem zijn zelfbeheersing te laten verliezen.

Hij verliet het hotel en liep in de richting van de zee. De vrolijke geluiden die vanaf het Bonbini-strand kwamen gleden langs hem heen. *Blijf lopen. De mensen die je op het juiste spoor hebben gezet zijn in Nederland.* Op het strand zag hij aan zijn rechterkant de feestende groepjes toeristen. Tussen de kleine kampvuurtjes in dansten ze op opzwepende tonen. Hij draaide zich van hen weg en liep langs de branding de duisternis in.

Pas toen de zon langzaam uit de zee oprees, ging hij zijn appartement binnen. De vermoeidheid woog niet op tegen de overwinning die hij op zichzelf had behaald. Zijn lichaam was moe, maar zijn geest was helder. Hij was sterk geweest, had zijn woede onder controle gekregen. Met een tevreden glimlach ging hij op bed liggen. De klus was geklaard. Wat zij verder met haar leven deed kon hem niet schelen. Hij liet het gaan.

Richard draaide zich op zijn zij en sloot zijn ogen. Door het advies van zijn therapeut steeds maar weer te herhalen, had hij zich deze keer kunnen beheersen en was hij er uiteindelijk met zichzelf uitgekomen. Er moest gewoon geen volgende keer komen.

17

Saskia wierp nog een laatste blik op de tekening. Het kon beter, maar het begin was er. Dit was slechts een schets. Ze was ervan overtuigd dat de details nog op papier zouden komen. Zo was het altijd gegaan, de periode dat ze uit het vak was geweest diende geen belemmering te zijn voor de inspiratie. Kritisch blijven en keihard werken, wist ze uit ervaring.

Ze rolde de tekening op en stopte deze in een koker. De houder borg ze op in een kast. Nooit je werk mee naar huis nemen, was een gouden regel uit het verleden, die ze vaak genoeg gebroken had, maar waaraan ze zich nu weer probeerde te houden. Of je het wilde of niet, een opdracht bleef toch wel door je hoofd spelen. Dat was ook genoeg. Meestal noteerde ze een ingeving wel, maar die kon ze dan tenminste niet meteen in de tekening toepassen, want dan was ze thuis zo weer een paar uur aan het werk.

Ze deed het bureaulampje uit en knipperde een paar keer met haar oogleden om aan de duisternis te wennen. Dit was de derde keer dat ze 's avonds haar werkplek had bezocht en voordat ze naar huis ging, wilde ze nog van het uitzicht genieten. Terwijl het nog steeds in haar bovenkamer maalde, liet ze zich een beetje onderuitzakken. Turend door het grote raam naar de prachtige omgeving kwam ze langzamerhand tot rust.

Nu het werk er voor vandaag op zat, kon ze relaxen. Dit kantoor was hiervoor de ideale plek. Jules had zijn woord gehouden en binnen twee weken de ruimte opgekalefaterd tot een kaal maar functioneel ingerichte werkplek. De nieuwe vloerbedekking, een lik verf op de muren en het koffiezetapparaat waren niet voldoende voor een sfeervolle werkplek, maar ze had wat ze nodig had en was hem dankbaar dat hij het zo snel had kunnen regelen. Voor haar was het een perfecte plek om te werken, maar ook om zich een beetje te bezinnen na een hectische au-pairdag. Natuurlijk kon ze dat ook in haar eigen huis, maar dat lag toch wat anders. Daar had ze vaak het idee dat haar werk te dichtbij was. Het was nog niet eerder gebeurd dat ze thuis was gebeld met de mededeling dat ze moest komen opdraven voor het een of ander. Maar toch was het huis van de Laponders letterlijk te dichtbij. Ze was even bang geweest dat ze al deze verschillende functies en plekken niet zou kunnen verenigen, maar vreemd genoeg ging alles vanzelf. Deels door de hulp van Zalia en Jules, deels door de vaste dagindelingen en deels door het gevoel dat ze de belangrijke dingen in het leven hier kon ervaren. De kinderen, haar ontwerppassie, de natuur. Het bracht haar een rust die ze nog niet eerder had gehad. Als ze behoefte had aan gelijkgestemd gezelschap sprak ze af met Klaus. Na zijn onaangekondigde bezoek, hadden ze nog een paar avonden samen doorgebracht. Bij hem thuis, waar ze zijn werk had bewonderd, en voor haar eigen open haard met twee goede flessen wijn uit zijn kelder. Ze konden het over van alles en nog wat hebben, om dezelfde dingen lachen of de ernst van iets inschatten. Dat had ze nog nooit bij een man gehad. Ze genoten van elkaars gezelschap zonder over die onzichtbare grens van vrienden naar geliefden te stappen waarvan zij beiden exact wisten waar die was getrokken.

Al kon het niet lang meer duren voordat ze over die lijn zouden gaan. Toch wilde ze dat moment zo lang mogelijk uitstellen, en ze dacht dat hetzelfde voor Klaus gold. Anders had hij wel wat geprobeerd.

Ze wilde hem echt leren kennen en had het idee dat er nog zoveel te bespreken was. Zo deed hij altijd een beetje ontwijkend als het over zijn verleden ging, en stapte heel behendig op iets anders over.

Saskia zuchtte. Het was nu eind januari en het was ongelooflijk wat ze allemaal in die maand gedaan had. Vanaf de eerste dag had ze zich voor honderd procent ingezet. Met name de omgang en zorg voor Pim en Dione waren voor haar een verhaal apart. Het waren ontegenzeglijk lieve kinderen. Gaf je ze echter een vinger, dan namen ze je hele hand. Hun intelligentie was een wapen dat ze naar hartenlust gebruikten om hun zin te krijgen. In het begin was ze daar nog weleens ingetrapt, maar beetje bij beetje kreeg ze door hoe het werkte. Je moest proberen zo rechtlijnig mogelijk te blijven, maar in de praktijk bleek het nog een heel gedoe om consequent te blijven. Nu ze eenmaal doorhad hoe het spelletje werd gespeeld, kon ze tegengas geven. Geven en nemen, en regels waren regels. En zij had het laatste woord.

Het was tijd om naar huis te gaan. Ze was komen lopen om haar hoofd leeg te maken, maar moest dat stuk ook nog teruglopen. Thuis zou ze niet meer de moeite nemen om de open haard aan te steken. De elektrische kachel en een kop thee waren goed genoeg. Ze hoopte met het project wat forse stappen vooruit te maken. Al was ze zich er zeer van bewust dat het niet haar prioriteit kon worden. Jules en Zalia hadden vanaf het eerste contact duidelijk gemaakt waar hún prioriteiten lagen. Ze wilden haar graag betrekken bij hun werk, maar dat moest bijzaak blijven. Het gaf haar ook wel weer de nodige tijd om het op te pakken. In alle rust en buiten werktijden sleutelde ze aan het project om over een tijdje fantastische tekeningen en voorstellen op tafel te leggen. En van het een zou het ander komen, hoopte ze. Want een levenslange loopbaan als au pair was niet voor haar weggelegd, al zou ze dat voorlopig niet hardop zeggen. Wie weet als het project de komende jaren goed ging lopen en haar rol belangrijker werd. Dan konden ze misschien een ander in dienst nemen om de au-pairtaken op zich te nemen...

Ze liep naar buiten en ademde de ijskoude lucht in. Met een goed gevoel over de toekomst wandelde ze naar huis.

Februari, 2011

18

De stilte werd doorbroken door het lichte knisperen van verse sneeuw onder hun voeten en soms door een zuchtje wind in de naaldbomen. Het was negen uur 's avonds en bitterkoud. Elke keer als ze uitademde zag Saskia hoe een wolkje uit haar mond opsteeg om daarna snel op te lossen in de droge lucht.

Klaus bleef staan. Hij keek recht voor zich uit en concentreerde zich. Blijkbaar had hij een geluid opgevangen dat niet tot haar was doorgedrongen, want hij knikte en pakte haar hand. Met haar blik naar beneden gericht, liet ze zich leiden. Ze was bang dat ze op een dorre tak zou stappen en dan was deze hele expeditie voor niets geweest.

Een halfuur geleden had hij onaangekondigd voor haar deur gestaan. Of ze zin had om wild in hun natuurlijke habitat te zien. Volgens Klaus was het hiervoor de perfecte avond, gezien het weer en de stand van de maan. Hoewel ze zich al had gesetteld voor de open haard met een boek, kon ze dit aanbod niet afslaan. Hoe vaak kreeg je een kans om die dieren in hun eigen omgeving te zien? De laatste keer dat ze 'wilde dieren' had gezien was alweer een paar jaar geleden. Nou ja, wild. Achter tralies in Artis.

Ze wist niet dat ze zo snel vanuit haar huis midden in een natuurgebied kon komen. Alleen als ze zich omdraaide had ze zicht op de buitenlichtjes van de chalets, wat haar toch een prettig gevoel gaf.

Klaus liep naar een groot rotsblok dat bijna tot zijn heupen kwam. Hij leunde met zijn handen op de enorme steen en tuurde in het ondoordringbare bos voor hem. Even later legde hij zijn wijsvinger op zijn lippen. Hij trok haar voorzichtig naar zich toe en wees naar een plek schuin rechts voor hen. Ze zag niets. Om niet al te onnozel over te komen, bleef ze naar die plek staren. Opeens, alsof Klaus het met de natuur had afgesproken, gleed een wolk van de maan weg waardoor het vale licht direct de berghelling bescheen. Tussen de bomen stonden twee herten. Er kwamen stoomwolkjes uit hun neusgaten en hun houding was uiterst alert.

Het waren prachtige dieren. Zo statig als ze op hun poten stonden: rechtop, trots. Dit was hun terrein. Misschien werd hier wel veel gejaagd, dat zou hun alertheid wel verklaren.

Het voorste hert liep verder, het achterste dier volgde. Mannetje en vrouwtje, zo te zien.

Klaus draaide zich naar haar toe. Ze stak haar duim op. Hij grijnsde en boog zijn gezicht naar het hare.

'Je kunt nu gerust fluisteren. Ze hebben ons gehoord of geroken. Ik denk het laatste, want de wind draaide daarnet een beetje.'

Saskia knikte. Hij had al verteld dat je wild altijd tegen de wind in moest benaderen.

'Wil je everzwijnen zien?'

Ze keek hem blij aan.

'Mooi, maar dat wordt een lastigere opgave dan het vinden van een hert. En ik moet er ook bij zeggen dat het niet helemaal ongevaarlijk is.'

'Hoezo?'

'Nou, als een zeug jongen bij zich heeft wil ze nog weleens agressief worden. In dat geval moet je precies doen wat ik zeg.'

'Ik zou niet anders durven.'

Met een korte hoofdknik gaf hij haar aan hem te volgen. Voor de zekerheid, om niet op krakende en knappende takken te trappen, zette ze haar laarzen in zijn voetstappen.

Even later bleef Klaus ineens staan. Op het moment dat hij haar naar zich toetrok, ging de telefoon in haar binnenzak af. In deze doodstille omgeving klonk de ringtone als een ambulancesirene. Ergens in het bos hoorde ze getrappel van hoeven en snoevende geluiden. De everzwijnen waren gealarmeerd en gevlucht.

'Sorry,' zei ze schuldig. 'Sorry,' zei ze nogmaals. 'Wat stom'.

Hij haalde onverschillig zijn schouders op. 'Maakt niet uit, kan gebeuren.'

Op het display van haar mobiele telefoon las ze 'chalet 1'. Een van de huurders wilde haar spreken. En blijkbaar dringend, anders had het ook wel tot morgenochtend kunnen wachten.

'Met Saskia.'

'Hallo met Claudia. Wij hebben met z'n zessen een chalet gehuurd en jij hebt ons zaterdag gesproken.'

De studentes uit Groningen, dacht Saskia.

'Bij aankomst heb je gezegd dat we altijd konden bellen als er iets aan de hand was,' ging Claudia verder.

'Klopt, wat kan ik voor je doen?'

'Nou... euh... wij hebben onderling ruzie gehad. Dat liep een beetje uit de hand, en nu is Sara boos weggelopen.'

'Hoe lang is dat geleden?'

'Ongeveer anderhalf uur en ze is nog niet terug. We beginnen ons zorgen te maken...'

'Blijf daar,' antwoordde ze. 'Ik kom eraan.'

19

De jeep van Klaus lag als een blok op de weg. Hij reed stevig door zonder echt risico's te nemen. Nadat ze snel had uitgelegd wat er aan de hand was, waren ze in zijn auto gesprongen. Hij kende het gebied zo goed dat zijn hulp noodzakelijk was.

Bij het chalet stond Claudia al bij de geopende voordeur te wachten. Sara was nog steeds niet terug.

'Fijn dat je er bent,' zei Claudia. Ze keek bezorgd, en aan haar roodomrande ogen zag Saskia dat ze had gehuild.

'Het is zo stom, allemaal. We kregen ergens woorden over en dat liep uit op ruzie. Sara pakte haar jas en liep naar buiten.'

'Heb je gezien waar ze naartoe ging? Welke richting?'

De studente schudde schuldbewust van nee.

'Op dat moment waren we blij dat ze vertrok, hoe stom dat nu ook klinkt. Ze gedroeg zich ook zo onvolwassen...' Ze beet op haar lip om niet in huilen uit te barsten. Uit de huiskamer kwamen twee jonge vrouwen en gingen achter Claudia staan. Er klonk een timide 'hallo'. Saskia knikte hen toe.

'Welke kleur jas?' vroeg ze aan Claudia.

'Beige.'

'Mobiele telefoon?'

'Die heeft ze hier laten liggen.'

Hier schieten we niets mee op, dacht Saskia. Ik moet nu actie ondernemen. Zalia bellen, de politie, of...

Klaus legde zijn hand op haar schouder.

'Nieuws?' vroeg hij.

'Nee, ze heeft haar beige jas aangetrokken en is vertrokken. Niemand weet waarheen en ze heeft geen mobiele telefoon bij zich.'

'Oké, laten we gaan.' Zonder verder iets te zeggen liep hij met grote passen naar zijn auto. Saskia zei snel tegen Claudia 'je hoort van me' en volgde hem. Ze stapte in de jeep en voelde hoe ze tegen de passagiersstoel werd gedrukt toen hij gas gaf.

Hij draaide de weg op die door het dal slingerde. Het was de belangrijkste verbindingsweg voor de tientallen dorpen hier in de omgeving. Klaus kende deze weg duidelijk uit zijn hoofd, want voordat zij een bocht zag, stond hij al op zijn rem om vaart te minderen.

'Deze kant is ze denk ik niet opgegaan,' mompelde hij nadat ze een paar kilometer hadden gereden. 'We hadden haar dan wel tegen moeten komen. Het is geen makkelijke weg om langs te lopen, zeker niet in het donker.' Hij draaide de auto en gaf flink gas.

Saskia keek naar rechts. Parallel aan de weg waar ze nu reden liep een beek. Deze lag een meter of dertig lager. Ondanks de temperaturen die 's avonds en 's nachts onder het vriespunt lagen, stroomde er water over de rotsachtige bodem. Doordat er continu smeltwater vanaf de hoger gelegen bergen stroomde, bleef het beekje in beweging. Het moest echt keihard vriezen wilde dit water in ijs veranderen.

Ze bereikten weer het punt waar Klaus de weg was opgereden. Saskia zag het chalet liggen waar de vijf studentes tot vanavond een onbezorgde vakantie hadden gevierd. Ze zag het gezicht van Claudia voor zich, sloot haar ogen en haalde diep adem. Ook zij werd met de minuut ongeruster. Waar was Sara? Wat bezielde een jonge vrouw om in deze omgeving en met deze temperaturen inmiddels twee uur weg te blijven? Dat was toch niet normaal?!

'Wat nu? Ze kan alle kanten op gegaan zijn. Er kan van alles gebeurd zijn!'

'Rustig, Saskia.' Zijn kalme stem deed haar goed. Hij had gelijk, ze moest kalm blijven en niet zoals Sara's vriendinnen in paniek raken.

Klaus remde af en reed langzaam een landweggetje op. Na vijftig meter stopte hij en zette de motor af. Hij strekte zijn arm, opende het handschoenenvakje en haalde er een zaklamp uit.

'Even verderop is op dit pad een verraderlijk punt. Blijf achter me. Als je het niet kent, kun je daar zo wegglijden en beland je door die sneeuw- en ijsplakkaten zomaar een meter of twintig lager. Het is wel een schui- ne helling, maar je kunt je lelijk bezeren.'

Ze stapten uit. Klaus knipte de lamp aan en keek tijdens het lopen naar wat voetafdrukken in de sneeuw. Opeens stopte hij en liet het licht op een plek in de berm schijnen. In de laag opstaande sneeuwrand zat een opening van ongeveer een halve meter.

'Sara!' riep Klaus meteen. Even was het stil, maar toen dachten ze iets te horen. Behoedzaam liepen ze verder.

'Sara, ben jij daar?' Saskia wilde nog verder lopen, maar Klaus hield haar met zijn arm tegen.

'Hier,' klonk het vanaf beneden. 'Ik ben hier.'

'Zeg dat ik eraan kom,' sprak hij beslist. Hij rende naar de auto en haalde een touw uit de kofferbak. Terug bij de plek waar Saskia stond, bond hij snel het uiteinde aan een boom en hield het touw stevig vast. 'Enig idee waar ze ongeveer zit?'

'Nee.' Ze had wat geruststellende woorden gesproken en dacht dat ze Sara had horen snikken.

'Sara, er komt iemand naar beneden om je te helpen.'

Klaus daalde af aan het strakgespannen koord. De helling was niet echt steil, maar door de gladheid enorm verraderlijk. Hij bewoog zijn vrije arm heen en weer zodat de lichtbundel een groot deel van de hel- ling onder hem bescheen.

'Ik heb haar gevonden,' hoorde Saskia hem opeens roepen. 'We ko- men samen naar boven.' Ze bleef naast het touw staan op de plek waar Klaus was afgedaald. Door het licht uit de zaklamp kon ze zien waar ze zich bevonden. Het tempo was tergend langzaam. Toen ze bijna boven waren zag ze dat Klaus zijn arm om de studente had geslagen. Stapje voor stapje kwamen ze dichter bij de rand. Het rechterbeen van Sara bungelde er wat bij en Klaus moest al zijn krachten bundelen om haar naar boven te krijgen.

'Leg haar heel voorzichtig neer,' hijgde hij toen ze eindelijk bij de rand waren. Saskia pakte Sara onder haar oksels en legde haar op de grond. Haar gezicht was lijkbleek, alsof al het bloed eruit was getrokken. Haar jas zat vol met vlekken en scheuren. Klaus maakte het touw los van de boom.

'Blijf tegen haar praten,' zei hij en rende naar de auto.

'Ik heb het zo koud,' bibberde Sara. 'Zo koud, en mijn rechterbeen doet zo'n pijn.'

Saskia pakte haar hand.

'Alles komt goed,' probeerde ze op een zelfverzekerde toon. Ze moest de jonge vrouw op haar gemak stellen, haar verzekeren dat er een eind was gekomen aan haar nachtmerrie. Ze hoorde hoe Klaus de jeep startte en stapvoets naar hen toe reed.

'Ik heb geklommen,' fluisterde Sara. 'Ging bijna niet met dat been…'

'Je hebt het gered. Er kan nu niets meer gebeuren. Je bent veilig.'

Sara glimlachte dunnetjes door haar tranen heen. Saskia slikte.

Klaus parkeerde de jeep twee meter van hen vandaan. Samen droegen ze Sara voorzichtig naar de auto en legden haar op de achterbank. Ze deden allebei hun jas uit en legden deze als dekens over haar heen. De verwarming stond inmiddels op de hoogste stand, waardoor het zeer warm in de auto was. Op weg naar het ziekenhuis zag Saskia tot haar opluchting dat er weer wat kleur op Sara's gezicht verscheen.

20

Saskia zette twee glazen witte wijn op de salontafel en plofte neer op de bank.

'Wat een avond,' zuchtte ze. 'Zoiets hoop ik nooit meer mee te maken.'

Voor het eerst sinds uren verscheen er een glimlach op het gezicht van Klaus.

'Uiteindelijk is het toch allemaal goed gekomen.' Hij hief zijn glas. 'Proost.'

Saskia pakte haar glas.

'Op Sara. Wat een sterke meid. Zoveel wilskracht. Al had ze nooit zo naar buiten moeten stormen.'

Ze nam een slok van haar wijn en zakte terug in de kussens. Na de hectische avond was dit het eerste moment dat ze op adem kon komen. Nu voelde ze pas de vermoeidheid in haar spieren. Ze was constant alert geweest. Tijdens de zoektocht, tijdens de reddingsactie, gedurende de rit naar het ziekenhuis en op de ongemakkelijke stoeltjes terwijl de dokters Sara onderzochten.

Toen een vriendelijke dokter hun eindelijk vertelde dat alles onder controle was, viel er een last van haar schouders. Sara had kneuzingen, zat onder de blauwe plekken en had onderkoelingsverschijnselen. Dat ze niets had gebroken was een klein wonder, zo meldde hij. Ze hielden haar nog een nachtje ter observatie in het ziekenhuis. Als ze wilden, mochten ze gerust bij haar bed zitten. Maar niet te lang en hooguit drie personen tegelijkertijd.

Het was logisch dat haar vriendinnen als eersten naar binnen gingen. Nadat ze Sara in het ziekenhuis hadden afgeleverd, had ze Claudia gebeld die samen met haar vriendinnen direct een taxi had genomen.

Geëmotioneerd hadden zij bij aankomst eerst het verhaal van de reddingsactie aangehoord. Pas toen de dokter hun vertelde dat het met Sara allemaal in orde zou komen, was het laatste restje spanning bij de meiden verdwenen en was er sprake van enorme opluchting geweest. Toen ze samen met Klaus naast haar bed zat, vertelde Sara haar verhaal. Na een ruzie met de andere meiden had ze overstuur het huis verlaten. Zonder erbij na te denken had ze de afslag genomen en was ze op het pad gaan lopen. Nog helemaal in de ban van de ruzie had ze de rand over het hoofd gezien en was naar beneden gegleden. Tijdens haar val had ze tegen van alles aangestoten. Ze was even buiten bewustzijn geweest en toen ze wakker werd hoorde ze onder haar het geluid van stromend water. Met stekende pijnen in haar lichaam was ze naar boven geklommen. Al snel merkte ze dat het bijna ondoenlijk was, vooral haar rechterbeen wilde niet meer. Toch was ze met de moed der wanhoop verdergegaan. Op het moment dat ze serieus aan opgeven had gedacht, had ze haar naam horen roepen.

'Ik denk dat ze haar leven aan jou te danken heeft, Klaus. Met die verwondingen en onderkoeling betwijfel ik of ze het op eigen kracht zou hebben gered.'

Hij keek bedachtzaam. 'Dat is moeilijk te zeggen. Door wilskracht stijgen mensen boven zichzelf uit. Sara had tien meter geklommen en moest er nog tien. Toen ik bij haar kwam had ze nog kracht over. Misschien... Ach, wat maakt het ook uit? Ze ligt nu in het ziekenhuis bij te komen en mag daar morgen waarschijnlijk weer weg.'

Saskia keek hem aan. Ze wist dat er bewondering in haar blik lag en deed geen moeite dit te verbergen. Zijn optreden vanavond was indrukwekkend geweest. Hij was een echte man, iemand die er stond op het moment dat het daadwerkelijk moest. Ze voelde zich veilig bij hem. 'Het scheelt ook dat ik de omgeving ken, daarom kwamen we vrij snel bij die plek uit. Maar er zijn zoveel andere scenario's te bedenken waarin wij haar niet hadden gevonden. Toen we haar boven hadden, moest ik een keuze maken. Voor hetzelfde geld had ze inwendige bloedingen of fracturen gehad. In dat geval hadden we haar moeten stabiliseren en niet vervoeren. Maar ik maakte me het meest zorgen over de onderkoeling, dus we moesten zo snel mogelijk naar het ziekenhuis rijden. Gelukkig was ze in beweging gebleven, anders had het veel erger kunnen zijn.' Saskia knikte.

Hij keek op zijn horloge. 'Halftwee alweer. Voor een kunstenaar het begin van de nacht, voor een binnenhuisarchitect-au pair een tijdstip waarop ze allang in bed had moeten liggen.' Hij stond op.

Saskia kwam ook overeind, liep naar hem toe en keek hem aan. Ze had haar keuze gemaakt.

'Ik wil dat je blijft,' fluisterde ze.

21

Saskia parkeerde haar auto in de grote garage die naast het Talstation was gebouwd. Het plaatsje heette Mörel en lag op een kwartiertje van haar huis. Volgens Zalia was dit een prachtig skigebied en was het er lang niet zo druk als in het mondaine Zermatt. In totaal waren er drie skigebieden: Fiescheralp, Riederalp en Bettmeralp. Deze had overzichtelijke blauwe en rode pistes en een zwarte piste. Saskia was een matig skiester en had geen ambities om met grote snelheid van steile hellingen af te sjezen. Blauwe pistes waar je zo lekker op je gemakje naar beneden kon glijden en brede bochten kon maken, hadden haar voorkeur. Datzelfde gold min of meer ook voor Zalia, ook al was zij inmiddels na al die jaren hier gewoond te hebben wel een ervaren skiester. Toch moest ze van zwarte pistes of te steile rode afdalingen niets hebben.

Zaterdagochtend hadden ze de afspraak gemaakt om deze woensdag met z'n tweetjes te gaan skiën. Pim en Dione gingen die dag vanuit school direct door naar hun sportlessen, zodat ze een groot deel van de ochtend en middag voor zichzelf hadden. Wel had Zalia aangegeven dat ze uiterlijk tot twee uur 's middags op de piste kon blijven.

Zalia was met haar meegegaan om afscheid te nemen van het clubje studenten en van Sara in het bijzonder. Na haar val had ze een nachtje in het ziekenhuis doorgebracht en de dag erna mocht ze inderdaad weg. Ze had tv-gekeken, een boek gelezen en een beetje rondgestrompeld, want ze weigerde al naar Nederland terug te keren. Haar vriendinnen hadden haar per toerbeurt gezelschap gehouden. De ruzie die had geleid tot haar val was allang bijgelegd en had zelfs hun vriendschapsband verstevigd.

Tijdens het afscheid had Sara naar Klaus gevraagd. Tenslotte was hij haar redder geweest en ze wilde hem graag nogmaals persoonlijk bedanken. Toen ze Sara vertelde dat Klaus op familiebezoek was, had de studente even een pruillip getrokken. Het was een leugentje om bestwil, want ze had geen flauw idee waar Klaus was. Hij was in elk geval niet thuis die dag. Saskia had Zalia over het ongeluk verteld en deze was zichtbaar geschrokken van de verwondingen van Sara, maar vreemd genoeg deed ze de heldhaftige rol van Klaus als vanzelfsprekend af. Ook was het opmerkelijk dat ze hem niet bij zijn naam noemde. Alsof hij er niet toe deed. Ze had Zalia ook nog niet uitgebreid verteld dat ze verliefd was geworden op hun buurman en dacht dat ze dat ook vast niet erg interessant zou vinden.

Ook de reactie van Klaus vond ze een beetje raar. Hij scheen het de normaalste zaak van de wereld te vinden dat Zalia hem niet even persoonlijk had bedankt. Het waren tenslotte haar huurders. Toen zij erop doorging, had hij laconiek zijn schouders opgetrokken. Het kon hem niet schelen en zij was er verder niet op doorgegaan.

Vergeleken met hun bijzondere nacht was het ook onbelangrijk, dacht ze toen ze het pleintje opliep dat voor de skiliften lag. Hun band was sterker, intiemer geworden. Ze hadden nog geen serieuze relatie, maar een stap hadden ze wel gezet. Hij was geen man van veel woorden, maar ze had het idee dat hij er hetzelfde over dacht. Hij was iemand die zijn daden voor zich liet spreken. Een echte man. Ze verbaasde zichzelf een beetje over haar romantische beeld van Klaus. Het leek wel alsof ze hem aanbad. Bij Richard had ze dat gevoel nooit gehad. Toch kon ze Klaus verder moeilijk peilen. Hij had duidelijk meer interesse in haar dan in andere vrouwen, maar of hij echt voor een relatie zou gaan, wist ze niet. Zelfs na al die goede gesprekken was ze nog niet op de hoogte van zijn liefdes- en relatieleven, omdat hij het onderwerp ontweek en dan een relaas over leven in het nu begon. Wat ze dan ook weer heel aantrekkelijk vond, want ook zij wilde niet te lang stilstaan bij het verleden.

'Saskia!' De heldere stem van Zalia verjoeg haar gedachten. Ze liep naar

Zalia, die voor de etalage van een sportwinkel stond. Ze droeg een zacht-geel skipak met zwarte skischoenen. Haar ski's had ze waarschijnlijk in een van de rekken gestoken die even verderop naast de lift stonden.

'Heb je het makkelijk kunnen vinden?'

'Ja, daar had ik geen navigatiesysteem voor nodig. Gewoon de weg volgen en dan kom je vanzelf in Mörel.'

'Mooi, dan gaan we nu wat spullen huren.' Ze liep de winkel binnen en Saskia volgde haar. Het personeel van de sportzaak, dat niet geheel toevallig bij Jules materiaal inkocht, was vriendelijk en vakbekwaam. Binnen een kwartier stond ze buiten met passende skischoenen, ski's, stokken en een rode skibril. Broek, jack en handschoenen had ze zelf vanuit Nederland meegebracht. Zalia pakte haar ski's uit het rek, ze kochten een dagkaart aan het loket en stapten in de lift.

'Heb je er zin in?' vroeg Zalia toen ze boven de eerste berghelling zweefden. Saskia knikte.

'En jij?'

'Ik kan haast niet wachten om weer naar beneden te glijden.'

Saskia keek haar verbaasd aan.

'Is het dan zo lang geleden? Ik bedoel, je woont hier...'

Zalia glimlachte meewarig. 'Tja, ik woon hier al lang. De tijd vinden om op een werkdag een paar uurtjes naar beneden te zoeven is niet zo makkelijk. De laatste keer was met Kerstmis. Zelfs voor Jules was dat een reden om niet te werken.'

'Hebben jullie het dan zó druk?'

Zalia knikte nadrukkelijk. 'Als we willen, kunnen we bij wijze van spre-ken vierentwintig uur per dag aan de bak. Vooral vanwege de kinde-ren kunnen we het niet maken om nog langere dagen te draaien. Om je een voorbeeld te geven, op dit moment stellen we afspraken uit of zeggen ze zelfs af. Voor Jules is dat lastig te verteren. Hij heeft keihard gewerkt om te bereiken waar hij nu is. Vaak heeft hij oogkleppen op en gaat maar door, voortdurend in gesprek, alsof zijn telefoon aan zijn oor genaaid is. Het is dat ik hem regelmatig afrem, anders kwam hij alleen thuis om te slapen.'

Ze hief haar hand. 'Wat niet wil zeggen dat hij niet om zijn kinderen geeft. Integendeel, hij is stapelgek op ze. Juist om hun toekomst veilig te stellen buffelt hij maar door. En dat leidt dan weer tot irritaties.'

'Ik begrijp wat je bedoelt. De sportartikelenbusiness heeft de wind mee. Maar jij hebt een makelaarskantoor. In Nederland heeft de woningmarkt het moeilijk en ik weet niet of het zo is, maar gezien de recessie is dat in meer landen zo, denk ik, en toch barst jij van het werk!'

Zalia lachte.

'Dat klopt voor een deel, maar het gaat niet voor Zwitserland op. Voor Wallis, moet ik zeggen, want ik doe op een uitzondering na alleen zaken in dit kanton.'

Terwijl ze sprak haalde ze een zonnebril uit haar binnenzak en zette deze op. Nu ze verder op hoogte kwamen, werden de zonnestralen feller.

'Zwitserland is een verhaal op zich. Het is altijd een neutraal gebied geweest. Zo hadden we natuurlijk ook jarenlang het bankgeheim, maar Zwitserland is niet meer de gesloten natie van vroeger waar alles achter gesloten deuren werd afgehandeld. Toch is het ook niet zo dat bepaalde informatie gemakkelijk met derden wordt gedeeld. Wereldwijd wordt beleggen in Zwitserland nog steeds als waardevast gezien en die reputatie heeft dit land hoog te houden. Een gedeelte van al het geld dat binnenlandse en buitenlandse investeerders hier neerzetten, wordt belegd in onroerend goed en voilà, daar kom ik op het toneel.'

'Dat houdt toch automatisch in dat de huizen hier flink prijzig zijn?'

'Valt wel mee. De levensstandaard is wel hoger dan in de meeste landen, dus de inkomsten zijn ook hoger, maar de Zwitsers moeten zelf ook een huis kunnen betalen en niet iedereen is hier miljonair, hoor. Integendeel, de meesten hebben een normaal salaris waarvan ze hun vaste lasten moeten betalen. Je moet hier wel verplicht een deel eigen vermogen inbrengen om te kunnen kopen, dus veel mensen huren.'

Ze wees naar het dal beneden hen.

'Hier in de buurt betaal je voor een beetje chalet tussen de drie en vier ton. Datzelfde geldt voor de rest van het kanton. Kom je echter in de mondaine oorden zoals Zermatt, dan moet je rekenen op minstens viermaal dat bedrag voor hetzelfde soort huis. De echt luxepanden laat ik dan buiten beschouwing. Een penthouse met alles erop en eraan doet in Zermatt zomaar een paar miljoen.'

Saskia floot tussen haar tanden. 'En ik dacht er serieus over om zo'n optrekje aan te schaffen.'

'*Keep on dreaming, girl.*' Ze knikte in de richting van een groepje skiërs onder hen.

'Wij zijn bijna bij het eindpunt. Door al dat geklets over huizen zijn we niet aan de route toegekomen die ik wil nemen.'

'Vertel, barst die route van de knappe skileraren met een parelwitte glimlach?'

Zalia stak haar duim op. 'Zeker weten!'

'Nou, waar wachten we dan nog op?!'

22

Nadat ze uit de cabine waren gestapt, koos Zalia voor het rechterpad. Ze waren nog niet bij de hogergelegen pistes. De route die Zalia had uitgekozen liep dwars door een skidorpje waar uitsluitend laagbouw-hotels en chalets stonden.

'Nu even opletten,' zei Zalia. Nadat ze tussen twee huizen door was geskied, had ze langzaam geremd. Vlak voor een helling bleef ze staan. 'Er komt nu een smal paadje waarin een gemene knik zit. Ik kan me nog herinneren dat er ijzige stukken tussen zaten, dus pas op voor je grip.'

Ze wees naar de lift die een paar honderd meter verderop lag.

'Dit pad loopt uit op het onderste deel van de piste. We pakken zo meteen de lift naar Moosfluh. Vanaf dat punt kunnen we overal naar-toe. Kilometerslange pistes.'

Ze keek Saskia vragend aan.

'En? Hoe vond je het toertje door Kabouterdorp?'

'Heel pittoresk,' antwoordde ze naar waarheid.

Zalia zette af en gleed het pad af. Saskia wachtte even om te zien hoe zij die lastige bocht zou nemen. Zoals ze al verwachtte zoefde Zalia stijlvol over het pad en nam de bocht zonder enige moeite. Ze hoefde niet bij te sturen, alles ging als vanzelf.

'Daar gaan we dan,' mompelde Saskia en zette af. De eerste twintig meter van het pad waren smal, maar zeker niet steil. Ze hield haar voeten keurig naast elkaar en voelde hoe ze aan snelheid won. Ruim voor de vervelende knik remde ze af. Hoewel de sneeuw onder haar huurski's vandaan spoot, verloor ze weinig snelheid. Precies op het stuk waar zij had geremd was de ondergrond ijzig.

De knik kwam nu snel op haar af. Naar haar mening te snel, zodat ze nogmaals een poging deed om te remmen. Tot haar opluchting vertraagde ze nu wel en wist ze zonder al te veel moeite de bocht te nemen. Eenmaal op de brede piste liet ze zich uitglijden en stopte bij de lift waar Zalia haar opwachtte.

'Jij bent een prof!'

'Ja, eentje die geld moet meebrengen in plaats van het verdient.'

De lift bracht hen naar het hogergelegen deel van de berg waar ze de pistes voor het uitkiezen hadden. Zalia wees naar een groepje snowboarders onder hen.

'Zij nemen de ideale route. Blauwe piste vanaf de top tot het dal.'

'Nergens een stuk rood tussendoor?' In Oostenrijk had ze meegemaakt dat een lange, blauwe piste even werd onderbroken door een rood gedeelte. Het waren korte stukken, de zogenoemde overgangsdelen. Voor een middelmatige skiester als zij, waren het echter behoorlijk steile en lastige afdalingen. Ze was altijd weer opgelucht geweest als ze deze hellingen zonder een valpartij achter zich had gelaten.

'Deze piste begint met blauw en rood, maar je kunt de blauwe van het begin tot het eind nemen. Straks kun je van deze blauwe ook weer op een andere rode, dus je moet wel uitkijken bij de kruispunten. Als je eenmaal voor een piste hebt gekozen, dan duurt het soms een tijdje voor je kunt switchen.'

De lift had de top bijna bereikt.

'Ik ga het eerste rondje voorop,' zei Zalia toen ze weer sneeuw onder hun ski's hadden.

'Hou voor mij wel een laag tempo aan alsjeblieft,' meldde Saskia.

'Als een slak, nou goed?' lachte Zalia over haar schouder.

23

De sneeuw voelde goed aan en de pistes waren overzichtelijk. Tot nu toe dan, want ze waren pas tien minuten onderweg. Het parcours dat Zalia volgde, kende opmerkelijk veel variatie. Ze waren begonnen met een afdaling over een brede helling. Omdat het niet zo druk was, kon je op dit stuk naar hartenlust van links naar rechts carven om de snelheid beheersbaar te houden. Tijdens deze afdaling had ze niet één keer geremd en hadden ze zonder problemen bij een splitsing van de blauwe piste voor de route naar beneden op de Bettmeralp gekozen. Het zou te lang duren om via de Riederalp af te dalen. Een heerlijk begin van de skidag.

Deze brede piste deed haar denken aan Oostenrijk. Het waren leuke vakanties met Richard geweest. Vooral tijdens het skiën, schoot het door haar heen. Dan werd er weinig gesproken, was het zo'n beetje ieder voor zich. Bovendien waren ze geconcentreerd op hun eigen skitechnieken, met af en toe een geintje. Tja, nu ze daarover nadacht was dat toch wel opmerkelijk. In die tijd hadden ze op hun werk nog met een stijgende lijn te maken en waren er geen noemenswaardige problemen. Het waren goede tijden, maar zelfs toen deelden ze niet echt veel dingen. Natuurlijk hadden ze het wel gezellig gehad. Overdag. Maar zodra de après-ski begon, veranderde dat. Richard dronk regelmatig te veel en naarmate de avond vorderde gedroeg hij zich steeds onhebbelijker. Eén akkefietje kon zij zich nog goed herinneren. Ze was in gesprek met een skileraar van wie zij die dag les hadden gekregen. Onder het genot van een drankje legde hij haar iets uit over het aansnijden van bochten. Richard was er direct bij gaan staan en probeerde hem steeds te interrumperen, zelfs te verbeteren. Ook legde hij heel demonstratief zijn arm om haar heen. Uiteraard was de Oostenrijker het na een paar minuten zat en vertrok. Eenmaal in hun appartement flipte Richard bijna. Hij verweet haar dat ze met de skileraar had geflirt en dat hij haar de komende dagen goed in de gaten zou houden. Ze was met hém getrouwd. Daar kwam niemand tussen.

Zoals zoveel dingen, had ze ook deze belachelijke bewering van hem hoofdschuddend aangekeken. De volgende morgen was hij het waarschijnlijk al vergeten. Om de goede vrede te bewaren, liet zij het rusten. Tot het volgende incident. Zo stom…

Ze dacht aan de levenshouding van Klaus en concentreerde zich weer op het nu. Op haar omgeving. Onder aan deze piste was de ruimte veel beperkter. Het was alsof je een pijpenlaatje binnengleed. Dit overgangsstuk van ongeveer honderd meter bracht hen op de top van een andere helling. Vanaf hier kon men keuzes maken. Er zouden twee afslagen naar de rode pistes komen. Omdat ze zich op Zalia en de andere wintersporters concentreerde, zag ze de gekleurde bordjes wel staan, maar lette er niet echt op. Zalia kende de route en ze hadden van tevoren afgesproken op blauw te blijven. Ging dit goed, dan konden ze straks misschien een stukje rood proberen.

De piste waarover ze nu gleden, was minder breed dan de vorige. Wel was de helling net zo schuin, zodat het prettig afdalen was. Voor hen skiede een groepje scholieren. Het waren kinderen van een jaar of acht. Zalia hield even in, zag een gaatje en stuurde langs het groepje. Saskia aarzelde. Ze vond de opening te klein om nu al een poging te wagen. Toen het einde van de piste naderde, zag ze eindelijk een mogelijkheid en ging de kinderen voorbij.

Weer werd het smaller. De voorste twee uit het groepje putten hier blijkbaar moed uit, want ze maakten opeens snelheid en gingen haar voorbij. Eenmaal op het punt aangekomen waar de piste zich opsplitste in verschillende afdalingen, remden ze keihard af. Hierdoor werd Saskia gedwongen om bij te sturen. Ze ging naar links, boog weer af naar rechts en moest vol in haar remmen toen opeens een ouder echtpaar uit het niets opdook. In plaats van tegen de heuvel op te sturen waardoor ze weer in de buurt van Zalia zou komen, stuurde ze sterk naar links om een botsing met het tweetal te voorkomen. Omdat haar snelheid niet meer toereikend was om de afstand naar Zalia te overbruggen, liet ze zich naar beneden glijden.

Ze baalde. Bij de eerste de beste filevorming was ze al in de fout gegaan. Waar ze al veel eerder snelheid had moeten minderen, zodat ze de onverwachte situaties beter had kunnen inschatten, had ze te veel risico genomen. Hieruit bleek dat ze nog lang niet op haar oude niveau zat. Haar laatste wintersport was drie jaar geleden. Toen had ze nog na een week skiën in de Oostenrijkse Alpen met de gevorderden meegedaan, een niveau dat ze hier voorlopig niet zou halen. Rustig aan dus. De helling waarvan ze nu naar beneden gleed was verre van steil. Het was ook een korte afdaling, met aan het einde een bocht naar rechts. Ze hoopte dat ze na die bocht weer wat overzicht kreeg. Voordat ze de bocht aansneed, keek ze over haar rechterschouder en zag in een flits Zalia boven aan de helling. Ze stond op het punt om achter haar aan te komen.

Na de brede bocht werd de helling een stuk steiler. Ze ging vol in haar remmen en leunde op haar rechterbeen. Onder haar ski's knisperde het ijs dat onder de sneeuw lag. Ze keek recht in een gat van enkele honderden meters diep.

Meteen bracht ze de punten van haar ski's bij elkaar om af te remmen, maar hoe dichter ze de punten naar elkaar toebracht, des te groter de kans werd dat ze uit balans raakte of over de kop zou slaan.

Ze begon in paniek te raken en stuurde naar links. Brede bochten, dacht ze. Hoe steil een helling ook is, als je maar brede bochten blijft maken kom je altijd beneden. Vlak voordat de punten van haar ski's de rand van de piste raakten, plantte ze de punt van haar stok in de sneeuw en draaide haar heupen naar rechts. Ze gleed over het midden van de piste. Omdat het zo steil was, lukte het haar nauwelijks om de punten van haar ski's naar de rechterkant van de helling te laten wijzen. De zwaartekracht duwde haar omlaag, haar snelheid nam toe.

Ze kon nog net op tijd wegdraaien. Het scheelde maar een paar centimeter of ze was van de piste geraakt. De bomen die de rand markeerden waren dik. Als ze daar tegenaan klapte, kon ze elk botje in haar lijf breken.

'Hé!' Een snowboarder miste haar op een haartje na. Ze voelde de wind in haar gezicht toen hij langs haar gleed. De punt van haar rechterstok miste opeens houvast, waardoor de draai van haar benen maar half lukte. Om niet van de piste te vliegen, boog ze haar rechterbeen en zette volle kracht op haar linker. Ze wist binnen het parcours te blijven, maar in plaats van in een schuine lijn naar beneden, schoot ze nu met volle vaart vooruit.

De gemene hobbels die her en der uit de helling staken hoorden thuis op een zwarte piste. Haar maag draaide zich om. Ze was op de zwarte piste beland! Als ze met deze snelheid over zo'n bult vloog, werd ze als een lappenpop gelanceerd. De klap zou pijnlijk zijn...

Een man in een zwart pak gleed langs haar heen. In een oogwenk zag ze dat het hem geen enkele moeite kostte dit parcours te volgen. Hij oogde uitermate relaxed, alsof deze helse afdaling een hobbeltje was dat hij zelfs met gesloten ogen achter zich kon laten. Ze koos zijn spoor. Dan had ze in elk geval een goede lijn naar beneden. Het was bijna onmogelijk om op deze helling haar eigen tempo te kiezen. Verloor je hier je evenwicht, dan waren de gevolgen niet te overzien.

Vlak voor de eerste hobbel stuurde hij iets naar rechts, zodat zijn linkerski vlak langs de ijzige bult gleed. Ze kopieerde zijn actie en passeerde zo het eerste obstakel. Ongewild nam haar snelheid toe. Nog nooit in haar leven was ze zo hard van een piste afgezeild.

Ze stormden op de volgende hobbel af. Ditmaal sneed zijn rechterski langs de bult. Hij deed dit met zo'n gemak dat het leek alsof hij een spelletje speelde, een wedstrijdje met zichzelf hield hoe dicht je langs een obstakel kon glijden.

Door exact hetzelfde te doen, liet ze ook deze bult achter zich zonder rampzalige gevolgen. In een fractie van een seconde zag ze dat het eind van deze piste naderde. Tijdens de vreselijke afdaling had ze haar adem ingehouden, waardoor ze het nu benauwd kreeg. Ze opende haar mond en ademde een paar keer snel in en uit. De volgende bult doemde alweer op.

Ging hij er links of rechts langs? Waarom stuurde hij niet naar één kant? Veel tijd had ze niet meer. Met een bloedgang stoven ze recht op de bult af. De man wilde de bult helemaal niet passeren, maar ging er dwars overheen. Hij kwam los van de grond en landde tien meter verderop.

Het was voor haar te laat om van koers te veranderen. Ook zij gleed vol over de bult heen, zette op goed geluk af en maakte haar eerste, echte sprong. Ze landde, boog haar knieën en raakte uit balans. In een reflex spreidde ze haar armen. Ze gleed naar rechts, corrigeerde zo goed en kwaad als dat ging en bleef tot haar verbazing staan. De laatste vijftig meter waren stukken minder steil en zonder obstakels. Met een hartslag die ver boven normaal was, liet ze zich uitglijden. Op het eindpunt remde ze op de punten van haar ski's, plantte beide stokken in de grond en bleef zwaar hijgend staan.

Terwijl haar borstkas wild op en neer ging, zag ze hoe Zalia van de zwarte piste afdaalde. Zonder een spoortje van twijfel en in een prachtige stijl waarbij de twee ski's constant naast elkaar bleven, gleed ze ongelooflijk snel, maar gracieus over het parcours. De monsterlijke hobbels bedwong ze alsof het pukkeltjes waren die ze eigenlijk over het hoofd had gezien. Schijnbaar op haar gemakje kwam ze naar beneden. Toen ze Saskia tot op enkele meters was genaderd, remde ze moeiteloos af en stond ter plekke stil.

Nu ze zo dicht bij haar stond, zag Saskia dat ze niet zo relaxed was als haar skistijl deed vermoeden. Haar mond stond strak, haar voorhoofd was gefronst en haar neusvleugels trilden.

'Wat deed jij nou?! We hadden toch afgesproken dat je mij zou volgen? Dat we op de blauwe piste zouden blijven?! Ik schrok me wezenloos toen je via die zwarte piste naar beneden suisde.'

Saskia's angst van daarnet maakte plaats voor schuldgevoel.

'Het spijt me. Door dat echtpaar raakte ik uit balans en…'

'De zwarte piste is levensgevaarlijk! Daar heeft een beginneling niets te zoeken, eigenlijk heeft niemand daar iets te zoeken. Ze zouden hem moeten afsluiten. Moeten verbieden dat iemand daar afdaalt!'

Terwijl ze sprak, wreef ze met haar linkerhand krampachtig over haar rechter. Toen ze zag dat Saskia nadrukkelijk naar haar handen keek, liet ze deze weer langs haar lichaam hangen. Zalia zuchtte.

'Sorry voor mijn heftige reactie,' zei ze nu zonder het venijn van daarnet. 'Maar ik ben me kapotgeschrokken.'

Saskia pakte haar hand en knikte.

'Anders ik wel. Ik ben nog nooit zo bang geweest. En ik vind het heel vervelend dat ik je zo heb laten schrikken.' Om de stemming een andere wending te geven, glimlachte ze voorzichtig.

'Heb jij misschien een stuk touw bij je? Dan weet ik zeker dat ik de volgende rit in elk geval in jouw buurt blijf.'

'Gek mens.' Zalia knikte in de richting van de lift. 'Kom op, dan gaan we nog een keer op een veiliger stuk. Maar denk erom dat je in mijn buurt blijft. Eén zo'n stunt is genoeg voor vandaag.'

Saskia salueerde. Een restje sneeuw dat aan haar handschoen zat geplakt kwam los en vloog tegen haar wang.

'Aye, aye kapitein,' zei ze quasiserieus en ze veegde de sneeuw van haar gezicht.

24

Saskia kroelde met haar vingers door zijn borsthaar. Het was vrijdagavond en het liep tegen middernacht. Ze voelde zich geweldig na de
vrijpartij. Nu ze hier in zijn bed lagen bij te komen, begon ze de vermoeidheid te voelen. Het was een lange week geweest, maar ze wilde
er niet te snel aan toegeven. Als die onverbiddelijke man met de hamer
langskwam, zou ze opstaan, haar kleren aantrekken en naar haar eigen
huis gaan. De nacht bij Klaus doorbrengen leek aantrekkelijk, maar
dat vond ze in dit stadium van hun relatie nog te vroeg. Maar ze was
wel nieuwsgierig of hij al wat meer los zou laten over zijn liefdesleven.
'Hoe komt het eigenlijk dat zo'n knappe en aardige vent nog vrijgezel
is?'
Hij bleef naar het plafond staren.
'Moeilijk karakter,' antwoordde hij quasiserieus. 'Iets anders kan ik zo
snel niet bedenken. Of het moet bindingsangst, vluchtgedrag, gebrek
aan verantwoordelijkheid of egoïsme zijn.'
Hij draaide zich naar haar toe en streelde haar wang.
'Datzelfde kan ik aan jou vragen. Waarom ben jij als knappe, aardige,
getalenteerde vrouw eigenlijk single?'
Ze grijnsde en schudde traag met haar hoofd.
'Dacht het niet, mannetje. Zo makkelijk kom je hier niet van af. Ik
stelde de vraag eerder, die moet je nog beantwoorden.'
Hij zuchtte theatraal.
'Oké, jij je zin. Maar denk nou niet dat er een spectaculaire opsom-
ming van minnaressen volgt, want dat valt reuze mee. Of moet ik zeg-
gen tegen? Ik heb de afgelopen jaren vier, misschien vijf relaties gehad.
En dan is "relaties" wellicht wat te zwaar uitgedrukt. Vrouwen met wie

ik enkele maanden omging. Uiteindelijk liep het uit op een teleurstelling. De laatste twee jaar ben ik alleen. En dat beviel goed… tot ik jou ontmoette.'

Hij kuste haar. 'Tevreden?'

Ze glimlachte. Het antwoord beviel haar wel.

'Heb je gedurende die relaties nooit het idee gehad dat zij de ware was?'

Zijn antwoord liet even op zich wachten.

'Misschien één keer. Maar ook dat bleek een vergissing.' Ze wilde doorvragen, maar zag aan zijn gezichtsuitdrukking dat hij het hierbij wilde laten.

'Nu is het jouw beurt. Kun jij je alle namen van die rits minnaars nog herinneren?'

Ze maakte een slaande beweging, waarop hij zijn handen beschermend voor zijn hoofd hield. 'Dat is dus een heel indrukwekkend lijstje,' zei ze spottend. 'Naast wat vriendjes op de middelbare school en in het begin van mijn studietijd, heb ik maar één serieuze relatie gehad. We hebben eerst een tijdje samengewoond en zijn daarna getrouwd. In die tijd hadden we echt alles mee, een leuke baan, goed salaris en als we samen vrij waren deden we leuke dingen zoals naar de kroeg en met vakantie gaan.'

'Klinkt goed,' meende Klaus. 'Waar is het misgegaan?'

Ze zuchtte. 'We werden ongeveer gelijktijdig ontslagen. De gedwongen vrije tijd werkte opeens benauwend. We zagen elkaar gewoon te veel. Hierdoor kwamen automatisch eigenschappen bovendrijven die al die jaren waren gemaskeerd. We zagen elkaar in die tijd daarvoor, ondanks dat we getrouwd waren, niet eens zo heel veel, dus maakte je er tijdens dat beetje vrije tijd het beste van. Eenmaal zonder werk werd dat anders. Er ontstond irritatie en hoe ik ook probeerde er samen uit te komen, we raakten alleen maar meer van elkaar verwijderd. Uiteindelijk hakte ik de knoop door en besloot bij hem weg te gaan.'

'Was hij het met die beslissing eens?'

'Niet bepaald. Toen hij zag dat het mij ernst was, probeerde hij alles om mij op andere gedachten te brengen. Daarin ging hij tamelijk ver. Maar dat ligt allemaal achter me.'

'Ik begrijp dat je er nu niet veel meer over kwijt wilt?'

'Inderdaad. Dat ligt niet aan jou, maar het heeft zo weinig zin er steeds bij stil te staan. Ik wil ook voorkomen dat ik als een slachtoffer ga praten. Misschien ben ik er nog niet helemaal klaar mee, maar voor nu wel.'

'Oké, dat begrijp ik. Ik hou er ook niet van om uitgehoord te worden.'

'Ach, dit kunnen we nog geen uithoren noemen,' lachte ze. 'Maar over dingen die ik wel met je wil bespreken gesproken: vanmiddag ben ik door Zalia gevraagd om zondag met de familie mee te gaan skiën in Zermatt. Misschien klinkt het een beetje gek, maar ik twijfel of ik dat wel moet doen.'

'Hoezo dan? Dat is toch leuk? Of ben je die kinderen zat?'

Ze grinnikte even om zijn rare opmerking en vertelde toen wat haar woensdagmorgen was overkomen. 'Ik begrijp best dat ze was geschrokken. Maar als je haar gezicht had gezien… net een spookverschijning. Alsof ze een nachtmerrie opnieuw beleefde. Maar dat was nog niet eens zo gek, ik had misschien op dezelfde manier gereageerd. Het was ook dat neurotische wrijven van haar handen. Alsof ze zich daar pijn had gedaan. Of de schrik wilde bezweren. Misschien was het me niet eens zo bijgebleven, als ze er niet zo bewust opeens mee opgehouden was, toen ik naar haar handen keek.'

Klaus bleef haar stoïcijns aankijken. 'Dus?'

'Ze draagt toch een ring met daarin een steen aan haar rechterhand?' ging ze verder. 'Het leek wel of ze daar door haar handschoenen heen overheen wilde wrijven. Ik vraag me af wat dat voor een steen is, want ik denk dat die belangrijk voor haar is. Toen ik er een keer naar vroeg, begon ze over iets anders te praten. Zegt het jou iets?'

'Ik heb geen flauw idee welke ringen Zalia draagt. Maar wat dan nog? Waarom ben je zo nieuwsgierig naar die ring? Het is blijkbaar iets persoonlijks, waarom zou je daarnaar doorvragen?'

Ze haalde haar schouders op. 'Laat maar. Het is ook niet belangrijk.'

Ze probeerde haar ongenoegen te verbergen. Hij had haar verhaal aangehoord zonder er serieus op te reageren. Was dit nu die typische mannenlogica of blies zij het voorval echt te veel op? Ze vond het op de een of andere manier wel belangrijk. Ze had iets gezien in Zalia's gedrag, iets aan haar gemerkt toen ze het over die ring hadden, maar kon haar vinger er niet precies op leggen wat het was.

'Ze was geschrokken en reageerde nogal nerveus,' zei Klaus monotoon. 'Lijkt me logisch. Dat is toch geen reden om zondag niet met ze te gaan skiën?'

Zoals hij het zei klonk het zo logisch. Maar dat was niet zo. Dat wist ze omdat ze er zelf bij was geweest. Zalia's reactie was echt behoorlijk heftig geweest. Natuurlijk was het logisch dat ze zo geschrokken was. Tenslotte was ze wel van het ene op het andere moment van de zwarte piste gedenderd. Maar die gezichtsuitdrukking... Ach, misschien had ze haar eigen angst en schrik geprojecteerd.

Ze gaapte. Het was tijd om naar huis te gaan. Ze gaf hem een kus en stapte uit bed.

'Dit vind ik dus een vreselijk moment,' bromde hij.

'Mee eens.'

'Blijf toch lekker liggen,' probeerde hij zonder echte overtuiging in zijn stem.

Ze gaf hem een laatste knipoog en verliet de slaapkamer.

25

Saskia volgde het spoor van Pim, die op zijn beurt weer achter Dione skiede. Zalia leidde de groep en Jules was de laatste man. Mocht iemand een stuurfout maken of een andere koers volgen, dan kon hij corrigeren.

Ze waren nu een minuut of vijf onderweg en Saskia kon de ervaren skiërs goed volgen. Het was haar al snel duidelijk geworden dat Jules en de kinderen ook uitstekend konden skiën. Hun balans was optimaal en ze hadden een prachtige stijl.

Ik heb me dus om niets zo druk gemaakt, concludeerde ze tijdens een lange bocht die Zalia breed aansneed. Eigenlijk sprak het voor zich dat ze nu alweer op de latten stonden. Als Zalia er echt een naar gevoel aan over had gehouden, zou ze vast niet voorgesteld hebben weer te gaan skiën. Vanaf de eerste minuut was het gezellig geweest. Dione en Pim hadden haar vanmorgen bij het hek opgewacht, waarna Jules met skischoenen, stokken en ski's naar buiten was gekomen. Die waren voor haar. Nadat Zalia haar maat had doorgegeven was hij het magazijn van zijn zaak ingedoken. De skischoenen pasten perfect.

Jules had zijn auto in de garage geparkeerd. Die lag kilometers buiten Zermatt, want gemotoriseerd verkeer was daar verboden. Een moderne trein bracht hen in tien minuten naar het mondaine skioord. Vooral de laatste minuten van de reis waren indrukwekkend. Vanuit de trein zag je Zermatt liggen. Het lag in een dal tussen verschillende bergen. Rond het stadje rezen imposante, besneeuwde flanken op waartegen her en der luxevilla's waren gebouwd.

Vanaf het station was het enkele minuten lopen naar de Gornergrat Bahn, een treintje dat hen naar de ruim drieduizend meter hoge Gornergrat bracht. Eenmaal op dat punt aanbeland ging er een wereld van wintersportplezier open. Overal waar ze keek, zag ze pistes, de meeste breed en lang. Dit gebied stond in geen verhouding met de Bettmeralp waar ze woensdag hadden geskied.

De hoogste en beroemdste berg in de omgeving was de Matterhorn, maar met zijn puntige vorm was deze onbegaanbaar voor skiërs.

Het eerste dalletje kwam in zicht. Zalia maakte een zigzag-gebaar waarop Dione en Pim meteen reageerden. Ze gleden langs haar heen en daalden af in kortere bochten dan daarvoor het geval was geweest. Zalia hield even in en kiende het zo uit dat Saskia naast haar kwam. Ze knikte in de richting van het tweetal.

'Alles draait om een perfecte techniek. Als je dat eenmaal onder de knie hebt, kom je nooit voor verrassingen te staan.'

'Dan wacht mij nog heel veel narigheid,' grapte Saskia.

'Veel oefenen,' antwoordde Zalia serieus zonder haar blik van de kinderen af te wenden. Ze remde langzaam af en stopte naast Dione en Pim.

'Heel aardig. Denk erom, Dione, dat je ook tijdens het aansnijden volledig in balans moet zijn. Want…?' Nadrukkelijk keek ze haar dochter aan.

'Uit evenwicht en je ligt zó op je gezicht,' vulde Dione haast plechtig aan. Saskia glimlachte. Ze was de enige.

Ze gleden naar de lift waar ze even moesten wachten. Nu begreep Saskia waarom Zalia haar woensdag naar de Bettmeralp had meegenomen. Het was er veel minder druk en uitgestrekt dan hier het geval was. Rond de Bettmer- en de Riederalp kon je elkaar weliswaar even uit het oog verliezen, maar door het beperkt aantal routes en liften kwam je elkaar uiteindelijk toch weer tegen. Dat lag hier anders. Nam je hier een andere route dan de rest, dan werd het lastig je metgezellen weer terug te vinden.

Zoals afgesproken in de lift, namen ze de eerste afdaling aan hun rechterkant. Het was een blauwe piste die volgens Zalia eindigde in een dal waar ze met een andere lift weer naar boven konden. Als het lekker liep, dan konden ze straks een rode piste proberen. Deze suggestie werd door de kinderen met gejuich ontvangen. Zelfs voor een onervaren skiester als zij, was het haar duidelijk dat de blauwe piste dik onder het niveau van Dione en Pim lag.

Nadat ze twee bochten hadden genomen, merkte Saskia dat ze in haar ritme kwam. Dit was de verdienste van Zalia, die hetzelfde tempo aanhield en steevast bij elke bocht of obstakel ruim van tevoren aangaf hoe ze haar weg ging vervolgen. Hierdoor was het voor haar makkelijk anticiperen en kon ze onderweg werken aan haar techniek, die nog veel te wensen overliet.

Drie korte hellingen volgden. Omdat ze nu kon glijden, kreeg ze de mogelijkheid om zich heen te kijken. De piste was breed, aan de zijkanten stond hier en daar een boom. Het was druk, maar men hield opvallend veel rekening met elkaar. Het tempo dat de skiërs en snowboarders erop na hielden was ongeveer gelijk. Hierdoor zoefde de massa gelijkmatig naar beneden. Het gebeurde sporadisch dat ze werden ingehaald, want niemand scheen hier haast te hebben. Op dit gedeelte kwam je om te genieten. Straks gingen ze naar de rode piste. Was ze daar wel klaar voor?

Ze keek weer naar het drietal voor haar. Alsof ze aan een touwtje afdaalden. Synchroon, drie skiërs die één spoor in de sneeuw trokken. Het was bijna eng, dacht ze. Dione en Pim waren spontane, soms uitgelaten kinderen. Donderstenen waar je om kon lachen, maar die net zo makkelijk het bloed onder je nagels vandaan konden halen. Normale kinderen, dus. Op het moment dat ze hun ski's onder hadden gebonden waren ze in machines veranderd. Ze volgden op militaire wijze hun moeder. De anders zo luchtige en vriendelijke Zalia drilde het tweetal als een moeder-overste, kneedde ze precies zoals zij het wilde. Jules leek het allemaal wel best te vinden.

Ze namen een bocht. Vertrouwend op haar techniek vanwege de lage snelheid, hield Saskia scherp het spoor voor haar in de gaten. Het was ongelofelijk, zelfs in deze bocht bleven Dione en Pim exact in het spoor van hun moeder.

Zalia nam een ruime bocht en stuurde daarna naar de rechterkant van de piste. Toen ze daarna stilstonden, verscheen er opeens een grote glimlach op het gezicht van de kinderen.

'Mogen we, mam?' vroeg Pim.

'Ga je gang, maar kijk wel uit voor mensen die achteropkomen. En let op je evenwicht, natuurlijk. Vooral bij het afzetten en neerkomen.'

'Joepie!' zei Pim toen hij afzette. Dat klonk meer als de Pim die Saskia kende. Ze zag hoe hij naar de rand van de piste skiede waar een opening was gemaakt. Er liep een kort pad langs dat na tien meter weer op de piste uitkwam. Op de rand lag een bult die als schans dienstdeed. Vóór Pim gleed een snowboarder over het pad. Hij ging diep door zijn knieën en zette af. Hij vloog door de lucht om vijf meter verder te landen.

Pim maakte snelheid. Uit haar ooghoek zag Saskia dat Zalia hem scherp in de gaten hield. Ze klapte spontaan toen haar oppaskind keurig landde en beide armen juichend in de lucht stak.

'Goed zo, jongen,' hoorde ze Jules achter haar roepen. Zalia stak haar duim op en maakte Dione duidelijk dat het nu haar beurt was. Enthousiast skiede ze naar het pad, maakte snelheid en zette op de bult af. Sierlijk vloog ze door de lucht. Op het moment dat haar ski's de sneeuw raakten, moest een snowboarder uitwijken voor een groepje skiërs dat gezamenlijk naar rechts afboog. Hoewel de snelheid van de man normaal voor deze piste was, schrok Dione toch van zijn plotselinge aanwezigheid naast haar. Instinctief week ze iets uit naar rechts, waardoor ze met haar rechterski een ijzig stuk in de sneeuwrand raakte. Ze gleed weg en raakte uit balans. Voordat ze daadwerkelijk viel, was Zalia al onderweg. Ze had het feilloos ingeschat, zodat ze enkele tellen nadat Dione was gevallen al naast haar dochter stond. Ze hielp het kind overeind en tikte nonchalant de sneeuw van haar pak. De snowboarder die was blijven staan, maakte weer snelheid toen Zalia hem met een snel gebaar duidelijk maakte dat er niets aan de hand was. Jules stond fronsend naar ze te kijken.

'Stom, hè, mam?' zei Dione met een pruillip.

'Kan gebeuren, schat,' antwoordde Zalia liefdevol, terwijl ze een beschuldigende blik naar Jules wierp, alsof ze wilde zeggen: 'Waarom
ben ik het weer en niet jij die reageert?'

In hetzelfde tempo als daarvoor daalden ze weer af. Tijdens een lang
stuk hield Saskia bewust in, waardoor Jules vlak achter haar kwam. Ze
maakte ruimte. Hij begreep dat ze iets wilde zeggen of vragen en kwam
naast haar.

'Jullie nemen het skiën behoorlijk serieus, hè?'

Jules knikte. 'Hier is wintersport hetzelfde als in Nederland fietsen of
zwemmen. Voor ons is het heel belangrijk dat de kinderen goed kunnen skiën. Het is een deel van de opvoeding.'

Vooral voor Zalia, dacht Saskia toen ze haar plekje weer innam. Ze
naderden het dal en de kinderen volgden het spoor van hun moeder
tot in de perfectie. Ze dacht na over het antwoord van Jules. Hij had
gelijk, maar het eerste deel van de dag had toch meer op een trainings-
kamp geleken voor de kinderen dan op een gezellig dagje uit. Aan de
andere kant was het niet aan haar om te oordelen. Want wat wist zij
eigenlijk over opvoeden? Ze keek nogmaals naar de sporen in de
sneeuw recht voor haar.

En toch bleef het vreemd.

26

Curaçao

Richard zette de cocktails op de bar. Het echtpaar van middelbare leeftijd knikte hem vriendelijk toe. Het tweetal zag er tevreden uit. Misschien vierden ze hun vijfentwintigjarig huwelijksfeest, dacht hij. Of waren ze twee weken geleden getrouwd. Voor de tweede of derde keer. Ach, wat konden ze hem schelen. De vrouw die rechts van hem aan de bar zat daarentegen...

Ongeveer een uur geleden was ze samen met een vriendin aan de bar gaan zitten. Ze had om zijn grappige opmerkingen gelachen en met haar ogen geflirt. Ze heette Sandra en kwam uit Ridderkerk, in de buurt van Rotterdam. De naam van haar vriendin was hij alweer vergeten. Dat interesseerde hem verder ook niet. Bonkige schouders, een spits gezicht en een bitse manier van spreken gaven haar een onsympathieke uitstraling. Ze was de aanhang die hij moest tolereren om in de gunst van Sandra te komen. Alleen daarom bleef hij ook vriendelijk tegen dat vervelende mens. Mocht het wat tussen hem en Sandra worden, dan zou hij dat felle spook op de een of andere manier wel wegwerken.

'Hallo, Richard!' Voordat hij zich omdraaide wist hij al van wie deze joviale stem was. Berend uit de Achterhoek. Elke avond schoven hij en Maarten, beiden in de twintig, tussen tien en elf bij hem aan. In hooguit anderhalf uur dronken ze evenveel bier als hijzelf in een weekend weg zou kunnen werken. In gedachten noemde hij het tweetal Laurel en Hardy. Maarten was namelijk broodmager en kwam sullig over, terwijl Berend een flinke bierbuik had en altijd het voortouw nam.

'Hallo mannen. Het normale recept?'

'Doe vanavond maar een fles whisky,' zei Berend. Maarten zei meteen verontschuldigend: 'Gewoon twee bier, hoor.'

Richard keek Berend geringschattend aan. 'Zo, zo meneer. We gaan vanavond dus op de geinige toer?'

Berend grijnsde breeduit, Maarten aarzelend. Richard zette twee grote bierglazen voor hen neer en boog iets voorover. 'Of gaan jullie soms op vrouwenjacht?'

Berend knikte meteen, Maarten keek naar zijn glas en nam een flinke slok.

'In dat geval zal ik jullie een tip geven,' ging Richard verder. Hij sprak op fluistertoon zodat alleen het tweetal hem kon horen.

'Wat zeg je tegen een vrouw met kleine borsten?' Voordat iemand kon reageren, stapte hij naar achteren en ging verder met zijn werk. Het was een truc die hij als beginnend barman van een ervaren collega had geleerd. Naast het bereiden van cocktails had hij tijdens deze 'opleiding' ook de nodige adviezen en wetenswaardigheden meegekregen die voor een barman handig waren. Het inschatten van mensen was een vak op zich, wist hij inmiddels. Sommige klanten waren echter gemakkelijk te doorgronden. Het duo uit de Achterhoek was daarvan een schoolvoorbeeld. Zo kwamen ze elke avond op vertrouwde grond indrinken om daarna tot diep in de nacht op stap te gaan. Bij de dames hadden ze weinig tot geen succes. Daarvoor waren ze te verlegen en als het eropaan kwam, maakten ze de verkeerde opmerkingen. Met hun vaste barman was het echter jongens onder elkaar. Hij speelde hierop in door af en toe een schuine of seksistische mop te vertellen die enkel voor hun oren bestemd was. Dit gaf ze het gevoel dat ze speciaal waren. Het verhoogde de stemming én hun drinktempo. Daar was het hem natuurlijk vooral om te doen.

Richard zette twee cocktails voor Sandra neer en schoof er eentje naar haar vriendin. 'Deze zijn van het huis,' zei hij met een vriendelijke glimlach.

'Lekker, dankjewel,' antwoordde Sandra beleefd. Haar vriendin knikte stug. Richard negeerde haar.

'Ik moet vanavond tot één uur werken. Heb je zin om daarna wat leuks te gaan doen?'

Hij zag de aarzeling in haar prachtige, groene ogen. Dat beviel hem wel. Ze was geen vrouw die meteen toezegde. Ze wilde er eerst nog over nadenken, het misschien bespreken met haar vriendin, wat wel tegen hem werkte. Want die heks zag dat natuurlijk niet zitten. Daarom moest hij wat bedenken.

'Ik hoor het straks wel van je,' zei hij met een knipoog en hij draaide een kwartslag naar links, waar een klant aangaf iets te willen bestellen. Hij knikte, schonk een rum-cola in en bedankte voor de fooi. Daarna liep hij naar het bier drinkende tweetal. Hij wees naar de halfvolle glazen.

'Voelen jullie je niet lekker, of zo? In dat tempo drinkt mijn nichtje van zestien!'

Berend lachte en stak twee vingers op. Even later stonden er twee volle bierpullen voor hen. Richard boog zich weer naar voren.

'Nou? Hoe zit het? Wat zeg je tegen een vrouw met kleine borsten?'

Berend haalde zijn schouders op, Maarten keek hem verwachtingsvol aan.

'Helemaal niets,' fluisterde Richard. Zonder op een reactie te wachten draaide hij zich om. Hij hoorde het tweetal lachen.

Het was een show, wist hij. De grapjes, de bewegingen, de verplichte praatjes waarbij hij interesse moest veinzen. Elke dienst was weer een optreden waarbij hij nauwgezet door zijn publiek in de gaten werd gehouden. De fijne momenten waren die waarin de gasten voldoende aan elkaars gezelschap hadden en hij zich terug kon trekken. Meestal moest hij echter aan de bak. De klanten het op wat voor een wijze ook naar de zin maken. Juist dit belangrijke aspect van het werk begon hem tegen te staan. Misschien was het zijn leeftijd. Hij was in de dertig en stond nu leuk te zijn achter een bar. Van gewild reclameman naar autoverkoper om te eindigen bij de bierpomp. Niet zijn ideale volgorde van een carrière.

Hij haalde diep adem. Zo moest hij niet meer denken. Zijn missie was duidelijk en als hij daarvoor achter de bar moest staan, dan deed hij dat. Ook dit was tijdelijk, daarvan was hij overtuigd. Hij was nog steeds op zoek naar zichzelf en het ging helemaal niet slecht. Natuurlijk kende hij mindere periodes, maar hij wist het steeds beter op te vangen. Om nog stabieler te worden moest hij doorbijten, zichzelf nog beter leren kennen en doortastender reageren op tegenslagen. Vooral niet in de put gaan zitten, boos worden, zelfmedelijden hebben of dit opwekken. Alleen dan kon hij met opgeheven hoofd en sterker dan ooit terugkeren. Want dat hij terug zou gaan naar Nederland stond vast. Dit was slechts een fase in zijn leven.

Hij zag dat Sandra indringend in gesprek was met haar vriendin, opstond en naar het toilet liep. Hadden ze ruzie gekregen? Wilde zij wel, maar haar vriendin niet? Dat lag wel voor de hand. Daarom moest hij nu snel iets verzinnen, een briljant idee waarmee hij het iedereen naar de zin kon maken.

Sandra ging voor de toiletspiegel staan en werkte haar make-up bij. Ze stond in dubio. Haar vriendin Laura zag het totaal niet zitten om met haar en Richard straks nog iets te gaan doen. Ze zag zichzelf dan als ballast, het lelijke eendje dat bij de schoonheidskoningin moest rondhangen. Zo had ze het letterlijk gezegd. Veel te kritisch op zichzelf vond Sandra, maar zo zag Laura het nou eenmaal. Ze kenden elkaar al vanaf de lagere school en eigenlijk was het nooit anders geweest. Bovendien had Laura een uitgesproken hekel aan Richard. Hoewel ze nooit meer dan enkele zinnen met hem had gesproken, vond ze hem een griezel. En Laura had mensenkennis, wist ze uit ervaring. Aan de andere kant, zíj vond Richard wel leuk. Hij zag er goed uit en was grappig...

'Hoi, jij bent toch Sandra?'

Links van haar stond een vrouw met een bekend gezicht. Ze moest even nadenken waar ze haar van kende.

'Ik ben Marieke, wij hebben elkaar gisteren kort bij het zwembad gesproken.'

Sandra knikte en glimlachte. 'Ja, ik weet het weer. Dat kwam omdat jouw vriend graag bommetjes maakte.'

'Ja, niet iedereen vond dat even leuk,' grinnikte Marieke. 'Het echtpaar dat de krant lag te lezen en die in de vuilnisbak kon gooien was minder blij met hem.'

Ze keek in de spiegel, pakte haar eyeliner en werkte haar ogen bij.

'Dat is trouwens weer goed gekomen, hoor. Hij heeft een nieuwe krant voor hen gekocht.'

Ze stopte het oogpotlood weer in haar tasje en keek Sandra wat onzeker aan. Alsof ze iets wilde vertellen, maar erover twijfelde of ze het wel zou doen.

'Toch geen problemen met je vriend?' probeerde Sandra, die de aarzeling in haar blik had gezien.

'Nee… het gaat over die barman met wie je daarnet sprak. Het klinkt misschien een beetje vreemd wat ik nu zeg, maar heeft hij een oogje op je?'

Sandra haalde haar schouders op. 'Dat weet ik niet zeker, denk het wel. Hij vroeg of ik straks nog iets leuks met hem ging doen.'

Marieke knikte traag.

'Hoezo?' wilde Sandra weten.

'Nou, ik maakte van de week een praatje met een zekere Lizette, een aardige meid van onze leeftijd. Ze kwam uit Utrecht, ik uit Nieuwegein, en zo raakten we aan de praat. Op een gegeven moment kwam het gesprek op mannen. Ik vertelde dat ik hier samen met mijn vriend was. Zij was vrijgezel en hier op uitnodiging van haar ouders die zoveel jaar getrouwd waren. Hoeveel weet ik niet meer, boeit ook niet. Afijn, ze was met een aantal mannen uit geweest en had het reuze naar haar zin. Het enige minpuntje was een date met een barman. Nadat ze 's avonds waren uitgegaan, was er van het een het ander gekomen. Een leuke onenightstand en daarbij wilde ze het ook houden. Ze had het met hem best naar haar zin gehad, maar er waren een paar dingen die haar niet zo goed waren bevallen. Wat precies weet ik niet, daar ging ze verder niet op door.

De volgende dag lag ze op het strand en stond hij opeens naast haar. Of ze een stukje wilde gaan lopen, want hij moest haar iets vertellen. Terwijl ze door de branding liepen, stak hij een heel verhaal af. Hij was stapelgek op haar, ging zijn best doen om woonruimte voor haar te vinden en als dat niet zo snel lukte dan kon ze bij hem intrekken. Ook zou hij hier op het eiland werk voor haar zoeken. Ze was sprakeloos, maar probeerde dit niet te laten merken. Ze liet hem kletsen en toen ze weer terug waren, zei ze dat ze er even over wilde denken. Die barman was ook een Hollander, heette Richard en werkte in Tropical Beach Club Loco Loco. Je begrijpt dat ze hier nooit meer een drankje heeft genomen.'

Sandra keek haar verbijsterd aan. 'Mijn god, wat een idioot.'

Marieke hief beide handen. 'Luister, meid. Je moet helemaal zelf weten wat je doet. Ik vond alleen dat je dit moest weten.' Ze liep naar de deur. 'Ik zie je.'

'Bedankt,' mompelde Sandra in gedachten.

Richard zag haar aan komen lopen. Ze ging naast haar vriendin zitten en begon meteen een gesprek. Duidelijk, dacht hij. Ze heeft op het toilet haar beslissing genomen en probeert die lelijkerd er nu van te overtuigen om straks mee te gaan. Het was de hoogste tijd om Laurel en Hardy voor zijn karretje te spannen. Hij boog naar voren en sprak het tweetal op amicale toon aan.

'Luister, mannen. Hebben jullie zin in een wilde nacht met een vrouw die je geilste dromen laat uitkomen?'

Maarten verslikte zich bijna in een slok bier.

'Let op, links van mij zitten twee chicks aan de bar. Met die ene ga ik vanavond een wandelingetje maken.' Een dikke knipoog volgde. Mannen onder elkaar.

'Die andere lijkt een trutje, maar dat is schijn. Ik heb verhalen gehoord, echt ongelofelijk. Zoals dat mens in bed tekeergaat... daarbij vergeleken is iedere pornoactrice een brave kleuterjuf. Zij is echt een sensatie!'

Het tweetal knikte, maar stukken minder enthousiast dan hij had gehoopt. Ook viel het hem op dat hun blik niet op Sandra en het blok aan haar been bleef rusten.

114

'Klinkt geweldig,' antwoordde Berend een beetje sullig. 'Maar… over welke meiden heb jij het eigenlijk?'

Hij draaide zich met een ruk om. De plek aan de bar waar de twee vrouwen daarnet nog hadden gezeten was leeg. Van het ene op het andere moment verstijfde hij. Met veel moeite draaide hij weg van de twee en ging achter de biertap staan. In één klap was hij weer terug in de tijd. Die goede, oude tijd waarin alles ging zoals het moest gaan. Daar was ze weer. De vrouw van zijn leven. Haar lach, haar sierlijke houding, haar…

'Als je er toch staat, mag ik dan twee bier?' De luide stem met het Amsterdamse accent oversteeg de muziek. In een trance pakte hij een glas en hield het onder de tap. Een scheut van teleurstelling ging door hem heen. Je bent een loser, een nietsnut die op zijn vierendertigste nog biertjes staat te tappen. Je hebt haar niet vast kunnen houden. Ze ligt nu in het bed van een ander.

Het glas knapte onder de druk van zijn vingers. Scherven vlogen over de bar.

'Gaat het, makker?' hoorde hij de Amsterdammer zeggen.

'Niets aan de hand,' antwoordde hij monotoon. Alsof zijn stem toebehoorde aan iemand anders.

'Niets aan de hand,' zei hij nogmaals, meer tegen zichzelf. 'Ik heb alles onder controle.'

27

Het voelde als vanouds. Daar konden de stugge schoenen, de botte ijzers en het afgetrapte ijs niets aan afdoen. Ze draaide weer rondjes zoals ze dat in Nederland zo vaak op de kunstijsbaan had gedaan. Heerlijk!

De schaatsbaan in Zermatt maakte deel uit van een openluchtcomplex genaamd Sportarena. De kwaliteit van deze baan liet wat te wensen over, in tegenstelling tot de drie spiegelgladde ijshockeybanen. Daar was het dan ook veel drukker dan hier. Net als op de rest van het terrein. Het terras van Restaurant Sportpavillon lag pal naast de schaatsbaan en was voor driekwart bezet. Over het algemeen waren het mensen op leeftijd die in het waterige zonnetje onder het genot van een kopje koffie of thee met elkaar in gesprek waren of relaxed voor zich uitkeken.

Ze had nog geen seconde spijt van dit uitstapje. Nadat ze Dione en Pim bij school had afgezet, was ze naar Zermatt gereden. Het was woensdag, dus ze had tot een uur of vier, halfvijf de tijd voor zichzelf. Mocht er iets dringends zijn, dan kon men haar op haar mobiele telefoon bereiken en was ze binnen een halfuur thuis, bij het sportcomplex of een van de chalets. Ze had zichzelf voorgenomen om vanavond een paar uurtjes aan haar tekeningen te besteden. Eerst het plezier, dan het werk.

Ze had bewust niets over haar plannen voor dit uitstapje aan Zalia of de kinderen gemeld. Dit wilde ze helemaal alleen doen.

Het skiuitje van zondag was haar goed bevallen. Na de lunch hadden ze eerst nog een blauwe piste gedaan, om daarna een afdaling op een rode piste te maken. Hoewel ze er best tegen op had gezien, was het vanaf het eerste moment goed gegaan. In dezelfde volgorde waren ze naar beneden gegleden en was ze steeds beter in haar ritme gekomen. De rest van de dag waren ze op de rode pistes gebleven. Het ging er ontspannen aan toe en de tips die ze onderweg van Zalia en Jules had gekregen bleken waardevol. Aan het einde van de dag merkte ze dat haar stijl was verbeterd. Natuurlijk was er voor haar nog een hoop te leren, maar ze stond in elk geval beter op haar ski's. Ze had zich steeds minder geërgerd aan het moederkloekgedoe van Zalia, die gedurende de dag steeds minder streng leek te worden, alsof ze ook zelf meer ontspande. Tijdens de afdalingen op de rode piste had ze er niet eens meer aandacht aan besteed. Vond ze het eigenlijk wel handig dat er zo'n egaal spoor voor haar werd geplaveid.

Nu was het tijd om haar schaatstechniek te testen. Ze maakte drie korte pasjes en draaide honderdtachtig graden. Ondanks de verraderlijke barsten, groeven en bulten in het ijs lukte het haar om een meter of tien achteruit te schaatsen. Omdat ze zicht wilde hebben op de diepere groeven, draaide ze weer terug en schaatste verder.

Ze overwoog om een serie pirouettes te draaien. Zou dit nog lukken? En dan op dit ijs… Ze besloot het niet te doen. Nog niet, eerst wilde ze het ijs verder verkennen en het schaatsen zelf weer wat meer in haar benen krijgen. Wellicht vond ze een plek waar geen bobbels en groeven waren. Ze maakte vaart; het restaurant was nu aan haar rechterkant zodat ze uitzicht had op een complex met luxeappartementen. Hé, het leek wel of Zalia daar liep. In de straat waar ze haar schaatsen had gehuurd. Alleen haar houding was anders. Zalia liep altijd rechtop, ze droeg haar lichaam. Behalve die keer dat ze haar in de auto in elkaar gezakt had zien zitten. Saskia twijfelde. Ze was iets te ver weg om haar beschaafd te roepen, en zwaaien had geen zin omdat Zalia haar blik op de grond had gericht. Ze wist niet wat Zalia hier deed, maar nu ze er toch was zou het leuk zijn als ze even samen konden schaatsen of een kopje koffie drinken. Ook al had ze hier haar middag alleen willen besteden, ze vond het opeens zo raar om te doen alsof ze Zalia helemaal niet gezien had. Toen bleek dat Zalia niet in de richting van de ijsbaan liep, aarzelde ze geen moment. Ze schaatste naar de zijkant van de baan, ging op het bankje zitten waar ze haar laarzen had achtergelaten en knoopte snel haar veters los. Daarna stapte ze in haar laarzen, knoopte de veters van haar schaatsen aan elkaar en hing deze om haar nek. Op een drafje liep ze achter Zalia aan, die inmiddels een kleine voorsprong had.

28

Binnen een minuut had ze Zalia weer in het zicht. Ze was langs de ijshockeybanen gelopen en koos nu voor een smal straatje dat in het
verlengde van de Sportarena lag. Omdat Zalia er een stevig tempo op
na hield, moest Saskia opletten dat ze haar niet uit het oog verloor. Het
ene straatje ging over in het andere. Op Zalia's afhangende schouders
leek veel te rusten. Ze was een zorgzame moeder, een intelligente car-
rièrevrouw, een warme gastvrouw, een strenge skilerares... Al die
functies kon ze prima tegelijkertijd uitoefenen. Zoals haar schouders
hingen, dat was geen stress; dan zouden haar schouders opgetrokken
zijn geweest, zoals ze zelf had gedaan tijdens de scheiding. Dit was
verdriet. Haar moeder had er ook zo bij gelopen toen haar vader overleden was. Opeens bleef ze staan. Waar was ze in hemelsnaam mee
bezig? Ze leek Zalia te achtervolgen, terwijl ze haar ook rennend had
kunnen inhalen, al ging dat niet heel makkelijk met die schaatsen om
haar nek. Ze kon zich niet opdringen. Omdat ze zich niet kon oriënte-
ren, liep ze rechtdoor in de richting waar ze Zalia voor het laatst had
gezien. Het zoveelste, nauwe straatje kwam uit op een plantsoen. Links
van hen lag de weg die langs de rivier de Vispa liep. Recht voor hen
stond een kerk. Mooi, dat is meestal een duidelijk herkenningspunt in
een plaats. Terwijl ze verder liep, zag ze Zalia het pad dat langs de kerk
lag nemen. Saskia was tussen een groepje slenterende toeristen van
middelbare leeftijd gaan lopen. Ze voelde zich ineens schuldig dat ze al
die tijd al achter Zalia aan liep en hoopte dat die haar niet op zou merken. Door de kerk moest ze denken aan een gesprek dat ze laatst met
Jules en Zalia had gehad nadat de kinderen naar bed waren gebracht.
Zalia had verteld dat ze van haar vaders kant Joods bloed had, maar

dat het geloof geen prominente plek in haar leven kende. Ook Jules, die katholiek was opgevoed, bleek geen voorstander van religie in hun leven. Samen met de kinderen bezochten ze de traditionele kerstmis en daar bleef het bij.

Saskia had gevraagd of ze dan ook niet voor de kerk waren getrouwd en Zalia had lachend geantwoord dat het enige traditionele aan hun huwelijk haar naamsverandering was geweest. Haar meisjesnaam was Roose, maar ze vond het een prettiger idee dat haar gezin dezelfde achternaam had. Het gevoel van verbondenheid was voor haar groter en het was duidelijker voor de buitenwereld dat je bij elkaar hoorde, helemaal als je in het buitenland woonde.

Het groepje waarachter Saskia liep, stopte opeens. Ze zag nog net hoe Zalia naar het kleine kerkhof dat naast de kerk lag was gelopen.

Inmiddels had haar nieuwsgierigheid het van haar fatsoen gewonnen. Zalia bleef bij een van de grafstenen staan en zakte toen opeens langzaam door haar knieën. Op dat moment besloot de groep waarachter ze zich min of meer verschool verder te lopen. Saskia moest nu beslissen. Voor de kerk konden ze naar links of rechts afslaan. Links liep een brug over de Vispa en rechts was richting Bahnhofstrasse. In beide gevallen zou ze heel dicht bij het kerkhof komen. Mocht Zalia zich omdraaien, dan zou ze haar vanaf die afstand meteen zien. Ze volgde de groep nog even en dook toen onder een poort van een binnenplaatsje dat ze opeens rechts zag liggen. Ze zag hoe Zalia weer opstond, nog even bleef staan, om vervolgens dezelfde route terug te nemen. De Viktoriastrasse liep door tot het Bahnhofplein. Zonder op of om te kijken stak Zalia het plein over naar het station. Bij het station stapte ze in een trein die al klaarstond om te vertrekken.

Volop in gedachten wandelde Saskia in een rustig tempo over de Bahnhofstrasse. Aan het eind van deze hoofdstraat lag links de kerk en het aangrenzende kerkhof. De route die Zalia had genomen was opmerkelijk, aangezien de kerk veel makkelijker te bereiken was via de hoofdstraat dan via die kleine straten waar ze net doorheen gelopen waren. Opeens schrok Saskia van een kort, fel geluidje. Het was de claxon van de taxi die vlak langs haar been reed. Ze was vergeten dat de taxi's hier op elektromotoren reden. Fantastisch voor het milieu, dat wel, maar je kon ze niet horen aankomen. Ze liep door naar de kerk en keek om zich heen. Niemand had belangstelling voor haar. Ze liep naar de rij waar Zalia had gelopen, maar wist niet meer precies welke steen het was geweest. Langzaam liep ze ze af. Opeens herkende ze een naam en las de eenvoudige inscriptie.

AMBER ROOSE

19-11-1995   28-12-2000

29

Uit zichzelf stampten Pim en Dione op de deurmat de sneeuw van hun laarzen. 'Heel goed, jongens.' Saskia gaf ze een schouderklopje waarbij ze meteen wat sneeuw van hun jassen veegde en opende de deur. Het tweetal had vandaag blijkbaar een goede bui, want zonder treuzelen deden ze hun laarzen uit en hingen ze hun jassen keurig aan de kapstok in plaats van ze te laten vallen op de plek waar ze stonden.

'Het wordt nog wat met jullie,' lachte Saskia. 'Hup, naar boven.' Toen ze in de huiskamer waren, trok Dione een engelengezicht.

'Mogen we warme chocolademelk?'

'Aha, daar komt de aap dus uit de mouw.'

De twee keken haar aan of ze gek was.

'Wij willen liever een hond,' reageerde Pim als eerste. 'Maar dat mag niet van papa en mama.'

'Te veel verplichtingen,' voegde Dione eraan toe.

Saskia moest haar best doen om het niet uit te proesten. Beetje wijs voor hun leeftijd. Ze hoorde duidelijk hun ouders terug in Diones woorden. 'Ik maak de warme chocolademelk en jullie beginnen aan je huiswerk, oké?'

De twee vonden het een eerlijke deal en begonnen aan tafel met hun huiswerk.

'Tweemaal chocolademelk,' zei Saskia even later op een gewichtige toon. 'Jullie hebben het veel te goed bij mij.'

'Jij moet altijd bij ons blijven,' zei Dione terwijl ze gretig naar de dampende kop keek. Pim mompelde iets wat waarschijnlijk door moest gaan voor een bevestiging. Na de eerste slokjes keek Saskia naar wat ze moesten doen. Pim had sommen en Dione kleurde een tekening in.

Toen ze een andere kleur wilde gebruiken dan er stond aangegeven, tikte Saskia met haar nagel op het nog lege vakje.

'Daar staat toch bruin?'

Dione knikte. 'Maar die kleur heb ik niet.'

'Hoe kan dat nou? Gisteren had je nog alle kleuren.'

Het meisje haalde haar schouders op.

'Uitgeleend,' antwoordde ze schuldbewust.

'En vergeten terug te vragen,' wist Saskia. Ze liep naar een kast waar spelletjes lagen. Daar had ze ook kleurpotloden zien liggen, misschien hadden ze geluk. Ze trok de lade open, vond vier potloden en hield deze omhoog.

'Geen bruin, we moeten iets anders bedenken.'

Dione zuchtte theatraal. 'Dan weet ik het ook niet.'

'Misschien op je kamer?' Dione schudde van nee.

'Op de zolder, dan? Zal ik daar eens kijken?'

Pim reageerde alsof hij door een wesp was gestoken. Hij keek haar met opengesperde ogen en verontwaardigd aan. Hij wees naar het luik schuin boven hem om zijn woorden kracht bij te zetten.

'Daar mogen wij niet komen,' sprak hij gedecideerd. Als hij er niet zo serieus bij had gekeken, had ze erom kunnen lachen. Pim bleef gebiologeerd naar het luik kijken.

'Die trap is gevaarlijk,' ging hij verder. 'Als je te hard aan het touw trekt, kan die trap snel naar beneden komen. Dan stoot je je hoofd.'

'En kom je in het ziekenhuis terecht,' vulde zijn zus moeiteloos aan.

Wat waren die twee op sommige punten toch gedrild, dacht Saskia onwillekeurig. Maar de Laponders hadden natuurlijk gelijk om hun kinderen duidelijk te waarschuwen voor gevaar. Dat zou iedere ouder doen die bezorgd was om zijn kinderen. Zonder een opstapje konden zij er nooit bij komen, wat het nog gevaarlijker voor hen maakte. Een kind dat op een wiebelende stoel naar een koordje stond te graaien, je moest er niet aan denken... Maar zij kon wel een kijkje nemen. Misschien kon ze de kinderen verrassen met 'oude troep' van Zalia, zoals kleding, dan konden ze morgen een verkleedpartijtje doen. Of misschien lagen er nog oude spelletjes. Nu herinnerde ze zich ook dat Zalia wel iets over de zolder had gezegd tijdens de rondleiding op haar eerste dag. Dat ze daar niet hoefde te komen, want er stond toch alleen maar oude troep. Ze waren er nog niet aan toegekomen om het op te ruimen, maar het stond ook niet echt in de weg. Wie weet wat een maffe dingen ze nog tegen zou komen.

Maar nu zou ze niet naar boven gaan. Ze wilde geen slecht voorbeeld geven. Ze liep terug naar de tafel en keek naar de mokken die bijna leeg waren.

'Wie wil er nog een kopje?' Twee stralende gezichten keken haar aan. De zoldertrap was blijkbaar weer vergeten.

30

Het was vrijdagmiddag halfdrie. Nadat ze 's ochtends de kinderen naar school had gebracht, had ze meteen weekendboodschappen voor iedereen gedaan en nog wat schoongemaakt. Ze zou nu op de bank kunnen gaan zitten, tv-kijken of een magazine doorbladeren, maar het idee om de kinderen te verrassen met een ander spelletje dan ze ge- wend waren, speelde nog steeds door haar hoofd. Nu kon ze dat mooi ongestoord doen, want Zalia zou de kinderen vandaag zelf ophalen. Misschien kon ze het een beetje schoonmaken en ordenen op zolder. Als verrassing voor Jules en Zalia. Twee vliegen in één klap.

Toch een beetje unheimisch liep ze naar het touw dat aan het plafond bungelde en trok eraan. Omdat ze nog niet eerder op zolder was ge- weest, leek het alsof ze iets stiekems deed. Een houten trap kwam naar beneden. Voorzichtig liep ze de treden op. Het was doodstil in huis en ze was opeens een beetje gespannen. Wat moest ze zeggen als Zalia of Jules onverwacht thuiskwam? Ik ga ongevraagd jullie troep opruimen? Nou ja, dat zou ze dan wel zien. De verrassing was er dan af, maar wie weet konden ze haar initiatief wel waarderen en waren ze blij dat dit project eindelijk eens aangepakt werd.

De zolder was donker. Ze vond de lichtschakelaar en keek om zich heen. Veel oud speelgoed, vooral voor baby's, dozen waar van alles uitpuilde, en een paar kasten. Een daarvan was op slot. Misschien toch niet alleen maar oude troep, dacht Saskia. Als ze nou eens begon met het ordenen van de spullen die door elkaar in de dozen waren gepropt. Ze kon het thematisch aanpakken en wie weet vond ze nog iets waar ze de kinderen een plezier mee kon doen. Al zou ze dat natuurlijk eerst aan Zalia vragen.

Toen ze een beetje geïnventariseerd had wat er zoal in de dozen zat en ze er alvast een gekke hoed, een boa en een losse lijst waar waarschijnlijk een spiegel in had gezeten uit had gevist, begon ze met het bij elkaar leggen van soortgelijke spullen. In een van de dozen zaten veel oude Nederlandse kinderboekjes en kaarten. Ze herkende een boekje dat ze zelf vroeger had stukgelezen en pakte het voorzichtig uit de doos. De rug was zo kapot dat sommige blaadjes loszaten en uit het boekje gleden toen ze het opende. Misschien beter niet aankomen dan. Ze probeerde de losse pagina's weer op de juiste plek in het boekje te leggen, maar zag dat er een velletje niet bij hoorde. Het was van dik papier dat was dubbelgevouwen. Ze vouwde het open zodat ze kon zien of het in deze doos moest blijven of dat ze het op een ander stapeltje moest leggen. Zodra ze zag wat het was, wist ze dat dit niet voor haar ogen bestemd was. Dat ze fout zat, door hier in die dozen te graven. Dat dit verborgen moest blijven en dat ze daarom hier niet 'hoefde te komen'. Hoe moest ze haar opruimactie op zolder aan Zalia verklaren zonder de indruk te wekken dat ze dit had gevonden? En het gewoon vragen aan Zalia zag ze helemaal niet zitten. Die had er al moeite mee als ze over de ring begon. Misschien zou ze haar wel ontslaan, omdat ze zich te veel met hun leven bemoeide. Dan was haar nieuwe leven voorbij. Het was duidelijk dat ze het moest laten rusten, maar ergens zei een stemmetje in haar hoofd dat een climax van alle spanningen in huis onvermijdelijk zou zijn. Dan kon ze maar beter voorbereid zijn, toch? Ze was nu toch ook een soort lid van de familie. Ze hoefden haar natuurlijk niet alles te vertellen, maar om goed te functioneren moest ze toch weten wat de kinderen wel en niet over het verleden wisten, waarom ze niet op zolder mochten komen en misschien kon ze Zalia en Jules wel helpen met deze spanningen.

Ze kon ook niet meer doen alsof ze niet boven was geweest. Ze had inmiddels wat dozen uitgepakt, en ze zou het er nooit meer op dezelfde manier allemaal in krijgen. Behalve deze doos dan. Daar had ze alleen nog maar het boekje uit gepakt.

En het rouwkaartje. Van Amber. Zalia's dochter.

Ze had al een sterk vermoeden gehad toen ze de naam op de grafsteen had gezien. Amber was Zalia's dochter. Dezelfde achternaam als Zalia's meisjesnaam en ze begreep nu ook dat de steen in Zalia's ring barnsteen, oftewel amber was. Wat er precies was gebeurd, hoe het meisje was gestorven was compleet onduidelijk, maar het moest gebeurd zijn voordat ze met Jules trouwde. Want op die avond dat ze het over hun bruiloft hadden gehad, hadden ze haar verteld dat ze in 2001 getrouwd waren. Amber was een verhaal uit het verleden dat niet verteld mocht worden. Ruim een jaar na de bruiloft was Pim geboren en twee jaar later kwam Dione. Vanaf de bruiloft tot nu was alles vastgelegd. Talloze ingelijste foto's vormden daarvan het bewijs. Van foto's vóór de bruiloft was geen spoor te bekennen. Geen Jules op vierjarige leeftijd met zijn eerste fiets of een zes jaar oude Zalia met haar lievelingspop. Alleen maar foto's van het gezin. Vanaf de schoorsteenmantel keken de ouders van Zalia de kamer in en voor de ouders van Jules was een plekje in de keuken gereserveerd. De lijstjes zeiden iets over de rol van deze mensen in het gezin. Kale, goedkope houten frames. Er was geen aandacht aan besteed. De foto's stonden er omdat het zo hoorde. Maar van Amber dus geen foto. Hoe was ze gestorven? Een ongeluk? Was Zalia daarom zo voorzichtig met haar kinderen? Wilde ze koste wat het kost vermijden dat er met hen zou gebeuren wat Amber was overkomen? *Misschien maak ik er wel meer van dan er is. Ze hebben het er gewoon nooit over omdat het te pijnlijk is. Begrijpelijk.* Ze zou niet zo bang voor Zalia's reactie moeten zijn, of gewoon verzwijgen wat ze de afgelopen dagen te weten was gekomen en het daarbij laten, totdat Zalia er zelf over zou beginnen. Want als ze heel eerlijk was, durfde Saskia er op dit moment toch niet meteen zelf over te beginnen. Zalia had duidelijk twee gezichten, eigenlijk zelfs twee levens, en ze kende Saskia misschien nog niet goed genoeg om dit te delen. Saskia wilde voorkomen dat ze uit de gratie zou vallen. Toch zou ze dat misschien wel snel doen, want de kans was groot dat Zalia zou zien dat ze bij hen op zolder was geweest. Dan kon ze natuurlijk doen alsof ze van niets wist, of haar de halve waarheid vertellen dat ze iets voor de kinderen had gezocht in een paar dozen en zich dan onschuldig uitputten in excuses dat ze het eerst aan haar had moeten vragen, maar waren deze hoed en boa niet heel erg leuk voor Pim en Dione om mee te spelen? Dat voelde ook niet goed. Er was maar één persoon aan wie ze dit dilemma durfde voor te leggen. Zalia en hij waren immers vroeger vrienden geweest. Ze moest er dan wel vanavond heen.

31

'Hé, kom binnen,' zei Klaus. Hij droeg een blauwe overall die onder de verfvlekken zat.

'Dat is nog eens een verrassing, op de vrijdagavond. Ik bedoel... het is toch vrijdag?'

Saskia knikte. 'Klopt en we hadden voor morgenavond afgesproken.'

Klaus zuchtte theatraal. 'Gelukkig, dan is er nog niets mis met mijn kortetermijngeheugen.' Hij wees op zijn besmeurde kleding en keek op zijn horloge. 'Ik ga even snel douchen en kleed me om. Het is alweer halfnegen, begin van het weekend, doe mij maar een whisky. Je weet waar de drank staat.' Hij gaf haar een kus op haar wang en liep met grote stappen de kamer uit.

'Tot uw orders meneer,' mompelde ze. Ze had eigenlijk meteen los willen branden, maar kon hem natuurlijk niet direct met haar verhaal confronteren. Hij had gewerkt en zich volledig gefocust op zijn nieuwste kunstproject. Een douche zou helpen om de knop om te zetten. Tenminste, dat hoopte ze.

Ze schonk een whisky voor hem in. Zelf hield ze het op water. Ze verwachtte een lastig gesprek en wilde dit met een helder hoofd voeren. Al was ze best een beetje zenuwachtig en kon ze wel iets sterkers gebruiken.

'Dat doet een mens goed,' zei hij tien minuten later. Gekleed in een spijkerbroek en een wit T-shirt waarover hij een ruimzittend zwart overhemd droeg, proefde Klaus van zijn whisky. Met een ondeugende grijns op zijn gezicht plofte hij op de bank.

'Kon je niet tot morgen wachten om mij te zien, of ben ik nu te optimistisch?' Ze hapte niet meteen.

'Is er soms iets wat niet tot morgen kon wachten?' vroeg hij voorzichtig.

'Amber Roose,' antwoordde ze plompverloren.

Zijn gezicht verstrakte. Hij keek van haar weg.

Dat had ze iets subtieler kunnen aanpakken, maar zijn reactie verried dat hij er meer van wist. 'Sorry dat ik je zo overval, Klaus. Ik weet niet of je haar gekend hebt, maar jij kent Zalia en ik voel een hoop spanningen bij de familie Laponder. Ik heb een vermoeden dat dat met Amber te maken heeft. Misschien weet jij meer, maar laat me alsjeblieft vertellen waar ik mee zit.' Ze wachtte even om hem de kans te geven te reageren. Hij knikte alleen maar.

'Woensdagmorgen zag ik toevallig Zalia in Zermatt lopen. Ik wilde haar vragen om een kopje koffie te drinken, maar ze hield er zo'n stevig tempo in dat ik haar nauwelijks kon bijhouden. Uiteindelijk stopte ze bij een kerk en liep naar een graf op het daarnaast gelegen kerkhof. Ik werd hierdoor overvallen en wilde haar niet storen, maar vond het ook stom haar als een achtervolger op te wachten. Achteraf klinkt het belachelijk, maar ik heb me achter een muurtje verstopt zodat zij me niet zou opmerken. Nadat ze was vertrokken, ben ik ernaartoe gelopen. Ze rouwde om Amber Roose, een meisje dat elf jaar geleden is overleden en slechts vijf jaar oud is geworden.'

Klaus keek nog steeds onbeweeglijk voor zich uit.

'Vanmiddag ben ik per ongeluk op het rouwkaartje op zolder gestuit. Ik was er aan het opruimen om ze te verrassen en toen viel het uit een boekje dat ik oppakte. Nu weet ik zeker dat het haar dochter is, maar niet wat er met haar gebeurd is.'

Zijn blik schoot naar rechts en keek haar vol ongeloof aan.

'Je hebt wát gedaan?!'

'Ik was aan het opruimen! Ik kon toch ook niet weten dat... ik bedoel, ik had moeten vragen of ze mijn hulp konden gebruiken, of ik eigenlijk op zolder mocht komen, want de kinderen deden er ook al zo moeilijk over... ik... Ik schaam me nu ook. Ik had Zalia niet moeten volgen, of ik had haar in elk geval moeten proberen te roepen, of laten weten dat ik achter haar liep. Het is moeilijk dat zij niet weet dat ik dit weet van Amber. Ik had het niet moeten doen, maar ik werk voor de Laponders en niet alleen voor Jules' bedrijf. Dat werk telt nog niet echt. Mijn echte werk is bij hen in huis, ik zorg voor hun kinderen, begin een deel van hun leven te worden... Ik wil ze graag begrijpen.' Ze was zelf de draad een beetje kwijt en voelde zich door Klaus in de hoek gezet, waardoor ze zich heftiger ging verdedigen dan misschien nodig was. En ze had zich nog zo voorgenomen om het delicaat te brengen, voorzichtig te vragen, maar nu zat ze hier te raaskallen.

Klaus sprong verontwaardigd overeind.

'Jij begrijpt er helemaal niets van,' sprak hij met ingehouden woede. 'Dit is een zaak van Zalia, jij bent aan het wroeten in een privéaangelegenheid. Als Zalia behoefte heeft om jou hierover iets te vertellen, is het vroeg genoeg voor vragen. Tot die tijd moet jij gewoon je werk doen en je niet mengen in zaken die jou niet aangaan.'

Hij ging weer zitten en nam een slok van zijn whisky. De stilte leek een muur tussen hen in. Ze wist even niet meer wat ze moest zeggen. Hij had natuurlijk gelijk, maar ze had niet verwacht dat hij zo kwaad zou worden. Ze had eigenlijk een klein beetje op begrip gehoopt. En uitleg. Na wat een eeuwigheid leek, schraapte Klaus zijn keel.

'Het spijt me, Saskia. Ik reageerde veel te heftig. Ik begrijp dat jij vragen hebt, maar...'

'Ik weet dat ik fout ben geweest door ongevraagd op die zolder te gaan neuzen. Maar ik kan het niet meer terugdraaien, ik heb het boekje gevonden en het kaartje gevonden. Ik wil me niet mengen in hun privéleven, en misschien zie ik dingen die er niet zijn, maar er zijn steeds kleine voorvallen die vragen oproepen en die spanning bij Zalia en tussen haar en Jules laten zien. Ik probeer haar te begrijpen. Amber was haar dochter.'

Hij sloot zijn ogen en knikte. 'Ik weet het.'

Ze hoopte dat hij hier verder op door zou gaan, maar het bleef stil.

'Sorry, ik onderbrak je. Ik wil niet meer verder spitten, ik wil Zalia geen pijn doen, daarom vraag ik nu om jouw hulp.'

Even gleed er een vermoeide glimlach over zijn gezicht. 'Oké. Zeg het maar, wat wil je weten?'

Saskia voelde zich een beetje opgelucht. Ze had het idee dat ze voor de eerste keer tot Klaus was doorgedrongen. Dat ze een stuk van zijn beschermlaag had afgepeld en eindelijk toegang kreeg tot zijn werkelijke emoties. Anders had hij toch niet zo fel op haar gereageerd? Hij moest wel meer weten. Maar misschien was het voor hem ook pijnlijk, hij had Zalia vroeger goed gekend.

'Hoe is Amber gestorven?'

'Een skiongeval,' antwoordde hij zonder enige aarzeling. 'Het gebeurde in de kerstvakantie. Zalia had Amber afgezet bij de ski-instructrice voor privéles. Zelf ging ze naar haar werk. Een paar uur later stonden er twee politieagenten bij haar voor de deur. Ze moest Amber identificeren in het mortuarium.'

'O, god, wat erg. Maar hoe heeft dat dan kunnen gebeuren? Er was toch iemand bij haar? Ze zullen toch niet op een gevaarlijk stuk zijn gaan oefenen?' Het was een horrorverhaal. Een moeder die haar kind moest identificeren. Onbegrijpelijk dat zoiets kon gebeuren.

Klaus schudde ontkennend zijn hoofd.

'Ik heb geen idee. Toen het gebeurde zat ik in Amerika. Ongeveer twee jaar na het ongeval van Amber kwam ik naar huis vanwege mijn moeder. Zalia was toen al getrouwd met Jules en hoogzwanger van Pim. Ze is daarom niet op de begrafenis van mijn moeder geweest. Wel kwam ze mij een paar dagen daarna condoleren en stelde ze meteen Jules voor. Ze woonden inmiddels in het vakantiehuis van haar ouders. Sindsdien zijn we buren en zeggen we gedag als we elkaar tegenkomen.'

'Maar op dat moment wist jij nog niets van het ongeluk van Amber, toch?'

'Klopt, een week of drie nadat ik Zalia en Jules had ontmoet, zat ik met een vriend in een café in Zermatt te praten. Na een paar biertjes vroeg hij of ik Zalia al had gezien. Toen ik dat bevestigde, vertelde hij mij het verhaal van Amber. Ik stond perplex, vond het vreselijk voor Zalia.'

'En toen?'

'En toen wat?'

'Nou, heb je toen iets gedaan? Ben jij naar Zalia gegaan en heeft ze je het verhaal verteld? Jullie waren toch vrienden?'

'Jeugdvrienden,' corrigeerde Klaus. 'En nee, ik heb niets gedaan. Dat lijkt me ook vrij logisch. Wat had ik kunnen doen?'

'Logisch? Een vriendin heeft een kind verloren en jij vindt het vrij logisch om er alleen kennis van te nemen? Geen medeleven, geen schouder om alsnog op uit te huilen?' Ze begreep er niks van. Waarom was hij toch zo terughoudend?

Hij schudde langzaam zijn hoofd.

'Jij begrijpt het niet, Saskia. Wat ik je overigens niet kwalijk kan nemen.'

'Leg het me dan uit, alsjeblieft.'

'Zalia en ik waren jeugdvrienden. Niet meer en niet minder. We zagen elkaar vooral tijdens de schoolvakanties als zij met haar ouders naar hun vakantiehuis kwam. Toen ze hier ging wonen, was ze een jonge, ambitieuze vrouw van in de twintig die precies wist wat ze wilde. Ik ging helemaal los, experimenteerde met drugs en was alleen maar bezig met mijn kunst. In die tijd hadden wij allebei al ons eigen leven. Dat versterkte toen zij in Zermatt ging wonen en ik naar Amerika vertrok. We groeiden uit elkaar. Bovendien had ze Jules toch. Wat hadden wij elkaar nou nog te melden na al die jaren? Ik mocht haar altijd graag, maar als je totaal verschillende dingen doet, zoek je elkaar gewoon niet zo vaak op. Dat doet zij ook niet en dat respecteer ik. Het heeft met privacy te maken. Daarom reageerde ik net ook zo heftig. Je moet dit niet allemaal willen weten van andere mensen. Misschien is het jouw aard of ben je zo direct en nieuwsgierig omdat je Nederlands bent, ik weet het niet, ik zeg maar wat, maar hier houden mensen graag alles voor zichzelf.'

Saskia knikte, al begreep ze het toch niet helemaal. Was hij nou echt zo boos geworden omdat hij privacy zo hoog in het vaandel had staan? Ze had nu een glimp van een andere kant van Klaus gezien. Een donkere kant.

'Wie is de vader van Amber?' vroeg ze op rustige toon.

'Ik heb daar nooit naar gevraagd.'

Ze was verbaasd dat hij er nooit naar gevraagd had, maar als ze echt uit elkaar gegroeid waren, was dat wel mogelijk. Doorvragen leek nu niet veel zin te hebben. Als hij het wel wist, hield hij dit voor zich. Klaus liet zich niet onder druk zetten, zo goed kende ze hem inmiddels wel. Hij vertelde haar wat hij kwijt wilde.

'Waarom al die geheimzinnigheid? Ik bedoel, veel mensen weten ervan. Maar haar kinderen niet. Wat is er het nut van om deze tragedie te verzwijgen?'

Klaus nam een slok van zijn whisky. Ze zag dat hij goed nadacht over het antwoord.

'Ik denk om de doodsimpele reden dat het te pijnlijk is. Daarom heb ik nooit doorgevraagd, want ik kon het aan haar zien als Ambers naam viel. En daarom snap ik ook niet waarom je dit zo graag wilt weten. Het is voor iedereen beter als Zalia de ruimte krijgt het op haar manier te verwerken en als ze er niets over wil zeggen, dan moeten we dat respecteren. Ze hoopt waarschijnlijk dat de tijd alle wonden heelt en is verder met haar leven gegaan. Alsjeblieft Saskia, laat het rusten.'

Daar wilde ze nog even over nadenken. Ze had een raar gevoel aan dit gesprek overgehouden. Ze stond op en gaf hem een kus.

'Bedankt.' Ze liep naar de deur.

'Saskia?'

'Ja?'

'Ik neem aan dat jij nu de antwoorden hebt waarnaar je op zoek was?'

Heel even twijfelde ze. 'Dat weet ik nog niet helemaal zeker, maar ik denk van wel.'

'Ga er zorgvuldig mee om.'

Ze draaide zich om.

'Je bedoelt dat ik net als de rest mijn mond moet houden?'

Hij keek haar alleen maar aan. Ze opende de deur. Toen ze op de drempel stond, vroeg hij: 'Zie ik je morgen nog?'

Ze haalde haar schouders op.

'Dat weet ik nog niet.'

Zonder een reactie af te wachten deed ze de deur achter zich dicht en liep naar huis.

32

Curaçao

De aangename passaatwind gleed door zijn haren. Zijn overhemd bolde wat op. Het liep tegen elf uur 's avonds en de temperatuur was nog steeds aangenaam. Op de achtergrond klonk de relaxte muziek van een reggaeband. Dit waren de Cariben op hun best, dacht Richard.

Het was lang geleden dat hij zich zo opgetogen had gevoeld. En ook een beetje nerveus. Maar dat gaf niets, het hoorde er zelfs bij als je op het punt stond een mooi, lief en puur meisje te ontmoeten.

Hij had Maike gisterenavond ontmoet. Tijdens zijn dienst waren ze aan de praat geraakt en hij had direct een klik gevoeld. De gesprekken waren vrij oppervlakkig geweest, maar iets anders kon je van zo'n eerste avond niet verwachten. Even voor enen was ze naar haar bungalow gegaan, en hij had zijn dienst verder op een roze wolk gedraaid.

Hij liep de receptie binnen van het park waar Maikes bungalow stond.

'Hoi, John. Hoe is het?'

De man die geboren en getogen was op Curaçao stak loom zijn hand op.

'Lekker rustig, jongen. Ben je vrij vanavond?'

Richard grijnsde, wees op de fles champagne in zijn hand.

'Die ga ik straks met een heel mooie dame opdrinken.'

'Succes, jongen,' zei John afwezig. Zijn aandacht was weer bij zijn kleine televisie die buiten het zicht van de gasten stond opgesteld.

Hoewel John regelmatig een borrel bij hem in de bar dronk, was dit de eerste keer dat Richard in het bungalowpark was. Hij moest nummer 231 zien te vinden en dat kon geen lastige opgave zijn.

Vandaag was zijn vrije dag en wat had hij die goed besteed! Voordat

Maike gisterenavond vertrok, had ze hem verteld dat ze vandaag samen met haar vriendin naar het strand zou gaan. Hij was vergeten te vragen welk strand. Toch had hij zich hierdoor niet laten ontmoedigen. Hij kende haar vakantieadres en begon zijn zoektocht bij het dichtstbijzijnde strand. En ja, hoor. Na tien minuten had hij haar gevonden. Alleen. Haar vriendin was met een vriend op stap. Het kon niet beter. Toen hij Maike zogenaamd verrast over zoveel toeval begroette en naast haar in het zand ging liggen, brandde ze meteen los. Dat ze zo teleurgesteld was in haar vriendin Laila die vanmorgen vroeg al met haar nieuwe vriend was vertrokken en niets meer van zich had laten horen. Ja, een briefje op tafel dat Regi haar vandaag wat mooie plekjes op het eiland liet zien. Nou, die had ze ook wel willen zien. Tenslotte was Laila op de kosten van haar ouders meegekomen, omdat ze voor haar eenentwintigste verjaardag een reisje had gekregen en een vriendin mocht meenemen. Daar had ze nu al spijt van, want Laila dacht alleen maar aan zichzelf.

Het gemopper op Laila was koren op zijn molen. Hij praatte met haar mee om haar een beter gevoel te geven. Nadat het onderwerp Laila was afgesloten, waren ze gaan zwemmen en hadden ze samen geluncht. Om vijf uur was Maike naar haar bungalow gegaan. Wel had ze tijdens hun afscheid laten doorschemeren dat ze vanavond geen zin had om uit te gaan.

Hij liep nu langs nummer 223, bleef staan en telde het aantal bungalows dat voor hem lag. Bij nummer 231 brandde licht! Precies zoals hij had gehoopt. Laila was ongetwijfeld nog bij haar vriendje. Na een paar missers had hij het geluk eindelijk aan zijn kant. Sinds Saskia...

Hou op. Ze kwam weer in zijn gedachten. Op het verkeerde moment en op een slechte plek. Hij moest meteen ingrijpen. Haar in de kelder van zijn gedachten opsluiten. Maike zou een goede manier zijn om haar nu te vergeten. Het leeftijdsverschil speelde geen rol. Nu niet, maar straks als het serieuzer zou worden ook niet. Hij, de doorgewinterde man, zou haar, het wat naïeve meisje, door het leven loodsen. Hij was de man aan wie zij zich kon vasthouden en de komende jaren kon optrekken. Een rol die hij graag zou willen vervullen. Van die eigenwijze, mondige wijven had hij genoeg gehad. Net als van de vluchtigheid van het leven hier. Daarin had hij zich vergist. Dit was absoluut niet de omgeving waarin hij aan zichzelf kon werken. De komst van Maike was een geschenk dat hij dankbaar in ontvangst nam. Hij wist zeker dat zij ook die sprankel had gevoeld vanmiddag. Hopelijk zou ze hem een kans geven. Te beginnen bij vanavond.

Toen hij voelde hoe het wat rustiger in zijn hoofd werd, liep hij het pad van nummer 231 op. Bij elke pas nam zijn nervositeit toe. Dat was goed. Het gaf aan hoe belangrijk dit moment voor hem was. Hij klopte op de deur.

Tot zijn teleurstelling vloog de deur niet direct open. Hij wachtte een halve minuut en klopte toen nogmaals. Nu wat harder.

'Hallo, Maike. Ik ben het, Richard.' Misschien was ze op het toilet, of nam ze een douche. Hij stond op het punt om nogmaals aan te kloppen, toen de deur op een kiertje werd geopend.

'Ja?' Het was Maike, hoorde hij tot zijn opluchting. Het sprak voor zich dat ze op dit tijdstip niet zomaar de deur voor iedereen opende. Waarschijnlijk was het haar niet duidelijk dat hij het was.

'Ik ben het, Richard,' zei hij nogmaals. Hij glimlachte zelfverzekerd toen de deur werd geopend. Maike had een handdoek omgeslagen. Druppeltjes van haar natte haar vielen op haar ontblote schouders. Ze keek hem verrast aan.

'Hoi, Richard. Wat kom jij hier doen?'

Omdat hij zich geen raad wist met deze onverwachte situatie, hield hij de fles champagne omhoog.

'Nou, ik was in de buurt en dacht…' Door de onzekerheid grijnsde hij wat stompzinnig.

'Wat is er?' klonk het vanuit de bungalow. De zware mannenstem kwam aan als een klap. Maike draaide haar hoofd een kwartslag en riep: 'Niets, ik kom er zo aan.'

Hij voelde de woede uit zijn binnenste omhoogborrelen. Zijn greep op de fles champagne nam aan kracht toe.

'Niets,' siste hij tussen zijn tanden. 'Noem jij mij niets? En vanmiddag dan? Wat was ik toen?'

'Laat me met rust, vanmiddag was het gezellig en daar wil ik het graag bij houden,' antwoordde ze met een hooghartig gezicht. Hij stapte naar voren en verhinderde dat zij de deur sloot.

'Wie is dat?!' Hij knikte in de richting waar de mannenstem vandaan was gekomen.

'Dat zijn jouw zaken niet,' reageerde ze heftig. 'Ga weg. Ik heb jou helemaal niet gevraagd om hierheen te komen.'

'Niet met woorden, nee!' antwoordde hij. Van het ene op het andere moment transformeerde vanuit zijn gezichtspunt het lieftallige meisje in een berekenende bitch. Weer was hij erin geluisd. Maar ditmaal zou hij niet als een mak schaap de aftocht kiezen of het afdoen met een schouderophaal. Hij had zijn ware aard al te lang verloochend, deze rotmeid moest de gevolgen voelen van haar smerige geintjes. Met zijn vrije hand greep hij haar schouder beet.

'Au! Laat me los!'

'Zo gemakkelijk kom jij er niet van af, kreng.' Hij kneep hard.

'Ben jij gek geworden, vuile klootzak?!' Opeens was de mannenstem heel dichtbij. Een grote vent met alleen een boxershort aan was achter Maike komen staan. Hij had gemillimeterd haar, was gespierd en zijn linkerarm was van schouder tot pols getatoeëerd. Met deze arm duwde hij Richard van Maike af.

'Pak hem, Cor.' Haar donkere ogen gloeiden van haat.

Cor stapte naar voren. Richard was door de harde duw op zijn zij gevallen en lag nu in het gras naast het stenen pad. Op wonderlijke wijze had de fles champagne de tuimeling overleefd. Hij stond op, pakte de fles en hief deze boven zijn hoofd.

De agressieve houding kon Cor niet imponeren. Hij ging voor hem staan en keek hem zonder vrees aan.

'Of je smeert 'm, of ik breek al je botten. En ik zeg dit maar één keer.' Richard liet zijn arm zakken. Tegen deze spierbundel was hij kansloos. De paar klappen die hij zelf eventueel kon uitdelen wogen niet op tegen de pijn die hij straks zou voelen. En geestelijke pijn verdroeg hij beter dan lichamelijke. Dat was hij intussen gewend.

Hij schonk Maike nog een dodelijke blik, draaide zich om en liep het pad af. Een honend lachje van Cor maakte zijn aftocht nog beschamender.

33

Jules schudde de hand van de man die op het punt stond te vertrekken.

'Bedankt dat u mij wilde ontvangen, meneer Laponder,' zei Marc Vereyken.

'Het was mij een genoegen,' antwoordde Jules met een vriendelijke glimlach. 'Dat u de moeite heeft genomen naar Zermatt te komen, spreekt mij aan. Dat geeft toch een persoonlijke touch aan een eventuele samenwerking.'

Vereyken knikte. 'Het is altijd prettig om te weten met wie je in de toekomst zaken gaat doen. Er is nog steeds geen technologie op de markt die de indrukken van een persoonlijk onderhoud op menselijke wijze in kaart kan brengen. En dat is maar goed ook, anders zouden wij allemaal in robots veranderen.'

Jules glimlachte. Hij vond de Vlaming sympathiek.

'Naast ons plezante onderhoud hoop ik dat bovenal ons product en de spectaculaire winstmarges beklijven. Dat, en de gegarandeerde levertijden maken het voor u zeer interessant.'

'Zeker,' stelde Jules hem gerust. 'Ik ga dit voorleggen aan mijn staf en neem daarna contact met u op.'

Jules liep met Vereyken mee naar de deur van het kantoor. Toen hij deze opende, wenste hij de Belg een goede terugreis.

Voordat hij de papierstapel ging opbergen, wierp hij nog enkele blikken op de brochures. Het product zag er goed uit. In tegenstelling tot de meeste importeurs liet dit bedrijf slechts een gedeelte van het totaalproduct in het Oosten fabriceren. De onderdelen die voor de consument van belang waren, kwamen uit Italië, Frankrijk en België zelf.

Het oog wilde namelijk ook wat en dat hadden deze mensen goed begrepen. Plus dat de levertijden daar inderdaad aanzienlijk door verkort werden; binnen 48 uur aan de deur.

Jules pakte de stapel papieren en borg ze op in een lade van zijn bureau. Deze week had hij een afspraak met zijn commercieel manager. Samen zouden ze het voorstel opnieuw bekijken en een beslissing nemen of ze het aan hun dealers gingen aanbieden. Omdat ze wekelijks voorstellen kregen van buitenlandse importeurs die via hun netwerk een plekje op de Zwitserse markt wilden veroveren, waren ze kieskeurig. Als ze een nieuw merk introduceerden, dan moest dit aan veel eisen voldoen. Buiten de verplichte veiligheidseisen en de hele administratieve rompslomp van de Zwitserse overheid die hieraan was verbonden, moest het voor hen lucratief zijn en iets toevoegen aan het huidige marktaanbod. Als dit allemaal in orde was, overwogen ze pas om het merk een kans te geven.

Jules knikte tevreden. Door keihard te werken had hij zijn bedrijf daar gebracht waar hij een jaar of tien geleden enkel over had kunnen dromen. Tegenwoordig was hij in dit kanton een van de grootste leveranciers van sportartikelen. In heel Zwitserland zat hij bij de top tien en in Oostenrijk, Duitsland, Frankrijk en Italië had hij inmiddels een voet tussen de deur. Binnen twee jaar zou hij in die landen ook flink gaan leveren, dat wist hij zeker. En na Europa kwam de rest van de wereld, met de Verenigde Staten voorop.

Zijn mobiele telefoon ging. Hij keek naar het nummer op het display en drukte de oproep weg. Het was in de loop der jaren bijna een automatische reactie geworden. Er zou toch weer teruggebeld worden, maar dan had hij steeds even de tijd om na te denken, zich voor te bereiden. Hij drukte op de knop van de intercom.

'Ja?' antwoordde zijn secretaresse.

'Het komende kwartier wil ik niet worden gestoord.'

Het was dus weer zover. Hij trommelde nerveus met zijn vingers op het bureau. Wat stond hem te wachten? Werd het bedrag dat hij moest betalen weer verhoogd? Die kans was vrij groot. De afgelopen twee keer had hij al een hoog bedrag moeten betalen om een rel te voorkomen. En dan was 'rel' nog zachtjes uitgedrukt. Dat impliceerde nog een kortdurend drama. Maar als bekend werd wat er speelde, gespeeld had, zou het leven dat hij nu kende weleens afgelopen kunnen zijn. Die ene misstap achtervolgde hem nu al jaren en hoezeer hij het ook een plekje probeerde te geven, het was hem nog niet gelukt het achter zich te laten, omdat de pijn er nog was en zeker omdat hij nu gechanteerd werd. Hij durfde bijna niet aan de gevolgen te denken, maar deed tegelijkertijd niets anders. Hij moest iets bedenken. Dit kon zo niet langer doorgaan. Zijn zenuwen had hij redelijk in bedwang, maar het wegsluizen van geld werd steeds moeilijker. Zijn boekhouder had hem er al op aangesproken. Hij had zich er met een onbeduidend antwoord over onvoorziene uitgaven van af kunnen maken, maar dit lukte hem waarschijnlijk niet nog een keer. Hoewel het bedrijf prima liep, moesten ook zij inleveren nu mensen het financieel wat minder breed hadden en als eerste de luxeartikelen lieten vervallen. Het geld kwam nog wel binnen, maar niet meer met enorme bedragen zoals vroeger het geval was geweest. De tijd dat buitenlandse importeurs onder de tafel geld aanboden voor zijn diensten was verleden tijd. Hierdoor had hij steeds minder kunnen wegsluizen. Toen deze geldstroom begon op te drogen, had hij geld opgenomen van een privérekening waarvan alleen hij het bestaan kende. Naarmate dit bedrag slonk, moest hij af en toe wat van het bedrijf 'lenen' om aan de eisen van zijn afperser te voldoen.

Hoe kon hij een eind maken aan deze situatie?

Prompt ging zijn mobiele telefoon.

34

Voorzichtig schoof Zalia het dekbed opzij. Jules sliep de laatste tijd onrustig en ze wilde hem niet wakker maken. Hij had al genoeg problemen aan zijn hoofd. Voor de buitenwereld deed hij zich voor als een geslaagd zakenman die zijn imperium moeiteloos uitbreidde. Zij wist wel beter. De lijnen in zijn gezicht werden steeds dieper en voor het slapengaan dronk hij stevig. Waarschijnlijk om voor even de problemen te vergeten waarmee hij de hele dag werd geconfronteerd.

Jules leefde voor zijn werk. Daar lagen zijn prioriteiten. Hij was gek op de kinderen, daarover was geen twijfel mogelijk. Toch lag hij er niet wakker van als ze zich niet lekker voelden, probleempjes op school hadden of aangaven dat ze aandacht tekortkwamen. Hij was pragmatisch ingesteld, in zijn werk maar ook privé. Hij nam een beslissing en daarmee was het klaar. Een evenwichtig mens, en juist daarom verwonderde het haar dat hij de laatste tijd uit balans raakte, snel geïrriteerd was, vooral als zijn telefoon weer ging. Toen ze voorgesteld had het ding uit te zetten, of niet op te nemen, in elk geval als hij thuis was, had hij gesnauwd dat dat onmogelijk was in deze periode. Wat was er toch met hem aan de hand?

Op blote voeten liep ze de trap af. Uit de koelkast pakte ze een fles witte wijn. Het was twee uur 's nachts en ze kon niet slapen. Hopelijk kalmeerde de alcohol haar zenuwen, zodat ze straks toch nog een paar uurtjes nachtrust kreeg.

Het gegeven dat Jules niet goed in zijn vel zat, veroorzaakte een deel van haar onrust, maar was niet de belangrijkste reden van haar slapeloosheid. Wat haar dagelijks bezighield was niet te vergelijken met Jules' problemen. Dit zat veel dieper. Het was traumatisch.

Wat ze ooit had gedacht zelf op te lossen, bleek nu niet gelukt te zijn. Ze kon het gewoonweg niet aan. Althans, niet voor de volle honderd procent. Ze leidde twee levens. Haar medewerkers en klanten beschouwde ze als contacten, mensen die geen deel uitmaakten van haar werkelijke leven. Dat had haar overigens zo lang op de been gehouden. Door alles wat zich buiten haar gezin bevond te zien als iets wat passeerde, had ze de tijd die ze aan haar werk besteedde betrekkelijk gemakkelijk doorgebracht. Maar sinds Saskia een belangrijke rol in haar gezin vervulde, lag haar eigen functioneren thuis onder een loep. Saskia had inderdaad de beoogde takenverlichting gebracht, maar Zalia voelde zich allesbehalve verlicht. Het betekende ook dat een buitenstaander in hun zorgvuldig geconstrueerde leven binnenkwam. En Saskia was niet op haar achterhoofd gevallen. Haar verbaasde blikken en haar vragen hadden ook Zalia's ogen geopend. Saskia was de eerste buitenstaander die toegang had gekregen tot haar familie en het was meteen raak geweest. Van Jules had ze namelijk nooit kritiek op haar functioneren gehad. Hij kende haar verleden en had geaccepteerd dat zij met bepaalde situaties zo omging. Voor hem was haar gedrag dus net zo normaal als het voor haarzelf was. De kinderen wisten niet beter. Ze was voor hen in het dagelijks leven een lieve moeder die in een strenge coach veranderde op het moment dat ze de piste betraden.

Achteraf kon ze de aarzeling van Jules wel iets beter begrijpen. Toch had ze de beslissing iemand in huis te halen voor de kinderen erdoorheen gedrukt, om iets meer lucht te krijgen. De veeleisende baan, het verdriet, het toneelspel naar de kinderen, het grote gemis; het werd te veel naarmate ze wat ouder werd. Hoewel hij haar meestal haar eigen conclusies liet trekken, had Jules haar nu wel gevraagd waarom ze niet deels uit haar makelaarskantoor stapte, zodat ze iets meer rust kreeg, maar toen was zij op haar beurt kwaad geworden. Wat moest ze de hele dag thuis? Ze had dit met hard werken bereikt, net als hij, en kon dat niet zomaar opgeven. De echte reden was dat ze het werk nodig had om juist thuis goed te kunnen functioneren.

Het was makkelijk om Saskia de schuld van haar ongemak te geven.

Afschuiven en verder gaan met je leven. Als dat niet zou lukken, dan nam ze gewoon afscheid van haar. Een ontslagpremie en klaar. Bedankt voor je diensten, maar we gaan niet met elkaar verder. Maar ze wist dat ze het ten opzichte van haar kinderen niet kon maken en ook niet tegenover zichzelf om nu al afscheid van Saskia te nemen.

Ze had dit van tevoren kunnen bedenken. Een vreemde die opeens zo close met het gezin werd, zou bepaalde curiositeiten opmerken. Waarom had ze Saskia dan toch aangenomen? Dit was een interessante vraag. De nuchtere, rationele Zalia had gedacht dat een au pair een verrijking voor hun gezin zou zijn. De gevoelige en ingetogen Zalia, de vrouw die al elf jaar met een groot verdriet rondliep, wist ergens dat deze stap risicovol kon zijn. En deze Zalia hunkerde naar verlossing. Ze was aan het einde van haar Latijn. Uiteindelijk kwam het op hetzelfde neer: ze had hulp nodig, maar geloofde niet in therapie. Ze had gehoopt dat als ze andere dingen, zoals de zorg van en de omgang met haar kinderen, lichter zou maken, het verdriet dan wellicht ook draaglijker zou worden, omdat er minder druk op haar stond.

Ooit had ze een vriendinnetje gehad wier broertje door een verkeersongeluk om het leven was gekomen. Jaren na zijn dood hing de woonkamer nog vol met zijn foto's. Men ging trouw driemaal per week naar zijn graf en tijdens feest- en verjaardagen vertelde men anekdotes van vroeger waarin hij een prominente rol vervulde. Door deze manier van verwerken, werd hij tot een soort van heilige verklaard. Hoewel dood, was hij in hun herinnering nog springlevend en maakte hij elke dag deel uit van het gezin.

Zij had gezien hoe moeilijk haar vriendinnetje het hiermee had. In de ogen van haar ouders kon ze maar weinig goed doen. Altijd werd er gerefereerd aan haar overleden broertje, de lieverd met zijn engelachtige glimlach. Dit wilde ze haar kinderen besparen. Waarschijnlijk was het voorbeeld van haar vriendin extreem, maar het had een diepe indruk bij haar achtergelaten.

Nu twijfelde ze of de beslissing om alles te verzwijgen wel de juiste was geweest. Eigenlijk twijfelde ze al jaren, maar de komst van Saskia had dit proces versneld. Inmiddels was ze zover om haar kinderen de waarheid te vertellen. Liever niet, maar als er vragen kwamen dan zou ze dit deel van haar verleden niet langer voor ze verstoppen. Ze had het hun willen vertellen als ze veel ouder waren, maar dat zou ze niet gaan redden.

Zalia liep naar het raam. Buiten heerste een vredige stilte. Wolken gleden langs de maan, lichte sneeuwvlokjes voorzagen de omgeving van een wit tapijt.

Bij Saskia brandde geen licht. Ze dacht na over de rol van haar au pair. Saskia was een intelligente vrouw die meer wist dan ze zei. Haar reacties op de piste waren heel helder geweest. En dan was er nog die woensdagochtend in Zermatt. Op de een of andere manier had ze het gevoel gehad dat iemand haar had gevolgd. Voordat ze het perron was opgelopen, was ze even blijven staan. Recht tegenover haar had ze in de ruit van het informatiecentrum een glimp opgevangen van een vrouw met schaatsen om haar nek, die erg op Saskia had geleken. Als ze dat inderdaad was geweest, dan was ze op de hoogte van het graf van Amber.

Ze keek naar het huis van Klaus. Ook daar was het donker. Hoe close was hun relatie? Waarover spraken zij? Kon ze hem nog steeds vertrouwen?

Ze had zich er al min of meer mee verzoend dat het verhaal van Amber naar buiten zou komen. Hopelijk was ze sterk genoeg om het Pim en Dione te vertellen. Om ze uit te leggen waarom ze dit altijd voor hen had verzwegen. Ja, met dit vooruitzicht kon ze wel leven.

Dan was er nog het geheim dat ze met slechts één persoon deelde, maar waarvan ze niemand ooit deelgenoot zou maken. Dat zou ze meenemen in haar graf. Daar kon de aanwezigheid van Saskia of wie dan ook niets aan veranderen. Vastbesloten hieraan geen concessies te doen, draaide ze zich om en liep terug naar de keuken.

Maart, 2011

35

De kou die vanuit het halfgeopende raam langs haar gezicht gleed, voelde verfrissend aan. Ze had het licht uitgedaan, zodat ze kon genieten van de sterrenhemel. In de benauwde ruimte had ze twee uur lang zitten zwoegen op de allerlaatste details van de tekeningen. Ze had haar jas aangetrokken en zat onderuitgezakt op haar stoel. De koude berglucht vulde langzaam maar zeker het kantoor en verjoeg de verschaalde lucht waarin zij een groot deel van de avond had gewerkt. Heerlijk. Nu ze helemaal klaar was, kwam het voldane gevoel. Ze had Jules gistermorgen tussen neus en lippen door gemeld dat zij eind deze week, misschien begin volgende week, haar tekeningen zou presenteren. Hij had voor zijn doen erg enthousiast gereageerd.

De laatste tijd vond ze het steeds duidelijker worden dat Jules en Zalia niet lekker in hun vel zaten. Tegenover de kinderen wisten ze dit goed te camoufleren. Tijdens het eten viel er geen onvertogen woord en waren ze bijna altijd opgewekt en geïnteresseerd. Lagen de kinderen eenmaal in bed, dan werd het voor hen een stuk lastiger de schone schijn op te houden. Ze leken nu steeds meer in zichzelf teruggetrokken. Bij Zalia kon ze zich daar wel iets bij voorstellen. Zou dat Jules ook beïnvloeden, of had die zijn eigen problemen? Hij was wel steeds langer en vaker op zijn werk of aan de telefoon gekluisterd en toen ze deze week na het eten was blijven hangen, zat hij vermoeid onderuitgezakt voor zich uit te staren terwijl Zalia en zij praatten. Ze wist niet goed hoe ze er het beste mee om kon gaan. Ze had steeds de neiging te vragen of er iets was waarbij ze ze kon helpen, maar na het gesprek met Klaus was ze voorzichtiger geworden. Hadden ze haar erbij betrokken of om raad gevraagd, dan was het anders geweest. In dat geval zou ze altijd voor hen hebben klaargestaan, want het bleven fijne mensen, wat hun problemen ook waren. Omdat ze toch honderd procent zekerheid wilde hebben, was ze de daaropvolgende woensdag weer naar Zermatt gegaan. Pas in het begin van de middag had ze Zalia gezien. Dezelfde houding, dezelfde route, dezelfde grafsteen, dezelfde emotie.

Nu ze zeker wist hoe het zat, kwam ze tot de conclusie dat Zalia voor dit leven had gekozen en dat het niet aan haar was om hierover een oordeel te vellen. Ze moest het accepteren, zo simpel lag het eigenlijk. Ze zou het met rust laten en zich concentreren op de toekomst. Alleen als de spanning erger zou worden en misschien wel tot uitbarsting zou komen, zou ze iets kunnen doen. Daarom genoot ze nu ook zo van het tekenen: het denken, het meten, het uitwerken. Ook over Klaus en hun relatie had ze nagedacht. Niemand was perfect, iedereen had recht op zijn of haar eigenaardigheden. Inclusief zijzelf. Klaus was een fantastische man en ze was gek op hem. Alles bij hem was intenser. Dat was ze niet gewend geweest in haar huwelijk. Misschien had dat haar ook wel afgeschrikt. Ze moest genieten van hun momenten samen en koesteren wat ze had in plaats van afstand te nemen. 's Avonds was ze naar zijn huis gegaan om pas de volgende ochtend vroeg haar eigen bed op te zoeken.

Ja, het ging lekker, dacht Saskia terwijl ze schuin omhoog naar de sterrenhemel keek. Wie had dat vorig jaar nou gedacht. Verleden week had ze contact gehad met haar familie. Geen nieuws, alles ging z'n gangetje. Misschien dat ze van de zomer langskwamen. Ze vond het prima, ze waren van harte welkom. Daarna had ze Karlies gebeld. Die had ook nog steeds dezelfde levensstijl. Ze wilde snel langskomen, maar wist nog niet wanneer. Dit kon betekenen dat ze morgen of volgend jaar voor de deur stond, wist Saskia.

Haar band met Dione en Pim werd met de dag beter. Ook de pedagogische trucjes begon ze door te krijgen. Een hele progressie voor iemand die weinig tot geen ervaring met kinderen had, al voelde ze zich ook een beetje schuldig. Haar ultieme doel was toch om op wat voor manier dan ook terug te keren in haar vak. Daarom kreeg ze langzaam maar zeker het idee dat ze de kinderen verraadde. Alsof ze ze alleen voor haar eigen belangen gebruikte. Natuurlijk was dat niet zo, maar ze hield het waarschijnlijk wel zo goed uit, omdat ze er het ontwerpen naast kon doen. Ze keek op haar horloge. Vijf over tien, een mooie tijd om naar huis te gaan. De klus was geklaard en ze had zin om op haar gemak terug te lopen. Ze twijfelde er nog over of ze eerst langs Klaus zou gaan. Tenslotte had ze wel iets om te vieren…

Het licht van koplampen bescheen een gedeelte van de weg die langs het kantoormagazijn liep. Toen de auto niet passeerde en de lampen werden gedoofd, werd ze nieuwsgierig. Wie stopte hier om iets over tienen in de avond? Het dichtstbijzijnde chalet lag minstens driehonderd meter verderop. Misschien iemand met pech?

Ze hoorde hoe een portier werd geopend en weer gesloten. Ze stond op en liep behoedzaam naar het raam om te kijken wie het was. Je wist maar nooit…

Jules liep aan de overkant van de weg en stak over in de richting van de voordeur. Achter hem liep een blonde vrouw.

36

Dit kan niet waar zijn, dacht ze. En laat het alsjeblieft ook niet waar zijn. Ze bleef staan. Ze kwamen de trap op. Waarom moest hij uitgerekend vanavond hier naartoe komen met deze vreemde vrouw? O god, hij zou toch niet vreemdgaan? Moest ze er dan niet juist voor zorgen dat ze gestoord zouden worden? Ze zou zich vreselijk voelen ten opzichte van Zalia als ze kwam te weten dat Jules inderdaad vreemdging. Nu maar even in het kantoor blijven, dacht ze.

Op de eerste verdieping waren drie kantoorruimtes. Recht tegenover de trap lag een kamer met dezelfde afmetingen als haar werkruimte. Hij zou toch niet alvast een kijkje willen nemen naar haar tekeningen? De tussenliggende kamer die in het midden lag was Jules' kantoor en veruit de grootste van de drie. Toen ze hoorde hoe Jules de deur van het middelste kantoor opende, slaakte ze een zucht van opluchting. Ze mocht dan een gegronde reden hebben om hier te zijn, aan een confrontatie moest ze echt niet denken. Zo gênant!

De wanden waren dun. Ze kon hun stemmen horen, maar niet precies wat ze zeiden. Het lag voor de hand dat Jules hier niet was voor een zakelijke bespreking. Als haar vermoedens juist waren, kon het nooit lang meer duren voordat ze waren uitgesproken. Van hetgeen daarna kwam, wilde ze absoluut geen getuige zijn. Enkel het idee maakte haar al misselijk.

Ze moest hier weg. Als ze het goed aanpakte, zou niemand ooit weten dat ze op het verkeerde moment op de verkeerde plaats was geweest. Hoe ze straks met dit voorval zou omgaan was van later zorg. Eerst moest ze hier ongemerkt zien weg te komen.

Met ingehouden adem opende ze de deur van haar kantoor. Centimeter na centimeter duwde ze deze verder naar voren. Ze keek langs de deurpost de gang in en zag een bundel licht. De deur van het middelste kantoor stond dus open. Ze hadden nog niet het fatsoen gehad om die achter hun kont dicht te doen, schoot het door haar heen. En daar moest ze langs.

Met haar rug tegen de gangwand geduwd, schuifelde ze stapje voor stapje in de richting van het lichtschijnsel. Hoewel ze zich op haar ontsnappingsroute concentreerde, werd het steeds lastiger de opkomende woede te negeren. Waar haalde die Jules het gore lef vandaan om Zalia zo'n geintje te flikken? Wat een schoft! Dit had ze echt niet van hem verwacht. Een workaholic, oké, maar iemand die vreemdging? Haar mensenkennis had haar dus duidelijk in de steek gelaten. Zo zag je maar weer, niemand was te vertrouwen.

'Wat was er mis met dat café?' hoorde ze de vrouw vragen.

'Ik dacht dat ik iemand zag uit mijn kennissenkring,' antwoordde Jules. 'Dat risico kan ik niet lopen. Dit moet over zijn, Claudine. Het gaat zo niet langer, ik ga eraan onderdoor.'

Een hatelijke, vrouwelijke lach klonk.

'Jij gaat eraan onderdoor? Goh, wat zielig. Dat had je vooraf moeten bedenken, nietwaar?'

'Moet ik dan mijn hele leven blijven betalen voor een jeugdzonde? Is dat soms wat jij wilt, bloedzuiger?!'

'Bloedzuiger?' antwoordde ze geïrriteerd. Haar stem schoot een octaaf omhoog. 'Dit was allemaal jouw idee, weet je nog wel? Jij wilde het zo, dus draai de rollen niet om!'

'Zo heb ik het nooit gewild,' reageerde Jules even geërgerd. 'Of dacht je soms dat ik al ruim tien jaar voor de lol jouw leven financier? Het was fair om je de eerste paar jaar financieel te ondersteunen. Maar wat er nu gebeurt is gewoon chantage. Ik kap ermee, je moet het vanaf vandaag zonder mijn poen doen!'

Na zijn woorden viel er een stilte. Saskia kon de spanning voelen die verderop in het kantoor hing, of misschien waren het haar eigen zenuwen. Bang om geluid te maken bleef ze staan. Dit klonk niet alsof Jules vreemdging. De vrouw met wie hij in het kantoor was, chanteerde hem. Maar waarmee? Misschien was hij ooit vreemdgegaan? Haar walging van zonet was overgegaan in nieuwsgierigheid. Ze wilde hier nog steeds vandaan, maar het was ook verleidelijk om te horen wat ze verder zouden bespreken.

'Dus jij wilt stoppen met betalen?' hoorde ze de vrouw op een schijnbaar vriendelijke toon zeggen. 'In dat geval zal ik eens met Zalia gaan praten. Ben benieuwd of zij je nog zo aardig vindt als ze hoort wat er die dag werkelijk is gebeurd.'

'Dat doe je niet!' zei Jules dreigend.

'Dat doe ik wél, tenzij jij het juiste bedrag betaalt. Dan zwijg ik mijn hele leven als het graf.'

Er viel weer een stilte. Saskia was weer een beetje dichterbij geslopen. Nog twee meter voor ze bij hun deur was. Nu er werd gezwegen, durfde zij zich niet meer te verroeren. Een verkeerde beweging, een geluidje en ze zouden haar opmerken.

'Ik ben dit stiekeme gedoe ook zat,' sprak de vrouw weer op een normale conversatietoon. 'Ook ik wil ermee stoppen, het allemaal achter me laten. Daarom heb ik besloten om Zwitserland te verlaten. Ik ga ergens anders aan een nieuwe toekomst werken. Om dat te realiseren heb ik wel een startkapitaal nodig.'

'Welk bedrag had je in gedachten?' zei Jules.

Hoewel Saskia stokstijf bleef staan en heel rustig ademde, kon ze het antwoord van de vrouw niet verstaan. Ze schrok zich daarom wezenloos toen Jules begon te schreeuwen.

'Hoeveel?! Ben jij soms gek geworden? Dat kan ik absoluut niet betalen!'

De vrouw lachte geringschattend. 'O, nee? Hoe zit het dan met dat geweldige bedrijf van je? Hier en daar heb ik gehoord dat jouw bedrijf een van de toonaangevende groothandels van sportartikelen in Zwitserland is. En dan kun jij mij niet betalen? Kom op, zeg. Zo makkelijk kom je niet van me af.'

Een doffe klap. Waarschijnlijk sloeg Jules op zijn bureau.

'Het is voor mij onmogelijk om nog langer geld vrij te maken. Ook ik voel de crisis in mijn portemonnee. Het geld van de privérekening waarmee ik jou de laatste jaren heb betaald, is op. Al zou ik het willen, ik kan je gewoon niet meer betalen. Ik ben jou en je getreiter spuugzat, dit moet maar eens afgelopen zijn!'

Ze was de deurpost tot op een meter genaderd. Het was bijna zover dat ze de stap moest wagen. Toch twijfelde ze hevig. Als een van de twee met zijn of haar gezicht in de richting van de deur stond, werd ze ongetwijfeld opgemerkt. Was het geen beter idee om terug te gaan naar haar eigen kantoor? Daar kon ze vrij risicoloos afwachten tot die twee waren uitgesproken en hopelijk ook weer weg zouden gaan.

'Dan moet je maar iets anders bedenken,' zei de vrouw beslist. 'Ik wil mijn geld, of anders…'

'Ik kan misschien nog wat geld vrijmaken,' sprak Jules gedecideerd. 'Hetzelfde bedrag als de laatste keer. Maar daarmee is het dus afgelopen. Volgende week kun je dat geld krijgen en daarna wil ik nooit meer iets van je horen.'

De vrouw lachte smadelijk.

'Als jij het zo wilt spelen…' Er klonken voetstappen.

'Waar ga jij naartoe?' vroeg Jules.

'Hoe laat is het? Halfelf? Ik neem aan dat jouw vrouw nog niet slaapt. Het lijkt me een leuk idee om haar een cadeautje te brengen. Net voor het weekend, dat doet het altijd goed.'

'Ben je helemaal gek geworden?!' Snelle, dreunende voetstappen, dat moest Jules zijn. Ze konden nu elk moment bij de deur zijn, dacht Saskia. Met haar rug tegen de wand gedrukt schuifelde ze terug naar haar eigen kantoor.

'Laat me erdoor,' zei de vrouw op dwingende toon.

'Nee, alleen als je me belooft dat je niet naar mijn huis gaat.'

'Dat bepaal ik zelf wel, laat me erdoor! Blijf met je poten van me af!' schreeuwde de vrouw. 'Laat me los, anders ga ik naar de politie.'

'En wat wil je daar gaan vertellen?!' schreeuwde Jules terug. 'Dat jij mij al jarenlang chanteert, soms?'

Saskia bleef staan. Er was een worsteling gaande en ze wist niet wat ze moest doen. Ingrijpen, afwachten?

'Aah! Vuil pokkenwijf,' gilde Jules door het dolle heen. 'Dat zal ik je afleren!'

De vrouw slaakte een kreet die door merg en been drong. Daarna klonk een hard gebonk. En toen niets meer. Doodse stilte.

Er was iets vreselijks gebeurd. Ze trilde op haar benen en twijfelde. Naar binnen gaan en de confrontatie aangaan, of terug naar haar betrekkelijk veilige kantoor en daar afwachten. In een fractie van een seconde koos ze voor het laatste. Zelfbehoud. Op haar tenen liep ze terug naar haar kantoor. Ze hoorde Jules vloeken. Terwijl haar hart wild bonsde en ze zichzelf moest dwingen om rustig adem te blijven halen, ging ze onder het raam op haar knieën zitten. Ze maakte zich zo klein mogelijk.

In de kamer naast haar hoorde ze luid gestommel. Had Jules de vrouw gedood, of probeerde hij haar bij kennis te brengen?! God, wat moest ze nu doen? Waarom hielp ze die vrouw niet? Toen ze hoorde hoe de buitendeur werd geopend en weer gesloten, kwam ze langzaam omhoog en keek naar buiten. Jules liep snel naar zijn auto, op zijn schouder droeg hij het lichaam van de blonde vrouw. Met moeite kon ze een kreet van afkeer bedwingen. Hij opende de kofferbak en legde het lichaam erin. Daarna keek hij snel en schichtig om zich heen. Op dat moment bukte ze en bad in stilte dat hij haar niet had gezien.

37

Terwijl ze het liefst wilde hollen, zei haar verstand dat ze het stuk naar huis niet onafgebroken rennend kon afleggen. Gegarandeerd kwam er een moment dat ze moest stoppen om op adem te komen. En je zou altijd zien dat er precies op dat moment scherpte van haar werd verwacht.

Jules was de andere kant opgereden, weg van huis, maar het was zeer waarschijnlijk dat hij vanuit die richting weer terug naar huis zou rijden. Ze achtte de kans klein dat hij hier op zo'n korte termijn voorbij zou komen, maar ze kon en wilde dit risico niet nemen. Vanaf het kantoor tot aan haar huis waren er slechts een paar bochten in de weg. Als ze steeds achterom zou kijken, zou ze koplampen tijdig kunnen waarnemen. In dat geval zou ze zich in de berm verstoppen. Dit moest snel, maar met de nodige voorzichtigheid gebeuren. Achter de berm lag namelijk een schuine helling. Sprong ze te wild, dan was het mogelijk dat ze op de gladde ondergrond geen houvast meer had, waardoor ze het hele stuk naar beneden zou glijden. Ze moest er niet aan denken.

Weer keek ze om. Godzijdank nog steeds geen koplampen. Verderop zag ze het buitenlicht van het huis van de Laponders. Nog een paar minuten doorzetten voordat ze veilig was, in haar eigen huis. Ze was zich kapotgeschrokken en de politie bellen was het enige concrete wat ze had kunnen bedenken, maar ze durfde dat niet in het kantoor doen. Ze wilde daar geen moment langer blijven. Eerst naar huis. Jules wist niet dat zij er was geweest, dus hij zou haar niets doen. Als ze tenminste niets verdachts deed. Daarom moest ze zo snel mogelijk naar huis. Ze bereikte het huis van Jules en Zalia. Er brandde nog licht, zag ze. Het huis van Klaus was helemaal donker. Uit haar jas viste ze de sleutel van de voordeur, maar haar handen trilden een beetje, dus ze kreeg de deur moeizaam open. Eenmaal binnen deed ze het licht aan, liet zich op de bank vallen en slaakte een zucht van opluchting. Ze had het gehaald.

Zo bleef ze even liggen in de hoop dat ze tot rust zou komen en dat de storm in haar hoofd zou gaan liggen. Het hielp niet echt, dus uiteindelijk stond ze op en hing haar jas aan de kapstok. Ze liep naar de keuken en schonk een glas mineraalwater in. Toen ze terugliep naar de bank, werd er op de deur geklopt.

Ze verstijfde meteen. Had Jules haar toch gezien en kwam hij nu verhaal halen? Wilde hij praten of…

Voorzichtig schoof ze het gordijn opzij en fronste toen ze zag wie er voor haar deur stond. Rustig schoof ze het gordijn weer op zijn plaats en bleef vertwijfeld staan. Hij was zo ongeveer de laatste persoon die ze hier had verwacht. Had ze het licht maar niet aangedaan, dan kon ze nu misschien doen alsof ze niet thuis was. En wie weet wat hij ging ondernemen als ze stommetje bleef spelen. Misschien belde hij wel bij Zalia aan. Waarom nu?! Ze kon dit er echt niet bij hebben. Ze was zojuist nog getuige geweest van… ja van wat eigenlijk? Mishandeling, doodslag, moord? Ze wist niet eens zeker of de vrouw wel dood was.

Er werd nog een keer geklopt, harder deze keer.

Ze haalde diep adem en opende de deur.

'Hallo, Saskia,' zei Richard opgewekt.

Saskia reageerde niet.

'Mag ik binnenkomen?'

Ze stapte achteruit. Ze wilde hem het liefst meteen afpoeieren, duidelijk maken dat ze niet op zijn gezelschap zat te wachten, maar was te verstomd om adequaat te reageren.

'Ik begrijp dat ik je overdonder.' Hij liep de kamer binnen en hield zijn jas aan, wat zij als een gunstig teken opvatte.

'Wat kom jij hier doen?'

'Jou opzoeken,' antwoordde hij alsof het de normaalste zaak van de wereld was. Hij keek de kamer rond.

'Wat zit je hier leuk, joh. Knus huisje, mooie omgeving... alleen dat weer, kun je daar al een beetje aan wennen?'

Ze knikte traag en vroeg zich af wat ze met hem aanmoest. 'Hoe ben jij aan mijn adres gekomen?'

Hij maakte een wegwerpgebaar. 'Niet interessant, dat was slechts een kwestie van goed zoeken. Wat ik wel interessant vind, is hoe het met je gaat. Maar zo te zien niet zo goed. Je ziet eruit alsof je daarnet een spook hebt gezien. Is er wat gebeurd?'

Ze kon zich voorstellen dat ze er op z'n minst verwilderd uitzag. Ze haalde nonchalant haar schouders op.

'Ik heb net een stukje gewandeld.'

Richard stond in twee stappen recht tegenover haar en keek haar inschattend aan.

'Als er iets is waarmee ik je kan helpen...'

Ze wist een minzame glimlach te produceren.

'Nee, dank je. Er is niets aan de hand. Wat ik net al zei, ik ben een stukje gaan lopen, maar de wandelingen zijn hier pittig. Daarom zie ik er nu waarschijnlijk niet zo fris uit.'

'Je ziet er fantastisch uit. Ook met een wild kapsel en doorgelopen mascara.'

Alsof hij voelde dat hij wellicht te voortvarend was en daarmee zijn hand overspeelde, verscheen er een jongensachtige grijns op zijn gezicht.

'Ik ben blij dat ik je weer zie, Saskia. Ik heb je gemist.'

Ze zag een lichte teleurstelling in zijn houding toen ze dit niet bevestigde maar op een ander onderwerp overstapte.

'Ben je hier al lang? En waar logeer je?'

'Vandaag aangekomen,' antwoordde hij meteen. 'Op de luchthaven een auto gehuurd en naar Visp gereden. Net buiten dat dorp heb ik een hotel genomen.'

'Hoe lang ben je van plan te blijven?'

'Zo lang als nodig is.'

Ook dat nog. Ging hij nu opnieuw een heel register aan heroveringstechnieken opentrekken? Was hij echt daarom hier? Kon hij zich niet gewoon verzoenen met hun scheiding? Wat had hij in godsnaam op dat eiland gedaan? Haar hoofd stond hier helemaal niet naar. Ze had wel wat belangrijkers aan haar hoofd.

'Wil je me een plezier doen?'

'Natuurlijk!'

Hoe toeschietelijk. 'Ga terug naar je hotel en laat mij een paar dagen met rust. Daarna praten we verder, oké?'

Hij aarzelde. Dit had hij niet verwacht.

'Oké. Doe ik.' Hij gaf haar een vluchtige kus op haar wang, liep naar de deur en opende deze.

'Ik zie je snel.'

'Rij voorzichtig.' Wat zei zij nou? Ze was blijkbaar gewend dat hier te zeggen. Door een spleet in de gordijnen keek ze hem na. Toen ze koplampen zag oplichten en de auto zag keren, liep ze naar buiten. Jules' BMW stond er nog steeds niet. Waar was hij en wat was hij aan het doen, vroeg ze zich af toen ze weer de huiskamer binnenliep. En nog belangrijker: wat moest zij nu doen?

38

Ze trok de kraag van haar jas omhoog. Het was zaterdagavond negen uur, dik onder het vriespunt en een gure wind sneed door het dal. Ze was de hele avond binnen gebleven, maar werd intussen gek van zichzelf, van de kleine ruimte, van het idee dat Jules waarschijnlijk de hele dag in het huis naast haar rondgelopen had. Wat was ze blij dat ze vandaag niet op Pim en Dione had hoeven te passen. Ze had vanochtend de wisseling van chalet nummer 1 afgehandeld en was toen wat doelloos gaan rondrijden. Alles was beter dan thuiszitten. In de buurt van de Laponders, van Klaus. Ze had al meerdere malen de neiging moeten onderdrukken om zijn huis binnen te stormen en haar verhaal te vertellen. Hij zou wel weten wat ze moest doen. Maar als ze heel eerlijk was, vond ze het eng, omdat het zo dicht bij het huis van Zalia en Jules was. En omdat ze bang was voor de consequenties. Ze had geen idee hoe Klaus zou reageren, laat staan Zalia. Maar tegelijkertijd moest ze Zalia en de kinderen misschien wel beschermen voor die idioot die zich niet had kunnen beheersen. Stel dat hij thuis zijn handjes in een kwade bui niet thuis kon houden? Die man stond echt op instorten, hij draaide door. Toen ze het te kwaad kreeg, had ze toch Klaus gebeld, maar die had niet opgenomen. Misschien maar beter, dat gaf haar nog even bedenktijd. Uiteindelijk was ze toch maar naar huis gegaan. Toen ze gisteravond Richard de deur uit had gewerkt, had ze zich er nog steeds niet toe kunnen brengen om de politie te bellen. Ze wilde het eerst goed doordenken, alle consequenties nagaan; dit mocht ze niet zomaar verprutsen, dat kon ze Zalia en de kinderen niet aandoen. Maar ook vandaag was het niet gelukt een beslissing te nemen en de politie te bellen.

Ze wierp een korte blik op de bovenverdieping waar hun woonkamer lag en zag twee hoofden. Ze zaten dus op de bank en keken tv. Jules deed waarschijnlijk alsof er niets aan de hand was. Eindelijk eens een rustige avond thuis. Zalia moest eens weten. Moest ze het haar toch niet vertellen? O, ze werd gek van dit gemaal in haar hoofd!

In een wandeltempo liep ze langs de weg. Vanaf hier had je ook een mooi uitzicht op de sterrenhemel en was de kans op obstakels klein. Omdat ze geen risico's wilde nemen, vermeed ze de kronkelende land-weggetjes. In het donker op onbekend terrein was ze liever in het ge-zelschap van Klaus. Ze miste hem, maar durfde niet op zichzelf te vertrouwen als ze elkaar zagen. Ze zou instorten, het zou een drama worden en misschien wel heel gevaarlijk. Door te zwijgen kon ze ieder-een misschien nog beschermen, zolang Jules geen gekke dingen deed. Na een kwartier draaide ze om. Door de alsmaar gierende wind begon haar gezicht te steken. De kou had haar wel een beetje opgefrist. Ze liep langs het huis van de Laponders. Van het kalme tafereel van daar-net was niets meer over. Ze zag hen tegenover elkaar staan en agressief praten. Ruzie? Ze moest iets doen voordat dit uit de hand zou lopen. Ze kon geen tweede keer getuige zijn van iets vreselijks, niet nog eens zich laf verstoppen en weglopen. Het had haar de hele dag buikpijn bezorgd dat ze niet had ingegrepen, maar tegelijkertijd werd ze ver-lamd door de verschrikkelijke scenario's die ze voor zich zag als ze er alsnog iets aan zou doen. Het idee dat haar nu te binnen schoot was brutaal en waarschijnlijk heel raar, maar ze moest daar naar binnen. Deze keer zou ze niet blijven toekijken. Stilletjes liep ze naar de voor-deur en opende deze met de sleutel die ze altijd bij zich droeg. Toen ze eenmaal binnen stond, hoorde ze hoe Zalia en Jules op ferme toon met elkaar in discussie waren. Ze liep op haar tenen langs de slaapkamers van de kleintjes die gelukkig door het geschreeuw heen sliepen, en bleef onder aan de trap staan.

'Nee, ik hou er niet over op, Jules,' hoorde ze Zalia geagiteerd zeggen. 'De laatste maanden ben je enorm veranderd, alsof de hele wereld op je schouders rust.'

'Wat een gotspe, de pot verwijt de ketel,' reageerde Jules fel. 'De vrouw die al jarenlang elke dag als een zombie rondloopt als niemand kijkt en onze kinderen tijdens het skiën constant op de huid zit, verwijt mij vreemd gedrag? Kom op zeg, kijk eerst eens in de spiegel!'

'Dat is niet eerlijk en het slaat ook helemaal nergens op!'

'Ik dacht het wel, Zalia. Jij wilt mij gewoon een complex aanpraten. Ik zou het nog steeds niet kunnen verwerken dat jij weigert te zeggen wie de vader van Amber is en dat ik het diep in mijn hart vreselijk vind dat jij elke week dat graf bezoekt. Nou, ik kan je verzekeren dat dat helemaal niet aan de orde is. Ik heb me daarbij neergelegd, heb het geaccepteerd, wat ik je al duizend keer heb verteld. En de problemen waardoor ik de laatste maanden zogenaamd zo ben veranderd, waren puur zakelijk. Daar heb ik inmiddels mee afgerekend. Misschien is het verstandig als jij ook afrekent met de demonen uit jouw verleden. Dan kunnen we als gezin verder zonder dat die schaduw van vroeger altijd maar boven ons hoofd hangt.'

Zalia schreeuwde het uit van verontwaardiging.

'Jij durft Amber een schaduw te noemen, klootzak! Toen we net een relatie hadden, dacht je daar wel anders over, nietwaar? Goh, wat was je toen meegaand en begrijpend. Daar is nu anders bitter weinig van over!'

Er viel een stilte.

'Saskia?' Ze had zo intens zitten afluisteren dat ze schrok van het onverwachte kinderstemmetje. Toen ze zich omdraaide, zag ze hoe Dione in haar pyjama naar haar toe kwam lopen.

'Hebben papa en mama ruzie?' vroeg ze met een beteuterd gezicht. Daarna strekte ze haar armen, zodat Saskia haar kon optillen.

'Hé, liefje, wat doe jij nou op? Ik kom net...'

'Wat is er aan de hand?' Zalia kwam de trap af en keek haar vragend aan.

'Ik denk dat Dione jullie heeft horen praten. Ik was nog niet binnen of ze kwam uit haar kamer.'

Zalia nam haar dochter van haar over en drukte het meisje tegen zich aan.

'Och, kindje toch,' fluisterde ze. 'Kom, ik zal je weer lekker instoppen.'
'Niet meer schreeuwen, hoor,' hoorde ze Dione zeggen toen Zalia haar naar bed bracht.

'Borrel?' vroeg Jules. Het klonk niet vijandig, maar ook zeker niet hartelijk. Hij was achter Zalia de trap afgekomen en keek haar uitdrukkingsloos aan.

'Ik was een wandeling aan het maken en bedacht opeens dat ik mijn tekeningen af heb zonder dat ik jullie daarvan op de hoogte heb gesteld.' De ingeving was er opeens geweest. Ze haalde haar schouders op en keek hem lachend aan.

'Toen ik licht zag branden dacht ik: kom, ik ga even langs.'
Zalia kwam naast haar staan. 'Kom mee naar boven, dan drinken we wat.'

Ze sloeg de uitnodiging vriendelijk maar beleefd af. 'Bedankt, maar ik ben moe. Ik duik er vanavond vroeg in. Tenzij jullie willen dat ik nog iets voor jullie doe? Gaat het wel goed?' Ze kon het niet nalaten om dit aan Zalia te vragen. Zou ze begrijpen dat ze haar wilde helpen als het nodig was?

'Ja hoor, niets aan de hand. Ga maar lekker naar huis.' Zalia hield haar blik even vast, en glimlachte toen. De spanning leek gebroken.

Ze zei hen gedag en liep terug naar haar huis. Daar ben ik goed mee weggekomen, en Zalia hopelijk ook, dacht ze toen ze de sleutel in het slot stak. Ze had zojuist het besluit genomen dat als ze na morgen niet meer over de blonde vrouw wist, ze naar de politie zou stappen. Het zou te gevaarlijk kunnen worden. Toen ze haar deur wilde sluiten, zag ze dat er iemand op het balkon van de Laponders naar haar stond te kijken. Aan het silhouet herkende ze Jules.

39

Ze ging door het stapeltje rekeningen en stopte ze weer terug in de la.
Weer geen aanwijzing. Ze had gehoopt meer te weten te komen over
de vrouw, Claudine. Een achternaam, een rekeningnummer, een foto,
iets. Iets waarmee ze wist hoe ernstig de situatie was, hoe de feiten lagen als ze naar de politie zou stappen. Hoezeer ze het leven van Zalia
en de kinderen, en daarmee ook haar eigen leven overhoop zou gooi-
en. Een van de plekken die ze nu makkelijk uit kon pluizen, was het
kantoor boven het magazijn. Ze had de sleutel en het zou niet verdacht
zijn als ze daar op een vrije dag zou zijn om de tekeningen op te halen,
bijvoorbeeld. Dat zou ook haar excuus zijn als Jules onverwacht zou
opduiken. Het was immers ook haar werkplek, waar ze juist op niet
normale tijden werkte. Ze vertrouwde erop dat ze hem zou horen aankomen, want het was hier zo stil op zondagavond.
Hoewel het logisch was om in het middelste kantoor te beginnen, waar
Jules en Claudine waren geweest, had ze niet de moed gehad meteen
daar te beginnen. Nu ze het eerste kantoor had doorzocht, moest ze
wel naar de ruimte waar Jules haar vermoord had. Als het moord
was... Het was natuurlijk mogelijk dat ze op het moment dat ze in de
kofferbak werd gelegd niet dood, maar buiten westen was geweest.
Wat had hij dan in godsnaam met haar gedaan?
Licht huiverend inspecteerde ze de vloer van de kamer. Nergens zag ze
bloedsporen, ook het bureau was keurig opgeruimd. Geen afgerukte
armband, halsketting of een inderhaast vergeten handtas. Ze had enkel
een voornaam. Maar wie was Claudine? Jules was hier natuurlijk te-
ruggekomen om de sporen van zijn misdaad uit te wissen. Daar had
hij tijd genoeg voor gehad.

Ze trok de volgende la open en haalde er een stapel papieren uit. Weer niks. Ze had nog twee kasten te gaan voordat ze alles had onderzocht en bekeken.

Het was nu tien uur 's avonds en morgenochtend zou ze bij de politie op de stoep staan. Na morgen was Zwitserland voor haar een gepasseerd station. Althans, het leven zoals ze dat hier nu had. Jules zou worden opgepakt en het lag voor de hand dat Zalia en de kinderen haar vanaf morgen zouden haten. Tenslotte had zij haar man en vader van haar kinderen verraden en achter tralies laten zetten.

Gerechtigheid was niet haar enige drijfveer. Als ze terugdacht aan vrijdagavond, werd de vrees dat Jules haar wel had gezien op het moment dat hij naast de kofferbak stond en om zich heen had gekeken steeds groter. Ook dat hij gisterenavond op het balkon haar kant op had staan kijken, had haar nerveus gemaakt. Ze had de deur op slot gedaan en er zelfs iets voor gezet. Je wist maar nooit. Als enige getuige was ze mogelijk in gevaar, maar de onzekerheid of Jules wist dat zij getuige was geweest, was gekmakend. Ze kon daarom niet veel langer wachten met hulp inroepen.

'Waar ben jij in hemelsnaam mee bezig?!'

Ze schrok zich wild en draaide haar hoofd naar de deur. Jules stond in de deuropening tegen de deurpost geleund.

Ze had even nodig om zich te herstellen. Waarom had ze hem niet aan horen komen? Nu kon ze niet net doen alsof ze hier voor haar eigen werk was. Ze stond nota bene in zijn kast te graaien. Ze besloot er niet meer omheen te draaien. Hij had haar ontdekt en dat was echt niet per toeval.

'Dat weet jij donders goed.'

'Ik dacht al dat ik je vrijdagavond op je kantoor zag.' Hij liep met een afgepaste tred naar haar toe. 'En nu weet ik het zeker.'

'Waar is Claudine?'

Hoewel hij wist dat ze hem had gezien, leek hij toch van deze vraag te schrikken.

'Dat gaat je niets aan. Jij moet je gewoon met je eigen zaken bemoeien, ja?!'

Hij was haar tot op een meter genaderd.

'Het zijn helaas mijn zaken geworden, Jules,' antwoordde ze zo zelfverzekerd mogelijk.

Hij pakte haar ruw vast.

'Is dit mijn dank voor alles wat wij voor je hebben gedaan?!'

Zijn heftige reactie en de wilde blik in zijn ogen waren beangstigend. Ze rukte zich los, glipte langs hem heen en rende het kantoor uit.

'Hier blijven!' hoorde ze hem gillen. Ze negeerde hem, vloog de trap af en bereikte de deur die op slot zat. De sleutel, ging het door haar heen. Ze wroette even in haar zakken met trillende handen. Lag hij boven? Ze was kostbare tijd aan het verliezen, dus ze sprintte naar het magazijn, duwde de deur open en rende de totale duisternis binnen.

40

Met haar handen knalde ze tegen een rek aan. Struikelend maakte ze nog een paar passen, raakte uit balans en viel op de grond. Rechts en links van haar denderden rekken omver. Het geluid was oorverdovend. Ze lag tussen kleding. Razendsnel wierp ze de skipakken van zich af en stond op. Hoewel ze geen hand voor ogen zag, liep ze door. Haar lichaam botste tegen dozen, maar op de tast vond ze haar weg. Na een meter of tien stopte ze om een geluid van Jules op te vangen. Hij kon nooit ver weg zijn.

'Je bent bijna aan het eind,' hoorde ze hem even later laconiek zeggen. 'De dozen waar je langs bent gelopen worden volgende week gehaald. Het is een partij skischoenen.'

Saskia geloofde hem op zijn woord. Hij wist precies waar ze zich bevond; dat verklaarde waarom hij het licht niet had aangedaan. Dit werd een kat-en-muisspelletje.

'Saskia, kom op, dit heeft geen zin,' ging hij rustig verder. Hij probeerde haar uit de tent te lokken.

'Ik doe je een voorstel. Je vergeet wat er is gebeurd en zwijgt als het graf. Als tegenprestatie help ik je verder met je carrière als binnenhuisarchitect. Ik ken heel veel invloedrijke mensen en kan je een prachtige toekomst garanderen.'

Hij is gek geworden, ging het door haar heen. In ruil voor een carrière vraagt hij of ik een moord wil verdoezelen. Hij is gestoord, radeloos en levensgevaarlijk.

Ze keek om zich heen. Haar ogen begonnen nu aan de duisternis te wennen, zodat ze contouren van spullen om haar heen waarnam. Ze stond inderdaad tussen dozen. Precies de plek die Jules had aangegeven. Was dit wel zo? Liet ze zich niet te snel overdonderen? Hij had haar horen stommelen en concludeerde daaruit dat ze tussen de dozen met skischoenen liep. Maar een aanzienlijk deel van deze ruimte was gevuld met dozen. Hij bluft, hield ze zichzelf voor en putte hieruit weer wat moed.

'Kom op, Saskia. Neem een beslissing. Het ging je vanaf het begin toch om een terugkeer in je oude vak? De kinderen waren niet meer dan een opstapje om dit te bereiken, nietwaar? Wees eerlijk tegenover jezelf. Wat er vrijdagavond is gebeurd, is vreselijk, maar voor jou is het een geschenk uit de hemel. Als jij het nu kunt opbrengen om door te bijten, zit je de rest van je leven goed. Dit is een uitgelezen kans voor je. Denk niet langer na, pak die kans!'

Ze dwong zichzelf niet naar zijn woorden, maar naar zijn stem te luisteren om erachter te komen waar hij zich bevond. Tot nu toe was hij op dezelfde plek gebleven, waarschijnlijk in de buurt van de deur. Dat was haar enige uitweg, zoveel wist ze wel. Als ze het grote rolluik al kon vinden waar de leveranciers in en uit konden laden, zou ze nooit op tijd kunnen ontsnappen, omdat dat zich vreselijk traag opende. Desnoods bleef ze hier de hele nacht in het donker zitten.

Het licht ging aan. Alsof hij haar gedachten kon lezen. Ze wendde haar gezicht af van het felle licht uit de tl-buizen die boven haar hingen. Aan haar linkerkant was een muur waartegen ski's stonden opgesteld. Rechts van haar een rij dozen en verderop rekken met kleding. Ze bereikte het achterste deel van het magazijn en sloop langs de muur naar rechts. Toen ze bij de rekken was aanbeland, zag ze tussen de kleding door Jules voorovergebogen langs de dozen lopen. In zijn hand zijn geliefde Zwitserse zakmes.

Ze kroop in de richting van de deur en stopte bij een rek met skistokken. Voorzichtig haalde ze de lus van het handvat van de haak. Op het allerlaatste moment ging het fout. De lus van een andere stok hield degene die zij vast had tegen. Ze zag het te laat en omdat ze hem snel en geluidloos van het rek wilde trekken, trok ze de andere mee. De tweede skistok kletterde op de stenen vloer.

Ze aarzelde geen moment. Jules had de herrie gehoord en wist nu precies waar ze zich bevond. Ze sprintte naar de deur. Rechts van haar hoorde ze hoe Jules hetzelfde deed. Ze bereikte de deur een fractie eerder en trok deze open. Voordat ze de kans kreeg te vluchten, schopte Jules de deur weer dicht.

Hij kwam dreigend op haar af. De skistok was het enige wapen dat ze had. Ze stak meteen. De punt van de stok schampte hard zijn schouder. Door de steek raakte hij uit zijn evenwicht en viel achterover. Ze trok de deur open en rende naar de trap. Half struikelend over de treden die ze in volle vaart nam, bereikte ze de hal op de eerste verdieping. Zonder vaart te minderen vloog ze haar eigen kantoor binnen, pakte de metalen kast die tegen de muur stond aan de zijkant vast en trok hem met alle kracht die ze bezat om. De kast was log, maar niet heel zwaar. Tussen de deur en de kast was nog een halve meter ruimte. Nogmaals zette ze kracht, duwde de metalen kast tegen de deur en bleef er met haar volle gewicht tegenaan duwen.

De klap volgde niet veel later. De kast gaf mee, maar de ruimte was voor Jules onvoldoende om door binnen te dringen. Hij stapte terug, zodat ze nogmaals kracht kon zetten om de volgende klap op te vangen.

'Doe verdomme die deur open,' gilde Jules na zijn tweede, mislukte poging. Uit woede en onmacht zette hij nogmaals af en stampte tegen de deur. Het was een kwestie van tijd voordat ze deze ongelijke strijd moest opgeven. Toen hij even op adem stond te komen, greep ze de kans om te vluchten.

Met drie grote stappen was ze bij het halfgeopende raam. Ze schoof het helemaal open, en slingerde een been over het kozijn. Haar ene hand omklemde de vensterbank, terwijl ze ook haar tweede been over het metaal van het raamkozijn liet glijden. Ze zat nu op het kozijn en greep dat met beide handen vast. Ze hoorde de metalen kast schuiven. Toen ze omkeek, stapte Jules naar binnen en een fractie van een seconde kruisten hun blikken elkaar. Op dat moment zette Saskia af. De eerste verdieping, dacht ze tijdens haar sprong. Dat moet kunnen.

Het contact met de grond was harder dan verwacht. Haar benen vingen de eerste klap op, waarna ze twee meter doorrolde op de stenen. Ondanks de elektrische stoten die ze voelde, stond ze gedreven door angst en adrenaline direct op. Bij elke stap voelde ze een venijnige pijn in haar enkel, maar ze was blij dat ze in elk geval nog kon lopen.

Ze koos voor linksaf richting huis, stak de weg over en liep zo hard als haar gewonde enkel dit toeliet. Ze passeerde de auto van Jules die langs de kant van de weg stond geparkeerd. Na tweehonderd meter hoorde ze hoe er achter haar een motor werd gestart. Jules kwam achter haar aan en de afstand tussen hen zou hij op deze manier snel overbruggen. Terwijl ze bleef rennen, keek ze om. Koplampen kwamen haar kant op en het geluid van de motor zwol aan. Doorgaan, legde ze zichzelf op. Elke meter is er één.

Haar enkel bleef protesterend kloppen, ze voelde hoe de eerste tekenen van vermoeidheid haar benen en longen bereikten. Weer keek ze om. De lichten waren nu fel, als de ogen van een monster. De BMW was vlakbij en minderde geen vaart.

41

Ze dook de berm in, waardoor de voorkant van de auto haar op een haartje na miste. Terwijl ze langs de helling naar beneden gleed, hoorde ze in de verte het scheurende gepiep van remmende banden. In haar val raakte ze een boom waardoor er een gemene pijnscheut door haar schouder schoot. Door haar snelheid was er geen houden meer aan. Ze had nog wel de tegenwoordigheid van geest om met haar armen haar hoofd te beschermen en zich zo klein mogelijk te maken.

Zonder dat haar snelheid werd afgeremd gleed ze door een bos struiken heen. Ze maakte zich breed en probeerde grip op de glibberige ijzige bodem te krijgen. Hierdoor verloor ze aanzienlijk aan snelheid, maar ze kwam pas tot stilstand nadat ze nog keihard met haar heup tegen een dennenboom was geknald. Ze gilde van de pijn en schrik.

Haar hoofd was maar een paar centimeter verwijderd van een grote steen. Nadat ze met haar oogleden had geknipperd en weer een beetje bij zinnen was gekomen, kon ze de scherpe randen zien. Ze ging rechtop zitten. Het voelde alsof ze door een trein was overreden. Toch kon ze al haar ledematen bewegen en op haar enkel na viel de pijn wel mee. Die heup zou blauw worden, maar was niet gebroken. Ze had heel veel geluk gehad. Bij meer snelheid was ze verder doorgerold en met haar hoofd tegen de rots geknald...

Ze stond op. Omdat het een onbewolkte avond was, kon ze haar directe omgeving redelijk goed zien. Enkele meters onder haar hoorde ze nu een beekje stromen.

Jules, dacht ze opeens. Nadat hij had geprobeerd haar aan te rijden, was hij dus direct gestopt. En toen? Wachtte hij haar boven op, of was hij inmiddels aan de afdaling begonnen? Ze probeerde naast het constante geklater van het beekje andere geluiden op te vangen.

Krak. Verderop brak een tak. Gesnuif en binnensmonds gevloek. Jules was dichtbij. Haar vlucht was nog lang niet afgelopen.

Terug omhoog was geen optie. Te veel obstakels en te steil. Ze liet zich enkele meters naar beneden zakken en merkte dat de helling hier afvlakte. Toen ze bij de oever van het beekje was aanbeland, werd de ondergrond bijna egaal. Er liep een soort pad met hier en daar een kei en wat struikgewas. Op deze manier was het te doen, dacht ze.

In het voor haar hoogst mogelijke tempo liep ze in de richting van haar huis. Terwijl ze de grootste moeite had om op de been te blijven vanwege de gladde ondergrond en haar enkel, overdacht ze snel haar mogelijkheden. Ze had haar mobiele telefoon in de binnenzak van haar jack. Een snel telefoontje naar Klaus en de redding was nabij.

Bellen betekende ook vertraging en minder concentratie. Ze wilde haar voorsprong op Jules behouden, hoewel ze geen idee had hoe groot de afstand nu tussen hen was. Als ze nu ging bellen, dan hoorde hij haar stem, maar zij hem niet meer, wat hem een groot voordeel gaf. Nee, ze moest door. Zo ver kon het niet meer zijn. Over een minuut of vijf wilde ze aan de klim van de helling beginnen om daarna via de weg naar huis te lopen. Dan kon ze altijd nog bellen en daar zou Klaus haar ook makkelijker kunnen vinden.

Ze schrok van een plons vlak achter haar. Een steen die in de beek werd geschopt. Jules zat vlak achter haar!

De angst gaf haar een energieboost. In plaats van om de struik heen te lopen die recht voor haar lag, ging ze er dwars doorheen. Ze hoorde hoe Jules hetzelfde deed. De afstand tussen hen was nog maar enkele meters. Ze dwong zichzelf om niet om te kijken, maar in plaats daarvan een uitweg te zoeken. Rechts lag de beek en als ze rechtdoor zou blijven lopen, zou hij haar gegarandeerd inhalen.

Naar links, de helling op, was dus de enige optie. Ze stoof de helling op, haar enkel negerend en voelde direct hoe haar voeten de grip verloren. Met gestrekte handen viel ze naar voren en wist zich vast te klampen aan een laaghangende tak. Voordat ze de kans kreeg zich op te trekken, werd haar pijnlijke enkel in een ijzeren greep genomen. Instinctief schopte ze met haar andere been naar achteren, maar ze trof slechts lucht.

Jules gooide zijn volle gewicht in de strijd. Centimeter na centimeter gleed haar hand langs de tak. Het was een ongelijke strijd. In een wanhoopspoging trapte ze nogmaals naar achteren. Ze raakte zijn hand, maar niet hard genoeg om haar enkel te bevrijden. Doordat ze zoveel energie in de trap legde, verloor ze de grip op de tak en rolde naar beneden. Jules verloor nu ook zijn evenwicht en gleed eveneens in de richting van de beek.

Het water was ijskoud. Haar hele lichaam was onder water gekomen, maar toen ze haar armen strekte, was er direct contact met de bodem. Ze drukte zichzelf op en ging op haar knieën zitten. Ze was ongeveer op een meter van de oever terechtgekomen en de beek was hier een halve meter diep. Enigszins gedesoriënteerd door de inspanning, kou, angst en pijn probeerde ze op te staan. Nog voor ze stond, werd ze van achteren aangevallen. Ze viel naar voren en kon nog net voorkomen dat haar gezicht tegen de bodem sloeg die bezaaid lag met keien. Meteen wilde ze naar boven om adem te halen, maar ze kwam amper omhoog door een enorme druk van boven. Jules zat boven op haar! Ze probeerde hem van zich af te schudden en kreeg even de kans om adem te halen toen de druk wat lichter werd en ze haar armen kon strekken. Hij duwde haar hoofd weer onder de waterspiegel. Hoewel ze zich hevig verzette, was ze kansloos. Het was een kwestie van tijd voordat haar armen door vermoeidheid zouden inzakken en haar hoofd tegen de bodem werd gedrukt.

Ze sloeg wild met haar hoofd en wist weer heel even met haar neus en mond boven de waterspiegel uit te komen. Jules hervond zijn grip en drukte haar hoofd weer omlaag. Omdat ze weerstand bleef bieden, raakte ze snel door haar zuurstof heen. Haar longen brandden, schreeuwden om lucht, maar Jules liet niet los. Langzaam leek ze verdoofd te worden. Haar angst en de wil om te overleven ebden beetje bij beetje weg.

Opeens was ze terug in de gymzaal. Judoles. Negen jaar oud, op haar knieën, en op haar rug lag haar vriendin. Ze kon onmogelijk onder haar aanvalster uit komen. De leraar bracht zijn gezicht dicht bij dat van haar. 'Gewicht verplaatsen,' sprak hij streng. 'Arm laten vallen en met dezelfde schouder indraaien.'

In een trance volgde ze het advies van jaren geleden op. Ze duwde haar rechterhand plotseling naar links en verplaatste haar hele gewicht naar rechts.

Jules werd compleet verrast. Hij gleed van haar af en belandde in het water. Nog beduusd van deze actie, probeerde hij overeind te komen, maar glibberde weg op de natte ondergrond.

In de tijd die Jules nodig had om zijn balans te vinden, haalde ze een paar keer diep adem. Helemaal slap, maar wel weer bij zinnen, wist ze dat ze op moest staan. Dat ze dit niet nog een keer zou overleven. Op het moment dat ze zich af wilde zetten van de bodem, voelde ze hoe haar vingertoppen over een kei gleden. Instinctief pakte ze de kei en stond op. Ook Jules had zijn balans weer gevonden. Hij stond rechtop in het water en kwam hijgend, met gebogen rug naar haar toe, klaar om te sprinten als ze het op een lopen zou zetten.

Ze vluchtte niet, maar stapte naar hem toe. Weer verraste ze hem. Haar hand met daarin de kei hield ze achter haar heup. Toen hij zijn arm strekte om haar vast te pakken, pakte ze die vast en sloeg met de andere hand razendsnel toe. De kei raakte vol zijn voorhoofd. Met een kreet van pijn en verbazing wankelde hij even naar achter, maar viel niet om. Ze draaide zich meteen om, waadde naar de oever en zette het op een lopen. Na een paar meter durfde ze even achterom te kijken. Jules had zichzelf naar de oever gesleept en zat nu met gebogen hoofd op zijn knieën. Zelfs vanaf deze afstand oogde hij kwetsbaar, als een gewond dier dat zich wil verstoppen maar hier niet meer de kracht voor heeft.

Ze bleef staan. Voor de eerste keerde voelde ze hoe haar angst plaatsmaakte voor woede. De man die daar zo hulpeloos zat, wilde haar daarnet nog vermoorden. En ze wist zeker dat dit ook was gebeurd als haar verrassingstactiek niet had geholpen. Nu was het haar beurt. Als ze zekerheid wilde, dan moest ze naar hem toelopen en toeslaan. Ze had de kei nog steeds in haar hand. Op dit moment was hij geen partij voor haar, maar zodra hij een beetje bijgekomen was, kon er nog van alles gebeuren.

Ze deed een paar stappen in zijn richting en bleef staan. Hij zat nog steeds op de oever en hapte naar adem. Zijn hand ging omhoog en omklemde een tak waaraan hij zich probeerde op te trekken. Door gebrek aan kracht zakte zijn bovenlichaam weer terug en liet hij zich op zijn rug vallen.

Ze draaide zich weer om en liep van hem weg. Hij was voorlopig onschadelijk. In elk geval lang genoeg om haar een definitieve voorsprong te geven. Bovendien wilde ze zich niet verlagen tot zijn niveau. Zij was geen moordenaar.

Terwijl ze langs de oever liep, voelde ze hoe langzaam maar zeker de kou haar lichaam begon te teisteren. De temperatuur was niet extreem laag, maar het vroor hard genoeg om haar gezondheid serieus te bedreigen. Ze voelde hoe het water in haar wenkbrauwen in harde bolletjes veranderde en op haar jas verscheen de eerste ijsafzetting. Met een snelle handbeweging verwijderde ze het dunne ijs. Ze moest ondanks de vermoeidheid en de stramheid in beweging blijven.

Ze klom de helling op en gleed weer weg. Haar nagels braken af op de keiharde rotsen en de scherpe randen sneden in haar handen en vingertoppen.

Via struiken, rotsen en bomen vorderde ze meter voor meter. Ze moest opeens weer denken aan Sara, het dappere meisje dat ondanks haar gewonde been ook niet opgegeven had. Wat Sara kon, kan ik ook, hield ze zichzelf voor. Ze weigerde op te geven, ze had nog zoveel om voor te leven.

Eindelijk ving ze een glimp van de berm en de weg op. Doorgaan, dacht ze, terwijl haar lichaam het tegenovergestelde gilde. Het is nog maar een klein stukje.

42

Richard concentreerde zich op de weg. Hoe mooi de omgeving ook was, in het donker zag je er niet veel van en omdat de weg onverlicht was, moest je wel goed opletten. Zijn ontmoeting met Saskia van vrijdagavond was kort, maar interessant geweest. Ze had er opgejaagd uitgezien, maar hij had niet de indruk dat het door hem kwam. Hoewel hij graag wat langer was gebleven, had hij alle begrip getoond voor haar reactie. Ze had hem tenminste aangehoord en hem gevraagd haar een paar dagen met rust te laten. Hij wist dat hij haar nu de ruimte moest geven; het was ongetwijfeld al een hele verrassing geweest dat hij helemaal voor haar naar Zwitserland was gekomen. Toch had ze hem niet zo resoluut afgewezen als in Nederland. En dat bood perspectieven. Zij hoorden bij elkaar en binnenkort liet hij niemand meer tussen hen komen. Ook haar vrienden en familie niet. Ze zou er even aan moeten wennen misschien, maar het was beter zo.

Een deel van hem walgde van wat hij vlak voor zijn vertrek in Nederland had gedaan om hier te kunnen komen. Dat stemmetje in zijn hoofd eiste dat hij zichzelf zou aangeven. Maar hij had gewoonweg geen andere keus gehad. Hij had het wel op een nette manier geprobeerd, maar daar kwam hij niet verder mee. Dus hij had een beetje druk moeten zetten. Tja, dit had bepaalde consequenties gehad, zowel voor hem als voor haar. Al waren die voor haar fysiek wat ingrijpender geweest.

Ach, hij had gekregen waarvoor hij was gekomen en daarmee was voor hem de kous af. Medeleven had hem nog nergens gebracht in het leven. Hij wilde weer de winnaar worden die hij ooit was geweest. Even dacht hij terug aan Curaçao. In feite was het één grote vlucht geweest. De nare smaak van de Caribische cocktail van vrouwen, teleurstellingen en talloze pogingen zichzelf te beheersen, had hem uiteindelijk de ogen geopend. Het was een soort openbaring geweest. Wat hij diep had weggestopt kwam naar boven. Het was geen mooie waarheid geweest, hij had het niet eerder aan zichzelf willen toegeven, maar Saskia was de reden van zijn vlucht. Hij was niet op zoek naar zichzelf, maar wilde zichzelf hervinden; een essentieel verschil. De vrolijke Richard van vroeger moest gevonden worden, want alleen met hem zou Saskia verder willen. Het was onvoorwaardelijke liefde. Haar vertrek naar Zwitserland was hiervoor het onomstotelijke bewijs. Ook zij was gevlucht, een zoektocht begonnen naar de Saskia van jaren geleden. De vrouw op wie hij zo verliefd was geworden. Hun scheiding was een proef geweest. Hij had de test doorstaan en wilde dat met alle liefde aan Saskia laten zien. En het duurde niet lang meer voordat hij dit zou bereiken.

Hij stopte bij het huis van de familie Laponder. Bij Saskia brandde geen licht. Dat kon twee dingen betekenen, dacht hij. Ze lag al te slapen of was niet thuis. Hij liep het pad op en belde aan. Toen er geen reactie kwam, klopte hij een paar keer op de deur.

Verderop hoorde hij een deur opengaan en toen hij opzij keek, zag hij een man naar buiten komen. Het huis lag achter dat van de familie Laponder.

De man liep een stukje naar buiten en groette hem.

'Goedenavond,' antwoordde Richard in zijn beste Duits. 'Ik kom voor Saskia.' Hij zag hoe de buurman knikte en zijn kant op liep.

'Hallo, ik ben Klaus.'

Richard schudde hem de hand en stelde zich voor.

'Ik ben een vriend van Saskia. Weet u misschien waar ze is?'

'Ik denk op kantoor,' antwoordde hij. 'Ze wil binnenkort wat tekeningen presenteren, dus ik neem aan dat ze daar nu is.'

'Op zondagavond?'

Klaus haalde zijn schouders op. 'Ze stopt veel van haar vrije tijd in dat project.'

Richard keek hem geringschattend aan. Klaus was een aantrekkelijke man voor vrouwen. Zoveel mensenkennis had hij inmiddels wel opgedaan. En deze man woonde vlak bij de vrouw van zijn leven, en deed alsof hij haar heel goed kende. Een bijzonder onprettige situatie waarvan zijn haren direct rechtop gingen staan.

Klaus knikte in de richting van zijn eigen huis.

'Waarom komt u niet even binnen? Daar is het comfortabeler wachten dan hier in de kou.'

Richards eerste impuls was om de uitnodiging af te slaan. Hij had bij voorbaat een hekel aan deze Zwitser die veel te vriendelijk op hem overkwam. Het was een slijmerd die ongetwijfeld zijn charmes op Saskia had losgelaten en dat maakte hem nu al woedend. Met moeite wist hij zich te beheersen.

'Dat is heel vriendelijk van u.' Hij wist er zelfs een glimlach uit te persen. Gezien de situatie was het beter om de invitatie te accepteren. Wellicht kwam hij al dingen te weten voordat hij Saskia weer zou ontmoeten. Je wist maar nooit.

Hij volgde de Zwitser naar zijn huis. Halverwege bleven ze als aan de grond genageld staan toen een auto het terrein opreed en vol in de remmen ging.

43

De eerste meters na de klim had ze er een redelijk wandeltempo op na kunnen houden. Licht euforisch dat ze de helling in haar toestand had weten te beklimmen, was lopen op het vlakke asfalt een makkie. Al duurde dat niet lang. Haar vlotte tred werd meer en meer strompelen. Ze kon niet meer; de vermoeidheid was tot diep in haar spieren doorgedrongen en elke blauwe plek, snee of kneuzing deed opeens weer waanzinnig veel pijn.

Het buitenlicht van het chalet van de Laponders was haar focuspunt. Zo sleepte ze zich voort. De laatste honderd meter beleefde ze als in een trance. Het licht was haar baken en als ze dat eenmaal had bereikt, was het voor elkaar. Dan zou ze het kleine stukje naar het huis van Klaus ook nog wel kunnen opbrengen. Daar wachtten haar een zachte bank en verzorgende handen. Als ze een beetje op krachten was gekomen, nam Klaus ongetwijfeld het heft in handen en kwam alles goed. Na alles wat ze had meegemaakt, stelde de weg oversteken en langs het huis van de Laponders naar Klaus lopen niets meer voor. Het geluid van een motor deed haar omkijken. In de verte zag ze koplampen. Even aarzelde ze. Zou Jules dan toch…? Toen ze van hem was weggelopen was hij groggy geweest, bijna knock-out. Het leek onwaarschijnlijk dat hij zich zo snel had weten te herstellen. Trouwens, als hij zijn auto had willen bereiken, wachtte ook hem een helse beklimming. En dat in zijn toestand? Maar was haar toestand beter geweest? Zij had het ook gered… De koplampen naderden snel. Een naar gevoel bekroop haar. Wat als ze het mis had? Stel dat het toch Jules was die achter het stuur van die auto zat? Ze stak over en bleef over haar schouder kijken. Toen ze recht voor het huis van de Laponders was, werd ze zich bewust van haar misrekening. Ze begon te rennen en hoorde hoe de bestuurder vol op zijn remmen ging staan en met hoge snelheid het pad op stuurde. In een flits besefte ze dat hij haar wilde aanrijden en ze probeerde het paadje te bereiken dat tussen het hek en het huis lag. Een fractie later boorde de voorkant van de auto zich in het hek. Ze werd niet vol geraakt, maar omdat ze het hek even als ondersteuning had gebruikt om niet uit te glijden terwijl ze het paadje op wilde rennen, werd ze volledig uit balans gebracht. Opgeschrikt door de piepende banden keken Klaus en Richard in de richting waar het geluid vandaan kwam. Ze zagen hoe de voorkant van de BMW het hek ramde en Saskia op de grond viel. De mannen aarzelden geen seconde en renden naar de plek des onheils.

Jules was uit zijn auto gestapt en had zijn arm om Saskia heen geslagen. Hij tilde haar ruw omhoog. Nog beduusd van de klap stond ze te zwalken op haar benen en trilde ze over haar hele lichaam.

'Stop!' dreigde Jules toen hij de twee mannen zag komen aanstormen. Ze zagen het opengeklapte Zwitserse zakmes dat hij tegen de zij van Saskia hield en hielden hun pas in.

'Jullie blijven daar staan en wij rijden weg, zo simpel is het.' Stapje voor stapje liep hij naar achteren en trok Saskia, die langzaam weer een beetje bij haar positieven kwam, met zich mee. Klaus en Richard keken hulpeloos toe hoe hij de voorkant van de BMW bereikte. Blijkbaar was Jules in blinde woede uitgestapt om Saskia te grijpen, want pas nu zag hij de gevolgen van zijn crash. 'Verdomme, die auto is naar de klote!'

De voorkant van de BMW was flink beschadigd en een voorwiel stond in een onnatuurlijke hoek. Het was onmogelijk om met dit voertuig verder te rijden.

'Wat is hier aan de hand?'

Bij het horen van de bekende stem keek Jules geschokt naar rechts en zag hoe zijn vrouw naar hem toe kwam lopen.

'Wat is hier in godsnaam aan de hand, Jules?' vroeg ze nog een keer.

'Haal de sleutels van de Porsche, Zalia,' zei hij op een toon die geen tegenspraak duldde. Zalia reageerde niet. Ze liep door, stapte over een stuk weggeslagen hout van de omheining en ging vlak voor hen staan. Haar blik gleed van Saskia naar het nerveuze gezicht van haar man.

'Ik weet niet waar jij mee bezig bent, maar ik wil dat je nu dat mes wegdoet.'

'Haal godverdomme die sleutels voordat er echt ongelukken gebeuren, Zalia!' schreeuwde hij.

Saskia zag dat Zalia in dubio stond en wist dat ze iets moest doen. Als Zalia de sleutels van de Porsche ging halen, zag het er slecht voor haar uit. Jules was gevaarlijk en onberekenbaar. Ze moest er niet aan denken om met hem in die auto te zitten. De kans dat ze dat zou overleven leek haar niet groot. Ze moest nu een risico nemen. Misschien konden Klaus en Richard hem alsnog overmeesteren als hij doordraaide. Heel even speelde de vraag door haar hoofd wat Richard hier deed, maar dat was nu onbelangrijk.

'Hij heeft vrijdagavond een vrouw doodgeslagen,' zei ze en zette zich schrap voor de uitbarsting van Jules. Die bleef uit. Opeens hing er een angstaanjagende stilte. Klaus en Richard verroerden zich niet en Zalia keek Jules vol ongeloof aan. Jules was zelf ook even met stomheid geslagen. Alsof hij zelf niet geloofde dat hij tot zoiets in staat was.

'Je hebt wát?!'

'Het was een ongeluk,' antwoordde Jules snel. 'Zelfverdediging.'

'Niet waar,' zei Saskia. 'Ik heb alles gehoord.'

Dit maakte Jules razend.

'Dan kan ik maar beter je strot doorsnijden, kreng!' Hij verstevigde zijn greep op haar.

Klaus stapte naar voren en maakte met zijn handen een sussend gebaar.

'Alsjeblieft, Jules. Doe dat niet. Daarmee breng jij jezelf alleen maar verder in de problemen.'

Jules keek hem geringschattend aan.

'Ah, het kunstenaartje heeft ook wat te melden.' Hij zette meer kracht op het mes. 'Naar achteren, jij. Anders gaat je vriendinnetje eraan.'

Deze woorden troffen Richard diep. Wat hij voor mogelijk had gehouden, was dus waar. Zijn Saskia had iets met die slijmjurk. De spanning van de huidige situatie maakte plaats voor woede. Als dit achter de rug is, reken ik met die vent af, ging het door hem heen. Eerst moest dit worden opgelost en aan het verbeten gezicht van die Jules te zien zou dat nog een hele klus worden.

'Ik heb een oplossing,' zei Klaus terwijl hij achteruitstapte. 'In mijn garage staat een jeep met volle tank. De sleutels liggen bij mij thuis.'

'Dan neem ik die wagen, ga de sleutels halen.'

Klaus schudde ontkennend met zijn hoofd.

'Dat was een deel van mijn voorstel. Maar in deze toestand kunnen jullie niet gaan.'

Jules keek hem niet-begrijpend aan.

'Als je nu in de spiegel zou kijken zou je je kapotschrikken, Jules. Jullie zien er allebei niet uit. Gescheurde kleren, onder het bloed en onderkoeld. Als jij in deze conditie achter het stuur kruipt, kom je niet verder dan een paar kilometer. Dan zak je in elkaar, of je nou wilt of niet.'

Jules lachte gemelijk. 'Dus je bent ook al arts? Ben je soms nog meer waar ik niets van weet?'

Klaus negeerde zijn sneer.

'Bij mij thuis is het warm. Kom even op adem, verzorg jullie wonden, trek desnoods wat andere kleren aan en vertrek dan pas. Alleen op die manier heb je een kans.'

Hij keek Jules nu recht aan. 'Wat jij hebt gedaan kan mij nu niet schelen. Wat er in de nabije toekomst gebeurt, wel. Als jij achter het stuur kruipt loopt het voor jou, Saskia en voor god mag weten wie nog meer verkeerd af.'

In plaats van hem te antwoorden, keek Jules zijn vrouw aan.

'Slapen de kinderen?'

Zalia knikte. 'Goed,' zei hij aarzelend en wendde zich weer tot Klaus. 'We doen het op jouw manier, maar iedereen doet wat ik zeg. Geen geintjes, anders heeft Saskia een levensgroot probleem.'

44

'Jullie drieën gaan voorop,' commandeerde Jules. 'Ik loop er vlak ach-
ter, dus laat niemand proberen slim te zijn.'
Rustig liep Klaus in de richting van zijn huis. Richard en Zalia liepen
net achter hem.
'Hier naar rechts,' zei Jules. Klaus stopte, draaide zich om en keek hem
vragend aan.
'We doen het gedeeltelijk op jouw manier,' wist Jules. Hij knikte naar
het kleine chalet in zijn achtertuin.
'Waar heb je de sleutel?'
'In mijn binnenzak,' antwoordde Saskia.
'Hoe heet jij?'
'Richard, ik ben…'
'Dat kan me niet schelen. Kom hier.'
Richard liep naar hem toe.
'Pak de sleutel, doe de deur open en het licht aan,' beval Jules. Richard
deed wat hem werd gezegd. Met de sleutel in zijn hand liep hij naar de
voordeur van het chalet en opende deze. Na even zoeken vond hij de
lichtknop.
'Mooi. Naar binnen jullie en ga zo voor het raam staan dat ik jullie
gezicht vanaf de bank kan zien.'
Ze schuifelden allemaal naar binnen. Jules trok Saskia op de bank. Het
mes hield hij nu dicht bij haar keel.
Saskia rilde van de kou. Ze was doorweekt en de vrieskou was tot op
haar botten doorgedrongen.
'Ik heb het zo koud, Jules. Mag Klaus alsjeblieft de open haard aansteken?'

In eerste instantie leek hij haar smeekbede te negeren. Ook hij had het koud, maar wilde dit niet laten merken. Tegenover de groep mocht hij geen zwakheden tonen. Hij keek van Klaus naar de open haard. Staarde even voor zich uit, alsof hij een moeilijke beslissing moest nemen.

'Doe maar,' sprak hij uiteindelijk op een toon alsof hij deze concessie enkel deed vanwege Saskia's toestand. Klaus liep naar de open haard om het vuur aan te maken.

'Heel handig,' grijnsde Jules. 'Zeker kind aan huis?'

Wederom negeerde Klaus de steek onder water. Hij was bezorgd om Saskia. Ze zag zo wit als een vaatdoek en rilde over haar hele lichaam. De onderkoeling had toegeslagen, het was slechts een kwestie van tijd voordat ze langzaam maar zeker bewusteloos zou raken.

'Het gaat niet goed met Saskia,' constateerde Zalia hardop. 'Warmte alleen is niet genoeg, ze moet die natte kleren uitdoen.'

Jules schudde van nee. 'Zij doet wat ik zeg en voorlopig is dat helemaal niets. We komen even bij en vertrekken zo.'

Hij keek Klaus aan. 'Waar blijven die autosleutels? We hadden een deal, weet je nog wel?'

Klaus knikte traag, zag een kans om thuis de politie te bellen en zei: 'Ik ga ze halen.' Zalia stapte meteen naar voren en sneed hem de pas af.

'Nee,' sprak ze gedecideerd. 'In deze toestand gaat Saskia niet met je mee. Als ik dat toesta, ben ik medeplichtig aan moord met voorbedachten rade en daar pas ik voor. Of we halen die natte boel van haar lijf, wrijven haar droog en trekken haar andere kleren aan, of jij steekt haar hier ter plekke dood. Er is geen ander alternatief. Als zij in deze conditie vertrekt, raakt ze geheid in een coma en sterft. Nog los van wat je sowieso van plan bent.'

Haar ogen fonkelden van woede. 'Waar is je waardigheid gebleven? Wij zijn verdomme getrouwd en hebben twee kinderen! Moet ik aan hen vertellen dat jij een onschuldige vrouw van de kou hebt laten omkomen? Denk goed na, Jules. Ik weet niet waarin jij verzeild bent geraakt, maar dit mag je gewoon niet laten gebeuren!'

Haar tirade bracht hem aan het twijfelen. In een vlaag van verstandsverbijstering had hij Claudine om het leven gebracht. Saskia was hiervan geen directe getuige geweest, al beweerde ze van wel. Als haar iets overkwam, stond hij alleen tegenover drie getuigen; een kansloos gevecht. Dan werd hij zeker veroordeeld, of hij moest vluchten, maar zover vooruit had hij nooit gedacht. Hij had überhaupt geen plan gehad. Vanaf het moment dat hij Claudine had geslagen, ging alles mis. Hij had afgelopen zaterdag met zoveel pijn en moeite gedaan alsof er niets aan de hand was, en de familieman gespeeld, dat er iets knapte toen hij vanavond Saskia in zijn kantoor had betrapt. Als hij nu even tot rust kwam, zou hij misschien een betere uitweg kunnen bedenken. Het enige wat op dit moment overeind stond was de dood van Claudine. Een gerenommeerde advocaat die de ernst en de gevolgen van haar chantage naar voren kon brengen, zou voor flinke strafvermindering kunnen zorgen. Bovendien was het zelfverdediging geweest. Zij had hem eerst geslagen. Hij had alleen wat harder geslagen en kon er ook niets aan doen dat ze zo ongelukkig met haar hoofd de punt van het bureau had geraakt. Met een beetje geluk was hij over een paar jaar weer een vrij man. Hij zag nu in dat hij Saskia moest zien te overtuigen dat het een ongeluk was geweest en dat hij in een vlaag van angst en paniek had gehandeld toen hij haar vanavond zag rondneuzen. En wat voor een ellende zou zijn kinderen en Zalia wel niet te wachten staan bij een langdurige veroordeling.

'Jij helpt haar,' zei hij tegen Zalia. 'De rest blijft op afstand.'

Zalia liep naar Saskia toe en ging op haar hurken zitten. 'Haal wat handdoeken en kleding voor me,' riep ze zonder haar hoofd om te draaien. Klaus reageerde direct en liep in zichzelf vloekend over de gemiste kans naar de slaapkamer van Saskia. Richard bleef in dezelfde houding staan. Hij was van het ene op het andere moment in een voor hem onbegrijpelijke situatie terechtgekomen. Zo scherp en manipulatief als hij normaal was, zo verdoofd leek hij nu. Hij nam zich voor om twee dingen strak in de gaten te houden. Ten eerste die gladde Klaus. Hij had duidelijk iets met Saskia. Of had iets gehad, daar was hij nog niet uit. Als hij de kans kreeg die schoft op wat voor een manier ook te tackelen, zou hij dit zeker doen.

En ten tweede Saskia en Jules. Over haar gezondheid maakte hij zich geen grote zorgen. Voor zover hij het kon inschatten, kwam het wel goed. Helemaal nu die Zalia had ingegrepen en Saskia droge kleren kreeg. Ze was altijd een taaie geweest. Bovendien, als ze ziek werd kon hij des te beter bewijzen hoeveel hij van haar hield door voor haar te zorgen.

Die klootzak die een mes op de keel van zijn geliefde hield, kwam ook nog wel aan de beurt. Bij de geringste mogelijkheid zou hij ingrijpen, het mes afpakken en hem overmeesteren. Eens kijken wie er dan de held was.

'Wat sta jij te grijnzen?' vroeg Jules.

Richard schrok. Stond hij hier verdomme te dagdromen in plaats van waakzaam te zijn.

'Niets... euh... sorry.'

Klaus overhandigde Zalia een stapeltje handdoeken en kleren. Ze had inmiddels de broek en jas van Saskia uitgetrokken. Tijdens dit onhandige gefriemel waarbij Saskia een pijnlijk gezicht had getrokken, hield Jules het mes constant op haar gericht. Zalia hielp Saskia eerst een warme trui aantrekken, voordat ze haar hielp met haar ondergoed uitdoen. De mannen keken gegeneerd de andere kant op, maar het kon Saskia niets meer schelen.

'Zo,' zei Zalia nadat ze Saskia had geholpen een broek aan te trekken. 'En nu snel warm worden.' Daarna richtte ze zich tot haar man. 'Jij moet je ook omkleden. Je lijkt wel een spook.'

Jules aarzelde. Door haar kordate optreden haalde ze een groot deel van de heersende spanning weg, maar nam ze bewust of onbewust ook de regie van hem over. Dit kon hij niet laten gebeuren.

'Het wordt tijd dat we opstappen,' zei hij tegen Zalia. 'Ik zet onderweg de verwarming wel op de hoogste stand.'

'Dus zo wil jij ons huwelijk laten eindigen?' reageerde ze scherp. 'Doorweekt, gewond, woest en onberekenbaar vertrekken met onze au pair als gijzelaar? Is dit wat je bedoelde met het opbouwen van een toekomst?'

45

Zijn gedachten vormden een brij van ideeën, plannen, mogelijkheden en problemen. De situatie dwong hem om snel te denken, maar dit lukte niet. Het was te gecompliceerd, hij was te moe. Zelfs met zeeën van tijd leek het onmogelijk de juiste stap te zetten. Wat was de juiste stap? Bestond die wel? Hij dacht van niet, hij had zichzelf al te veel in de nesten gewerkt.

Dat hij dingen naar zijn hand kon zetten was maar schijn. Hij realiseerde zich dat hij vanaf dat eerste, fatale moment achter de feiten had aangelopen. Als een kip zonder kop had hij geprobeerd de ene blunder met de andere uit te wissen. Het enige wat hij hiermee had gecreëerd was chaos. Claudine was dood, Saskia had het net overleefd en Zalia verachtte hem en ze had gelijk.

Zijn eerste optie was achterhaald. Wat moest hij met een vluchtauto, in zijn gesteldheid? Waarheen wilde hij dan vluchten? En Saskia als gijzelaar? Dat werkte slechts in zijn nadeel. Zeker als hij echt van haar af wilde. Wat was het alternatief? Daarnet had hij zichzelf ervan overtuigd dat er niets met Saskia mocht gebeuren. Waarom bouwde hij die stelling niet uit? Tenslotte gebeurde het hier, recht voor zijn neus. De mensen hier waren de enigen die er echt toe deden. Zij konden hem maken of breken. Kreeg hij ze aan zijn zijde, dan was er nog van alles mogelijk. Maar hoe moest hij dit aanpakken? Hoe kon hij hun vertrouwen nu nog winnen, het zo draaien dat hij in een slachtofferrol kwam? Het zou heel lastig worden. Uiteindelijk zou de naam van Claudine vallen en moest hij de reden van haar chantage noemen. Hoe zou Zalia daarop reageren? Die reden zou Zalia hem misschien moeilijker kunnen vergeven dan de doodslag van Claudine. Tenzij hij ook dat verdraaide. Bovendien was zij ook niet altijd eerlijk tegen hem geweest over het verleden. Het zou pijn doen, maar er lag nog een kans, als hij hun nu zijn verhaal zou vertellen en dat als waarheid zou blijven herhalen. Hoe dan ook. Zijn daden waren niet volledig goed te praten, maar hij kon op z'n minst proberen hier begrip te kweken. Inspelen op hun gevoeligheid. Het was eigenlijk zijn enige mogelijkheid.

Hij slaakte een zucht en liet zich iets terugzakken op de bank. Bijna kneep een plotselinge moedeloosheid zijn keel dicht. Hij slikte en begon te vertellen.

'Ik word al jaren gechanteerd. In het begin waren het nog redelijke bedragen. Ik verdiende toen nog niet zoveel en ze nam genoegen met wat ik kon missen. Toen was ze nog redelijk... In de loop der jaren ging mijn bedrijf beter lopen. Hoewel ze uit dit gebied was verhuisd, was ze slim genoeg om hier en daar haar voelhoorns uit te steken. Omdat ze wist dat het zakelijk goed met me ging, dreef ze de prijs voor haar zwijgen op. Mijn angst voor haar scherpe tong was zo groot dat ik bleef betalen. Alles beter dan jou en de kinderen verliezen, Zalia. Blijkbaar voelde ze dat aan, want ze schroefde de frequentie op. In plaats van één of twee keer per jaar, hing ze de laatste tijd elk kwartaal aan de telefoon met haar eis om geld. Toen door de crisis de donaties onder de tafel van exporteurs wegvielen, moest ik het van een privérekening halen en toen die angstvallig slonk, 'leende' ik wat van mijn bedrijf. Net nadat mijn boekhouder uitleg had gevraagd over verdwenen tegoeden en ik mij er met een smoesje had afgemaakt, werd ik weer door haar gebeld. Ze wilde praten over een definitieve afkoopsom. Ze wilde het land verlaten en had daarvoor een startkapitaal nodig. We spraken vrijdagavond af in een café, maar daar zag ik een bekende. Omdat ik niet met haar in het openbaar gezien wilde worden, besloot ik het gesprek op een van de kantoren boven het magazijn te houden.'

Hij schudde traag met zijn hoofd om zijn ongeloof over wat er daar gebeurd was duidelijk te maken.

'Haar houding was arroganter dan ooit. Ze behandelde me als een stuk vuil. Was totaal niet coulant ten opzichte van mijn situatie. Het bedrag wat ze noemde, was echt veel te hoog. Ik moest 375.000 Zwitserse frank betalen en daarmee zou het over zijn. Toen ik haar vertelde dat het voor mij onmogelijk was om zo'n bedrag in een keer op te hoesten, werd ze eerst hysterisch. Ik probeerde haar nog te kalmeren en wel een betaling toe te zeggen, maar van een lager, betaalbaarder bedrag. Daarna sloegen de stoppen helemaal bij haar door en dreigde ze mijn geheim openbaar te maken. Uitzinnig van woede viel ze me aan en begon me ongecontroleerd te slaan. Ik heb me eerst proberen te verweren, wilde haar niet terugslaan, maar ze hield niet op. Op dat moment brak er iets in me. Ik duwde haar van me af, ze struikelde en kwam met haar hoofd op het bureau terecht. Het was zelfverdediging.'

Hij keek de kamer rond met een blik van spijt en onschuld.

'Hoe heette die vrouw en waarom werd je in godsnaam gechanteerd?' vroeg Zalia ijzig. Ze had hem zijn hele verhaal laten doen, en had vanaf het begin meteen een koude klomp in haar maag gevoeld, maar ze had zich met moeite kunnen bedwingen om het niet al tijdens zijn verhaal uit te schreeuwen. Ze verwonderde zich over alle gedachten die door haar hoofd gingen. Dat ze hoopte dat het om een zakelijke chantage ging. Dat ze niet wist hoe ze hem nog kon vertrouwen, dat ze zo kalm bleef terwijl hij zich net als een tiran had gedragen.

Jules wist dat hij het niet langer kon uitstellen, maar hoopte er nog omheen te kunnen praten. Hij opende zijn mond om antwoord te geven, maar Saskia was hem voor.

'Claudine.'

Zalia versteende, alsof de klomp in haar maag de kilte over haar andere ledematen uitspreidde.

46

Hij probeerde zichzelf te kalmeren door zich voor te houden dat het ergste achter de rug was. De naam was gevallen. Zalia's blik sprak boekdelen. Natuurlijk had Claudines naam een schok bij haar teweeggebracht. Toch moest hij door, voordat ze weer de regie in handen nam. En zijn verhaal diende aannemelijk te klinken, anders was hij verloren.

'Op die vreselijke ochtend zou ik een privéles geven aan een stel. Die mensen kwamen echter niet opdagen, dus ik besloot om een relaxte afdaling te maken. Onderweg kwam ik Claudine tegen. Ze had op dat tijdstip Amber als leerlinge. Toen de helling versmalde en bomen het zicht op deze piste voor anderen bemoeilijkte, kwam Claudine vlak naast me skiën en sneed me plagerig af zodat ik moest stoppen. Amber skiede voor ons uit, dus had het niet in de gaten. Daarna omhelsde ze me. We kenden elkaar al langer en hadden tijdens de après-ski weleens gezoend. Ik was verbaasd en geïrriteerd tegelijk, maakte me los uit haar omhelzing en wees haar op haar verantwoordelijkheden tegenover haar leerlinge.

Verongelijkt liet ze me los en ging achter Amber aan. Ik bleef even staan om op adem te komen. Nog verontwaardigd over zoveel amateurisme daalde ik even later af. Het was een blauwe piste die uitkwam op een kruising met een zwarte. In de verte zag ik Claudine staan. Ik rook onraad en skiede er direct naartoe.'

Hij sloot zijn ogen nu hij dit vreselijke moment nogmaals beleefde. Toen hij zijn ogen opende, keek hij voor zich uit en concentreerde zich op een punt recht boven de deur. Hij hoopte dat zijn toehoorders zouden denken dat hij geen dader maar een slachtoffer was. Een goed mens die door de omstandigheden gedwongen werd tot daden waar hij normaal gesproken nooit toe in staat was geweest.

'We riepen meteen hulp in,' ging hij bijna fluisterend verder. 'Amber was van de piste afgeraakt en keihard tegen een boom gevlogen. Ze lag in een onnatuurlijke houding en ademde niet meer. Je hoefde geen arts te zijn om aan haar ogen te zien dat ze niet meer leefde.'

Zalia probeerde een snik te onderdrukken. Hoe zacht het geluid ook was, het ging bij iedereen door merg en been. Jules hield zijn vrije hand voor zijn ogen. 'Inmiddels waren er meer mensen op de plaats des onheils. Opeens trok Claudine aan mijn mouw, ze wilde mij apart van de groep spreken. Terwijl medewerkers van de pistedienst zich over Amber ontfermden, begon Claudine te dreigen. Het was allemaal mijn schuld, ik had haar afgeleid waardoor ze Amber uit het oog was verloren. Zo zou ze het aan de instanties vertellen.

Nu raakte ik in paniek. In die tijd verdiende ik mijn geld nog als ski-leraar, maar had ondertussen al de nodige connecties in de sportartike-lenbranche. Ik wilde daarin voor mezelf gaan beginnen en het was slechts een kwestie van tijd voordat ik de benodigde vergunningen zou krijgen. Deze valse beschuldigingen zouden tegen mij werken. En om-dat iedereen ons weleens samen had gezien, zouden ze eerder haar dan mij geloven. Bovendien was ik verliefd op jou, Zalia. De angst dat ik jou zou verliezen en dat ik hier nooit meer een voet aan de grond zou krijgen, was op dat moment zo groot, dat ik haar voorstel om haar zwijggeld te betalen, heb geaccepteerd.'

Jules wreef met zijn hand over zijn voorhoofd en zuchtte diep.

'Ik hoop dat jullie begrijpen dat ik niet anders kon.'

Hij gooide er nog een schepje bovenop. 'De dood van Amber leek haar weinig tot niets te doen. Ze was alleen maar geïnteresseerd in geld. Dat het bloedgeld was, was haar om het even. Terwijl ik alleen maar aan jou kon denken.' Hij keek Zalia even smekend aan en liet toen zijn blik langs de groep glijden. Het moest mogelijk zijn om van hun gezichten af te lezen of zijn verhaal geloofwaardig was overgeko-men, dacht hij. Dat het een verkrachte versie was deed er in zijn ogen niet toe. Niet Claudine, maar hij had het initiatief genomen. In die tijd was hij waar het vrouwen betrof een losbol die pakte wat hij pakken kon. Daar op die piste had hij opeens zin gekregen om haar te kussen. Als zij op dat moment had voorgesteld om in een afgelegen skihut een nummertje te maken, had hij geen seconde geaarzeld. Maar dat deed ze niet. Sterker nog, ze had hem van zich afgeduwd omdat ze geen zin had en zich verantwoordelijk voelde voor haar leerlinge die langzamerhand uit beeld verdween. Hij had haar nogmaals vastgepakt en omhelsd. Ze had zich boos losgerukt, had hem een verwensing toegebeten en was achter Amber aan gegaan.

Enkele minuten later had hij haar naast de zwarte piste zien staan. Hij was er direct naartoe gegleden en zag meteen dat het helemaal mis was. Waar hij de tegenwoordigheid van geest vandaan had gehaald was hem nog steeds een raadsel. Hij had het gevaar direct onderkend en Claudine apart genomen. Na wat dreigementen en beloftes van zijn kant, gaf ze toe. Ook maakte hij duidelijk dat als ze van gedachten zou veranderen, hij alles zou ontkennen. Dan werd het een welles-nietesspelletje waar niemand iets mee opschoot. Zij moest dus de verantwoordelijkheid op zich nemen en hij bleef buiten schot; dat was de enige mogelijkheid waar ze allebei iets mee opschoten. Hij kon verder en zij werd er financieel stukken wijzer van. Hij had er alleen nooit op gerekend dat Claudine langzaamaan de druk op zou voeren en zo de rollen om zou draaien. Hij had haar totaal onderschat. Zo zie je maar, je kon niemand vertrouwen.

Hij kon de anderen moeilijk lezen. Ze keken wat verdwaasd, alsof ze niet goed begrepen wat hij precies vertelde. Wat ook zo was, ze waren er allemaal niet bij geweest destijds. De enige die nu echt belangrijk was, was Zalia. Als zij partij voor hem koos, was het een kwestie van tijd voor de rest overstag ging.

Zalia keek hem aan. Dit zag er niet goed uit. In haar ogen was geen greintje mededogen te lezen. Had hij dan toch verkeerd gegokt? Ergens in zijn relaas een kardinale fout gemaakt?

Saskia zag de verandering in de blik van Klaus wél. Tijdens het verhaal van Jules was er langzaam maar zeker een soort waas over zijn ogen getrokken. In een flits had ze het ook weer zien verdwijnen en een totaal andere blik opgevangen. Die van een getergd maar vastbesloten man. Hoe zou hij hierop reageren? Had Klaus toch iets met die dramatische gebeurtenis van elf jaar geleden te maken gehad?

Klaus stapte langzaam maar uiterst zelfverzekerd naar voren. Jules keek hem verbaasd aan. Klaus knikte hem rustig toe, alsof alles opeens onder controle was en ze met vrienden onder elkaar waren. Hij strekte zijn arm.

'Alles komt goed, Jules. Geef mij het mes, dat heb je niet meer nodig.'

Jules keek hem bijna als gehypnotiseerd aan. Heel even aarzelde hij, maar ontspande zich toen. Hij had eerder een reactie van Zalia verwacht: geschreeuw, gekrijs, gehuil, maar zij stond nog steeds als aan de grond genageld. Klaus leek als buitenstaander nu misschien juist een goede mediator. Hij knikte. Vanaf nu gingen ze om de tafel zitten en beslissen hoe ze deze zaak het beste konden aanpakken. Hij had gewonnen. Klaus had als eerste zijn kant gekozen, de rest zou spoedig volgen. Als een gebaar van goede wil, overhandigde hij het mes aan Klaus. Saskia zag zijn gezicht verstrakken. Hij keek naar Jules met een mengeling van razernij en onverzoenlijkheid. Onbewust hield ze haar adem in.

Klaus boog zich voorover. 'Amber was míjn dochter,' siste hij met op elkaar geklemde kaken. Voordat de anderen het doorhadden, had hij het mes tot aan het heft in Jules' hart gestoken.

'Ik hoop dat je in de hel belandt, schoft.'

Jules' lichaam verstijfde. Met opengesperde ogen keek hij verbijsterd naar zijn moordenaar. De messteek in zijn hart was het laatste wat hij had verwacht. Hij schokte en probeerde er nog een woord uit te persen, wat niet lukte. Toen verslapte hij en zakte in elkaar.

Klaus liet zijn armen zakken. Wat er verder met hem zou gebeuren leek hem niet te deren. Een deel van hem was elf jaar geleden al gestorven.

Saskia zag hoe Zalia bleek werd. Haar ogen rolden weg en haar lichaam werd slap. Richard zag het blijkbaar gebeuren en probeerde haar nog op te vangen. Hij was te laat. Buiten het bereik van zijn uitgestoken armen viel ze flauw.

Klaus' reactie was opmerkelijk. Hij stapte over haar lichaam heen, liep naar buiten en belde het alarmnummer. Daarna ging hij in de sneeuw zitten en wachtte kalm op de dingen die kwamen.

47

Saskia duwde het gordijn enkele centimeters opzij en keek naar buiten. Rond het chalet van Zalia was het stil. Ze liep naar buiten en keek naar het chalet van Klaus. Niemand, ook in de sneeuw geen sporen van nieuwsgierigen. Mooi.

Ze liep weer naar binnen en ging op de bank zitten. Het korte stukje lopen had haar weinig pijn bezorgd. Haar spieren voelden nog wel stram aan en haar enkel moest ze nog ontzien, maar het ging vooruit. Nog maar drie dagen geleden had haar lijf na een dergelijke inspanning heftig geprotesteerd.

Fysiek ging ze vooruit, maar daarmee was alles gezegd. Haar gedachten bevonden zich nog steeds in een carrousel. Het bleef maar draaien in haar hoofd.

Het verplegend personeel en de politie nadien waren uiterst vriendelijk tegen haar geweest. Na het telefoontje van Klaus was het hele circus van hulpverleners uitgerukt. Eenmaal gearriveerd, werd er kordaat opgetreden. Klaus werd gearresteerd en Richard moest samen met de inmiddels bijgekomen Zalia een eerste verklaring afgeven. Zijzelf werd door het ambulancepersoneel naar het ziekenhuis gebracht, waar ze die nacht doorbracht.

Maandagmiddag kreeg ze bezoek van de recherche. Ze had niets te verbergen en vertelde alles wat ze wist. Dat was trouwens geen gemakkelijke opgave, omdat ze onder de medicijnen zat waardoor ze soms met dubbele tong sprak. Maandagavond was Richard langsgekomen, maar ze was zo moe geweest dat ze snel in slaap was gevallen zonder hem echt te spreken.

Dinsdagochtend hoorde ze dat ze het ziekenhuis mocht verlaten. Zalia haalde haar op en bracht haar thuis. Er werd weinig gesproken. Beiden worstelden ze nog te veel met hun eigen demonen.

Vlak voordat ze thuiskwamen had Zalia verteld dat ze Pim en Dione bij vrienden buiten het kanton had ondergebracht om ze te beschermen tegen de media en alle nieuwsgierigen. Hoe het verder moest wist ze nog niet.

Die dinsdag en een deel van de woensdag had ze gemerkt dat Zalia niet had overdreven waar het de aandacht van de pers betrof. De hele dag hadden er cameraploegen rond haar huis en het chalet van Zalia gelopen. Ook had men bij Klaus aangeklopt, maar die was sinds zijn arrestatie niet meer thuisgekomen, en ze twijfelde of dat nog zou gebeuren. Zelf had ze de deur gesloten gehouden en niemand te woord gestaan. Stiekem hoopte ze dat er ander nieuws zou komen dat haar drama zou overtreffen waardoor de belangstelling verflauwde.

Zonder dat ze wist waarom, trokken de media zich langzaam maar zeker terug. Woensdagavond vertrokken de laatste reporters en sindsdien was het weer rustig rond de chalets. Tussendoor had ze nog haar moeder gebeld met de mededeling dat ze in orde was. Het nieuws had ook Nederland bereikt en haar familie was heel ongerust geweest. Het aantal berichten op haar Nederlandse mobiele telefoon zei genoeg; allemaal afkomstig van haar moeder en zus Debby. Dat er geen bericht van Karlies tussen stond, verbaasde haar niets. Die zat waarschijnlijk bij haar vader. Ze miste Karlies nu wel, maar wilde haar niet nodeloos ongerust maken.

's Middags was Zalia langsgekomen. Ze hadden kort gesproken. Naast haar verdriet had Zalia veel praktische dingen aan haar hoofd zoals het regelen van Jules' begrafenis en de toekomst van zijn, maar ook haar eigen bedrijf. Ze vond het ongelofelijk hoe kranig Zalia zich hield en wilde haar niet vermoeien met moeilijke gesprekken. Eerst moest Zalia de brokstukken van haar leven op de een of andere manier zien te lijmen. Ook Richard had voor de deur gestaan. Hij had haar willen ophalen uit het ziekenhuis, maar Zalia was hem voor geweest. Saskia had hem niet laten weten dat ze dinsdag al naar huis kon, dus waarom hij zo zijn best stond te doen, begreep ze niet. Ze had hem binnengelaten en meteen duidelijk gemaakt dat waar hij ook voor naar Zwitserland was gekomen, ze er niet nog meer bij kon hebben. Op dit moment wilde ze niets met hem te maken hebben, zelfs niet luisteren naar wat hij wilde zeggen.

Richard had gedwee geknikt. Hij was langsgekomen om te zien hoe het met haar ging. Hij had zo oprecht en bezorgd naar haar gesteldheid gevraagd, dat ze een beetje milder werd. Terwijl hij al bij de deur stond, liet hij nog weten dat hij zijn intrek had genomen in een hotel even verderop. Hij had met de politie gesproken en zij hadden hem gevraagd nog een paar dagen in het land te blijven. De zaak was voor hen helder, maar ze wilden alle getuigen nog kunnen oproepen, mochten er nog vragen komen. Binnen achtenveertig uur zouden ze het rond moeten hebben en zou hij in principe vrij zijn om te gaan en staan waar hij wilde.

Daarna was hij vertrokken, nadat ze hem eerst had beloofd dat ze hem zou bellen als ze eraan toe was.

Ze stond op en liep weer naar het gordijn. Door een kiertje keek ze naar buiten. Ze dacht iets te hebben gehoord, maar het bleek loos alarm. Buiten was het rustig en hopelijk bleef dat zo.

Ze ging weer zitten. De mallemolen in haar hoofd kwam tot leven. Waarom was Jules niet eerder gestopt met betalen aan die Claudine? Een intelligente man zoals hij had toch geweten dat het ooit fout zou gaan? Waarom had hij Zalia er niet eerder bij betrokken? Het tegenover haar opgebiecht dat Claudine hem had proberen te verleiden en hem chanteerde? Samen stonden ze tegenover haar tenslotte veel sterker. Was het schaamte geweest? Angst? Of speelde er nog iets anders? Haar hoofd tolde. Arme Zalia. Ze leefde intens mee met deze dappere vrouw, al begreep ze achteraf niet waarom ze Klaus niet als vader van Amber in de buurt wilde hebben. Was hij toen onverantwoordelijk? Was het een ongelukje? Hielden ze nog steeds van elkaar?

Klaus. Ze wist zich op dit moment geen raad met haar gevoelens voor hem. Hij had inderdaad een donkere kant gehad, en tegen haar gelogen, maar ze kon op dit moment toch niet boos op hem zijn. Ze was bezorgd over hem nu hij opgepakt was, en ze miste hem, maar de hele geschiedenis met Zalia was ook tussen hen in komen te staan. En als ze heel eerlijk was, wist ze ook niet precies hoeveel hij om haar had gegeven. Had de ballast van elf jaar zich gebundeld in dat ene moment waarop hij Jules doodstak? Of speelde er meer? Hij wist dat Amber zijn dochter was. Dit kon hij alleen van Zalia hebben gehoord. Maar wanneer? Wat was toen zijn reactie geweest?

Hoe was het überhaupt mogelijk dat hij Jules had vermoord? Kon kortsluiting zoiets met een mens doen? Hoe langer ze hierover nadacht, hoe beangstigender het werd. Klaus, de rots in de branding. De man die ze wel vertrouwde, bij wie ze zich voor het eerst veilig voelde. Wat een ironie.

Hoe was hun relatie werkelijk geweest? Was ze verliefd geworden op een andere man, iemand die hij in werkelijkheid helemaal niet was? Of was er slechts een deel van hem dat ze niet had leren kennen? Ze rouwde om wat er nooit meer zou kunnen gebeuren tussen hen, maar ze wist dat het zou slijten en dat ze afscheid van hem moest nemen. Over iemand leren kennen gesproken, het was niet zo dat ze in haar huwelijk Richard nou zo goed had leren kennen. Hij had haar totaal overrompeld met zijn komst hier. Dat had ze nooit verwacht.

Wat kwam hij hier precies doen? Hoe had hij haar gevonden? Had Curaçao hem goed gedaan? Was hij veranderd?

Drie klopjes op de deur onderbraken haar gedachten. Het was de code die ze met Zalia had afgesproken. Ze hinkte naar de deur, haalde het slot eraf en opende deze.

Zalia liep naar binnen en keek verbaasd naar haar enkel die ze enkele centimeters van de grond hield.

'Gaat het toch niet goed met die enkel?'

'Jawel hoor, maar ik heb er daarnet een beetje op gelopen. Nu wil ik hem even ontzien. Het gaat letterlijk stapje voor stapje beter.'

Zalia nam genoegen met dat antwoord en liep door naar de keuken.

'Kan ik wat voor je inschenken?'

'Nee, dankjewel. Straks misschien.'

Ze schonk voor zichzelf een glas mineraalwater in en trok een stoel bij. Ze zat nu recht tegenover Saskia die inmiddels op de bank had plaats-genomen.

'Jules wordt maandag begraven,' zei ze vlak. 'Een besloten bijeen-komst, voornamelijk zakenrelaties. Zijn ouders zijn overleden en met zijn twee broers had hij al jaren geen contact meer. Ik heb ze op de hoogte gesteld, maar betwijfel of ze komen.'

Saskia kon uit haar woorden niet begrijpen of ze wel of niet welkom was. Eerlijk gezegd maakte dit haar weinig uit. Als het aan haar lag, bleef ze daar weg. De pijn die Jules haar had gedaan lag nog vers in haar geheugen. Ze zou het alleen doen als Zalia het haar zou vragen.

Zalia draaide het glas tussen haar vingers rond. Ze keek Saskia recht in haar ogen en glimlachte vermoeid.

'Het wordt tijd dat ik jou het hele verhaal vertel, nietwaar?'

48

'Klaus en ik kenden elkaar al jarenlang. Het chalet was van mijn ouders, zij gebruikten het als vakantiehuis.'

Saskia knikte. 'Klaus heeft mij verteld dat jullie jeugdvrienden zijn.'

'Mooi, dan kunnen we dat stuk overslaan.' Zalia nam een slok van haar mineraalwater.

'Op een gegeven moment zag ik het in Nederland niet meer zitten. Foute vriendjes, werkgevers met wie het botste omdat ik te ambitieus was, een gespannen situatie met mijn ouders. Kortom, ik was het helemaal zat en besloot naar Zwitserland te gaan. In eerste instantie was die vlucht bedoeld om stoom af te blazen. Een paar maanden vakantie, er even tussenuit zouden me goed doen. Hoewel mijn ouders het niet zo stelden, zagen ze het al voor zich dat ik daarna met hangende pootjes zou terugkeren om weer in mijn oude omgeving aan de slag te gaan. Ze dachten dat ik gewoon even tot rust moest komen, dat ik dan wel wist wat ik wilde en een baan of man langer dan een paar maanden zou kunnen houden.

Het liep echter anders. Ik ging regelmatig uit en raakte hier en daar aan de praat. Drie weken na mijn komst kreeg ik een aanbieding in de makelaardij. Nu ik het zo vertel lijkt het simpel, maar vooral in die tijd lag het best gecompliceerd wat verblijfs- en werkvergunningen betreft. Mijn toenmalige baas beschikte echter over uitstekende contacten en hij wist het betrekkelijk snel te regelen. Trots op mijn baan, en toch ook een beetje met een lange neus naar Nederland, ging ik aan het werk. Al snel bleek dat ik hiervoor in de wieg was gelegd. Het beviel me uitstekend en hetzelfde gold voor mijn werkgever. Bovendien paste ik hier beter dan in Nederland. Ik weet niet wat het precies is, maar de mentaliteit hier, de bevrijding van de kleine persoonlijke ruimte in Nederland, het landschap, het land zelf, hier voelde ik me thuis. In die tijd was Klaus als kunstenaar in opkomst. Na het werk ging ik weleens bij hem langs of kwam hij bij mij. Avonden lang spraken we over onze toekomstplannen. Zijn droom was om Amerika te veroveren, terwijl de mijne hier lag.

De eerste maanden voelden als vanouds. We waren allebei ontspannen en genoten op een vriendschappelijke manier van elkaars gezelschap.

Op een avond kwam hij zomaar binnenvallen. Twee flessen wijn later sprong de vonk over. Hij bleef die nacht bij mij...'

Zalia sloot haar ogen en zuchtte. Saskia zat met verbazing te luisteren. Afgezien van de details leek Zalia's verhaal zo op dat van haar. Daarom had het zo snel geklikt. Misschien had Zalia ook wel iets van zichzelf in haar herkend.

Zalia knipperde even met haar ogen en vertelde verder. Haar nogal monotone verteltoon werd persoonlijker, warmer.

'Zes weken later wist ik dat ik zwanger was. Natuurlijk wilde ik het liefst naar Klaus rennen en het hem vertellen. Iets hield me tegen. In plaats van het spontane geluksgevoel dat bij zo'n fantastische gebeurtenis hoort, sloot ik me thuis op en dacht na. Het kostte me een week om de warboel in mijn hoofd te ordenen. De beslissing die ik uiteindelijk nam was keihard. Je wilt niet weten hoe vaak ik er later over heb nagedacht of ik toen wel de juiste beslissing heb genomen. Hoewel ik het tot aan vandaag nog niet zeker weet, denk ik dat ik het toen toch fout heb gedaan.

Ik zocht Klaus thuis op. In eerste instantie was hij verbaasd dat wij elkaar een week niet hadden gezien. Dat ik niet had gereageerd op zijn belletjes en het kloppen op de deur. Toen ik hem mijn verhaal vertelde, was dat niet meer belangrijk. In zijn ogen stond toen te lezen dat niets er meer toe deed...'

Zalia stond op en draaide haar hoofd weg. 'Sorry.' Ze haalde haar neus op.

'Kan ik dan nu wat te drinken voor je inschenken?' zei ze gemaakt nonchalant.

'Doe maar een glas water.'

Zalia verdween naar de keuken. Toen ze terugkwam, leek ze zichzelf hervonden te hebben. Ze zette een vol glas voor Saskia neer en ging weer zitten.

'Ik vertelde Klaus dat ik zwanger was van iemand anders. Dat ik niet wist of ik van deze man hield. De toekomst zou dit uitwijzen. Om die relatie een kans te geven zou ik naar Zermatt verhuizen. Mocht het onverhoopt niet lukken, dan zou ik mijn kind alleen opvoeden.'

Saskia kon Klaus' reactie wel voor zich zien. Totaal verbouwereerd, op slag gebroken door dit nieuws. Een vreselijke en vernederende mededeling. Zo was het waarschijnlijk op hem overgekomen.

'Waarom?' vroeg ze.

'We waren geen stelletje. Ik was per ongeluk zwanger geraakt. Hoewel mijn carrière toen al heel belangrijk voor me was, wilde ik het kind houden. De vader was echter een ander verhaal. Ik kan me voorstellen dat jij met het beeld dat je van Klaus hebt dit een onbegrijpelijke beslissing vindt. Maar in die tijd was Klaus een wildebras die het met veel dingen in het leven niet zo serieus nam. Hij leefde voor zijn kunst en de rest was bijzaak. Tenminste, dat dacht ik toen. Nu denk ik daar ook anders over. Misschien had ik hem een kans moeten geven om een andere kant van zichzelf te laten zien.

Ik huurde een appartement en vertrok naar Zermatt. Een paar weken later stapte Klaus op het vliegtuig naar Amerika, waar hij ruim zeven jaar bleef.'

Saskia zag hoe haar vingers even langs de barnsteenring gleden.

'Vlak na het ongeluk met Amber kreeg ik een relatie met Jules. We kenden elkaar net en in die vreselijke periode was hij mijn steun en toeverlaat. Daarna bloeide er iets tussen ons op en werden we een stel. Ik wilde weg uit het appartement waar ik vijf jaar met Amber had gewoond. Na veel wikken en wegen besloten we naar mijn "ouderlijk huis" te verhuizen. Weg van Zermatt, hier konden we een nieuwe start maken.'

'En toen kwam Klaus terug.'

Zalia knikte. 'Weer brak er een zware tijd voor me aan. Jules wist niet wie de vader van Amber was en respecteerde mijn zwijgen hierover. Voor mij was het de weg van de minste weerstand geweest als ik gewoon mijn mond had gehouden, Klaus in de waan had gelaten dat ik een dochter had verloren die door een ander was verwekt.'

Ze keek recht voor zich uit en schudde traag met haar hoofd.

'Maar dat kon ik niet. Waar zeven jaar daarvoor iets in me had gezegd dat ik moest liegen, had ik opeens sterker dan ooit de aandrang om de waarheid te vertellen. Dat als ik het nu niet zou vertellen, ik hem nooit meer in de ogen kon kijken. Ik kon moeilijk weer met het hele gezin verhuizen en dat ook niet van hem vragen zonder goede reden. Het was gewoon tijd. Klaus was in die jaren veranderd. Hij was in alles volwassen geworden, was zijn wilde haren verloren en uitgegroeid tot een rustige, standvastige man.'

Saskia begreep wat ze bedoelde. Dat was haar meteen aan hem opgevallen.

'Hij nam het goed op, voor zover je zoiets goed kunt opnemen. Op een avond dat Jules voor zaken weg was, hebben we tot middernacht gesproken. Alles werd uitgepraat: van mijn besluit om tegenover hem te liegen over het vaderschap, mijn tijd met Amber in Zermatt, het ongeluk van Amber, tot aan het huwelijk met Jules en onze kinderwens die in vervulling zou gaan. Toen we afscheid namen was er wederzijds respect, tenminste, zo voelde ik het. Ik was een beetje verbaasd, maar ook opgelucht dat hij het zo kalm opnam, en me niet verrot schold of me nooit meer wilde zien. Het is natuurlijk altijd mogelijk dat Klaus diep in zijn hart heel andere gevoelens koesterde.'

'Je bedoelt dat hij het jou helemaal niet vergaf? Of dat hij Jules haatte, dat die zijn plek ingenomen had? Of misschien dat hij diep in zijn hart wrok koesterde tegen Claudine die verantwoordelijk was voor het ongeluk?'

Zalia hief beide handen waarmee ze duidelijk maakte dat ze het niet wist.

'Alleen op die laatste vraag kan ik een antwoord geven. Het is logisch dat Klaus veel vragen had over het ongeluk. Ik vertelde hem wat ik wist en had meegemaakt. Na het ongeluk heb ik regelmatig telefonisch contact met Claudine gehad. Geloof me, ze was er helemaal kapot van. Dat achteraf blijkt dat ze een financiële deal met Jules had, doet daar niets aan af. Het ongeluk van Amber had haar zeer aangegrepen, zo heb ik het ook aan Klaus verteld.'

'Daarom wist Klaus meteen dat Jules loog toen hij vertelde dat Claudine enkel in geld was geïnteresseerd en de dood van Amber haar weinig tot niets deed,' concludeerde Saskia. 'Dat stond haaks op het verhaal dat jij hem had verteld.'

Zalia knikte. 'Helaas geloofde hij mij…'

'En toen knapte er iets bij hem. Jarenlang opgekropt verdriet werd omgezet in één catastrofale woede-uitbarsting.'

Enkele minuten werd er niets gezegd, totdat Saskia de stilte verbrak.

'Op die eerste twee vragen kan ik wellicht een antwoord geven. Ik weet bijna zeker dat hij Jules niet haatte. Hij had het geaccepteerd, of moeten accepteren, dat jullie getrouwd waren. Na mijn korte relatie met hem en hetgeen ik nu weet, durf ik te stellen dat hij voor jou een heel speciaal plaatsje in zijn hart had. Jij was de liefde van zijn leven, Zalia. Dat is moeilijk voor me om te zeggen omdat ik verliefd op hem was, misschien nog ben, dat moet slijten. Maar ik realiseer het me wel. Iedere vrouw na jou moest de leegte in zijn hart opvullen.'

Zalia kneep haar lippen samen. Het lukte haar niet om de tranen te bedwingen. Ze veegde ze snel weg met haar hand.

'Nu wil ik jou wat vragen,' ging Saskia verder. Weer een stilte zou het voor Zalia alleen maar moeilijker maken.

'Heeft Claudine later ooit contact met jou gezocht?'

'Nooit. Zoals ik net al zei: de weken na het ongeluk hebben we regelmatig telefonisch contact gehad en daarbij is het gebleven.'

Voordat Saskia haar volgende vraag kon stellen, klonk er een pieptoon uit de tas van Zalia. Ze pakte haar telefoon, las het bericht en stopte het mobieltje weer terug in haar tas.

'Ik moet ervandoor. De afspraak met kopers van Jules' bedrijf is ver-vroegd.'

Ze nam haar tas op schoot, haalde er een witte enveloppe uit en gaf deze aan Saskia.

'Dit is jou overkomen,' zei ze terwijl ze Saskia aankeek. 'Door dit drama zijn er echter zoveel zaken veranderd, dat het onmogelijk is om op de oude voet door te gaan. Jouw toekomstperspectief ligt opeens in gruzelementen. Hoewel ik dit natuurlijk nooit heb gewild, is het voor een groot deel mijn schuld.'

Saskia wilde protesteren. De snelle handbeweging van Zalia liet dit niet toe.

'Dit spreekt ook voor je,' zei ze met een opspelende glimlach die met-een weer verdween.

'We moeten door. Ik vooral voor mijn kinderen en jij voor jezelf. We hebben hopelijk nog een heel leven voor ons liggen. Het is geen kwestie van willen, maar van moeten.'

Ze gaf de enveloppe aan Saskia.

'Met de inhoud hiervan kun je een nieuw leven beginnen. Je kunt me overal en altijd voor bellen, behalve als het om de inhoud van deze enveloppe gaat. Hierover heb ik een besluit genomen en dat staat vast.'

Ze stond op, liep naar Saskia toe en omhelsde haar.

'Ik moet nu gaan. Vanavond slaap ik bij de kinderen. Ik hoop je nog te zien, maar kan geen garanties geven. Er is nog zoveel te doen.'

Ze gaven elkaar een kus op de wang, waarna Zalia in de richting van de deur liep.

'Zalia?'

Ze draaide zich om.

'Ga je het Pim en Dione vertellen?'

Ze knikte. 'Ja, ik ga het ze vertellen. Alleen weet ik nog niet hoe en wanneer.'

Saskia keek haar na toen ze naar haar auto liep. Dit was een afscheid, ging het door haar heen. Opeens kreeg ze het gevoel dat het heel lang kon duren voordat ze Zalia weer zou zien.

Vermoeid en geëmotioneerd ging ze op de bank zitten. Pas na een tijdje herinnerde ze zich de enveloppe die ze nog vasthield. Ze opende hem. Er zat een cheque in. Ze knipperde een paar keer met haar ogen omdat er wel erg veel nullen op het papier stonden. Nadat ze voor de tweede en derde keer naar het bedrag had gekeken, wist ze het zeker. Het was een cheque ter waarde van honderdduizend euro.

49

Het gesprek met Zalia had haar op het juiste spoor gezet. Ze had haar vragen, het eindeloos opnieuw herhalen van wat er gebeurd was en het analyseren van haar eigen acties eindelijk een beetje van zich af kunnen schudden. Ze wist dat ze daar niet in kon blijven hangen en dat ze over haar toekomst na moest denken. Wat ging ze doen?

Het hoge bedrag van de cheque had haar meer gedaan dan ze had gedacht, daar moest ze tegenover zichzelf eerlijk over zijn. Het was nog steeds een beetje onwerkelijk en ze twijfelde of ze hem niet gewoon terug moest geven aan Zalia, of moest verscheuren. Ze had geen idee gehad dat de Laponders zo gefortuneerd waren. Ze leefden niet overdreven luxe en hadden geen kapsones. Met dit geld kon ze een tijd vooruit, maar hoe? Eigenlijk was de vraag wat ze met dat geld precies ging doen niet de belangrijkste vraag. Hoe ze hier weg zou komen wel. Want er was één ding dat ze zeker wist en waarin ze van Zalia verschilde. Ze wilde terug naar Nederland. Of in elk geval weg van hier, weg van het drama dat zich hier had afgespeeld.

Het geld was een afkoopsom. Omdat het echter zo'n hoog bedrag was, klonk dat heel ondankbaar, bijna als een beschuldiging. Zalia had haar ook een fractie van dit bedrag kunnen geven, of helemaal niets. Nee, ze moest het anders zien, het was een schadevergoeding.

Eigenlijk kon alleen het politieonderzoek haar nog tegenhouden om te vertrekken. Daarom had ze vanochtend gebeld en de vriendelijke rechercheur vond het geen probleem als ze terug naar Nederland ging. Ze liet een telefoonnummer, haar adres en het adres van haar moeder achter voor het geval ze nog niet in haar eigen huis woonde en daarmee was het klaar. Over een aantal maanden zou ze ongetwijfeld worden opgeroepen als getuige bij het proces van Klaus. Maar dit was van later zorg.

Op haar fysieke probleem na stond dus niets een snel vertrek in de weg. Toch bleek die pijnlijke enkel een groter probleem naarmate ze haar mogelijkheden overdacht. Een terugreis met de auto genoot haar voorkeur. Ze kon al haar spulletjes meenemen en was bij thuiskomst mobiel. Zelf rijden zou erg moeilijk en pijnlijk worden. Het kon wel, maar dan zou ze onderweg constant moeten rusten en bedroeg de reistijd misschien wel vier of vijf dagen.

Als ze al haar bagage mee wilde krijgen, dan was het vliegtuig of de trein bijna niet te doen. Uiteindelijk bleef er maar één snelle en comfortabele optie over: een auto met chauffeur. Hierdoor kwam Richard in beeld.

Ze had een plan maar twijfelde nog. Aan de ene kant wilde ze hier zo snel mogelijk vandaan, terwijl ze zich ook weer niet blind in een volgend avontuur wilde storten, want als Richard hier echt speciaal was gekomen om haar te zien, dan stond haar nog wat te wachten. Een nieuwe liefdesverklaring waarschijnlijk. Daarom had ze met zichzelf afgesproken om Richard eerst te 'keuren'. Het klonk nogal idioot, maar voordat ze hem een voorstel zou doen, wilde ze eerst weten hoe hij eraan toe was. Of hij veranderd was. Dan durfde ze de reis met hem wel aan, wat voor haar niet automatisch betekende dat ze daarna ook samen verder zouden gaan.

Klokslag vijf uur stapte Richard uit zijn huurauto en liep naar haar huis. Ze deed de deur open en begroette hem. Voor het eerst spraken ze uitgebreid over de afgelopen dagen. Hoe ze die hadden doorgebracht en hoe ze de impact van de gebeurtenissen van zondagavond verwerkten. Richard was zijn machogedrag kwijt. De moord op Jules had diepe indruk op hem gemaakt. De afgelopen nachten had hij slecht geslapen; beelden van die zondagavond achtervolgden hem nog steeds. Saskia vertelde dat ze met hetzelfde probleem kampte. Hopelijk was het een kwestie van tijd dat ze er niet meer elke dag aan zouden denken, en zouden ze daarvoor geen professionele hulp nodig hebben.

Richard reageerde verrassend openhartig en begon over het afgelopen jaar te vertellen. Hij zag hulpverlening als een soort van leidraad waarmee je je leven weer op orde kon krijgen. Het had hem goed gedaan, maar hij had de psycholoog niet meer nodig.

Terwijl hij sprak, luisterde ze naar zijn stem en hield zijn lichaamstaal goed in de gaten. In veel deed hij haar denken aan de Richard van jaren geleden. De opportunist. Hij was nog net zo enthousiast, maar volwassener. Hij leek de wereld niet meer als zijn universum te beschouwen. Niet elke zin begon meer met 'ik', en niet alle gebeurtenissen waren nog de schuld van de ander. Wellicht had hij zijn zaakjes weer op orde.

Het begin van hun gesprek was in elk geval hoopgevend. Nu was het tijd om hem wat directere vragen te stellen.

'Hoe heb jij me gevonden?'

Hij lachte jongensachtig. 'Jij schakelt ook snel over van onderwerp, zeg.'

Ze bleef hem vragend aankijken, waarop hij glimlachend met zijn hoofd schudde.

'Dat zijn de geheimen van een amateurprivédetective, Sas. Onthul nooit je contacten.'

Ze grinnikte even, daar was de charmeur weer. Voor zover zij wist, kenden alleen haar familie en Karlies dit adres. En ze kon zich niet voorstellen dat een van hen het aan Richard had gegeven. Niet zonder dit voor- of achteraf aan haar te melden. Ze besloot nog een poging te wagen. Juist de antwoorden op dit soort vragen waren cruciaal om te weten of hij echt was veranderd.

'Vind je niet dat ik er recht op heb om het te weten? Je begrijpt toch dat ik, nadat je me in Nederland zo lang in de gaten hebt gehouden, achterdochtig ben?'

'Natuurlijk, natuurlijk. Sorry, ik wil niet flauw doen. Ik zal het maar eerlijk vertellen. Toen ik die avond bij je langskwam om afscheid te nemen, vond ik het zo kaal. Ik dacht: misschien ga je weg, wat ik heel goed begreep, ik deed immers hetzelfde. En toen viel mijn oog op het papier naast de telefoon. Je had een adres in Zwitserland opgeschreven. Ik heb het onthouden, ook al wist ik dat we elkaar niet meer konden zien.'

Ze kon zich totaal niet herinneren of ze inderdaad haar aantekeningen naast de telefoon had laten liggen en ze had ook helemaal niet gemerkt dat hij ernaar had gekeken, maar het deed er eigenlijk ook niet meer toe.

'Waarom ben je hier dan precies, Richard? Ik neem aan dat je niet voor de wintersport bent gekomen.'

Hij grinnikte. 'Nee, de wintersport kan me weinig schelen. Wij hadden het leuk in Oostenrijk en daarbij wil ik het houden. Of je moet zin hebben om daar te gaan skiën, dan stappen we nu in de auto en rijden erheen.'

Direct na deze woorden maakte hij een verontschuldigend gebaar.

'Sorry. Dit hele gedoe hier heeft me ontzettend ongemakkelijk gemaakt. En het zet datgene waarvoor ik ben gekomen in een ander perspectief, daarom weet ik niet zo goed meer hoe ik het moet brengen.'

Hij was inderdaad van het ene op het andere moment in een bizarre situatie terechtgekomen en ondervond hiervan nog steeds ongemak.

'Ik ben hier voor jou, Sas,' ging hij op serieuze toon verder. 'Dat snap jij toch ook wel?'

Ze knikte. Natuurlijk wist ze dat, maar ze wilde nu eerlijkheid. Geen gekonkel en gedraai meer, hij had een hoop uit te leggen.

'Curaçao was... interessant. Ik heb er gewerkt, gefeest, gelachen, gehuild, maar vooral nagedacht. Over het verleden en de toekomst. Ik was in Nederland behoorlijk de weg kwijt. Ik wist niet meer wat ik wilde, had geen idee over mijn toekomst, herkende mezelf niet in de situatie van een ontslagen en gescheiden man en kon niet fatsoenlijk omgaan met onze scheiding en de gevoelens die ik nog voor je had. Op Curaçao is me veel duidelijk geworden. Over mijn agressie, mijn ontevredenheid en de manier waarop ik dat heb geuit. Ik heb te veel opgekropt, te veel vastgehouden aan een beeld dat ik van mezelf had, en waarop ik maar niet wilde gaan lijken. Ik heb daar geleerd los te laten en zag toen pas wat ik echt belangrijk vond.'

Saskia kon wel raden waar dit gesprek heen ging. Voor haar was het veel belangrijker hem te doorgronden. Was hij oprecht of speelde hij toneel? En het allerbelangrijkste: kon ze hem nog vertrouwen?

'Ik ben nog steeds gek op je. Daar kunnen alle mooie, lieve en aantrekkelijke vrouwen op de wereld geen verandering in brengen. Wij zijn ver uit elkaar gegroeid en leiden ons eigen leven. De kans dat jij en ik ooit weer een stel worden is klein, daarvan ben ik mij volledig bewust. We zijn gescheiden en in het verleden heb ik stomme dingen gedaan. En toch moest ik deze reis maken. Als ik dat niet had gedaan, had ik mezelf nooit meer serieus kunnen nemen. Had ik nooit meer fatsoenlijk in de spiegel kunnen kijken. Mijn gevoelens voor jou zijn nog even sterk als in de mooie jaren van ons huwelijk. Of dat wederzijds is, weet ik niet. Eerlijk gezegd denk ik dat dit niet het geval is, maar je had gelijk in Nederland. Ik heb er nooit goed met je over gepraat. Dat is wat ik hier wilde komen doen.'

Terwijl hij diep in- en uitademde, bleef hij haar aankijken. Saskia zag een man die zijn hart uitstortte. Dit was precies waar ze eigenlijk al die jaren op gewacht had. Niet dat ze hem terugwilde, maar als hij dit eerder had gekund, dan was het misschien nooit zover gekomen allemaal. Maar goed, daaraan denken had helemaal geen zin.

'Ik vraag me af of het zo heeft moeten zijn,' zei hij. 'Begrijp me niet verkeerd, ik vind het vreselijk wat er hier is gebeurd. Toch speelt het af en toe door mijn hoofd dat het wellicht is geregisseerd door een hogere macht. Ik ben een verre van zweverig type, maar het is wel heel toevallig dat ik hier aankom en de hel losbreekt. Het kan natuurlijk toeval zijn, er gebeuren tenslotte zoveel rare dingen. Maar het blijft vreemd, nietwaar?'

Hij glimlachte.

'Zo zie je maar wat een lange opsluiting in een hotel met je kan doen. Je gaat de vreemdste dingen denken.'

Ze lachte onwillekeurig met hem mee. Zelfspot had hij vroeger nooit gehad. Hiermee scoorde hij weer een punt. Of wilde ze dat hij een punt zou scoren? Ook zij moest oppassen voor de vroegere valkuilen.

Ze stond op en vroeg of hij iets wilde drinken. Daar waren ze allebei wel aan toe.

50

Wat had haar gisteren bezield? Was er echt geen enkele andere uitweg dan een hele dag met Richard in de auto zitten? Gisteren had het nog zo'n goed idee geleken, want hij leek echt veranderd. Nu vroeg ze zich af of ze gisteren wel objectief genoeg was geweest. Of het niet te vroeg was om meteen zo'n lange tijd samen te zijn. Of ze zichzelf niet op een geweldige manier had belazerd. Helemaal objectief kon ze natuurlijk nooit zijn, na al die jaren, maar ze had gisteren gedacht dat de tijd die ze nu beiden in het buitenland hadden doorgebracht ervoor zou zorgen dat ze anders naar elkaar konden kijken. Dat was ook gebleken, maar het ongemakkelijke gevoel dat ze nu had, wilde niet weggaan. Misschien dat oud zeer nog steeds zeer deed. Hij had haar gekwetst en hoe hij nu ook zijn best deed, daarmee was niet alles vergeven en vergeten. Wat wist ze nu helemaal van 'de nieuwe' Richard, dacht ze. Dat hij van Curaçao hierheen was gekomen om haar te melden dat hij nog steeds van haar hield. Het deed haar goed, maar ze had er niet heel veel aan. Ze was niet van plan weer een relatie met hem aan te gaan en zo'n bekentenis maakte het er niet makkelijker op. Het zou een lange reis worden en ze hadden voldoende te bespreken, al stond dat haar nu wel tegen. Ze had hem weliswaar gezegd dat ze voorlopig niet toe was aan een relatie, maar hem niet duidelijk verteld dat ze geen gevoelens meer voor hem had. Dat was een essentieel verschil waarmee ze natuurlijk hoop bij hem had opgewekt. Eigenlijk, als ze heel eerlijk was, deed ze dit alleen omdat ze hem nodig had als chauffeur en om de sfeer goed te houden. In Nederland zou ze wel verder zien. Hoe kon ze van hem verwachten dat hij in één avond alles op tafel zou gooien, als zij dat ook niet deed?

Ze keek door een kier in de gordijnen en zag hoe Richard uit een taxi stapte. Hij had gisteren zijn huurauto teruggebracht en daarna een taxi naar zijn hotel genomen. Ze zouden met haar auto terugrijden. Het sneeuwde. Lichte vlokken. Niets om je omgerust over te maken. Het moest echt fors sneeuwen om de Zwitserse strooiwagens in de problemen te brengen. Tot die tijd hielden zij de wegen perfect schoon. Ze hoopte dat het zo bleef.

Terwijl ze haar enkel zo veel mogelijk probeerde te ontzien, sleepte ze haar eerste koffer naar de deur. Ze kon niet meer terug. Omdat ze zo gehaast was geweest om deze plek te verlaten, had ze een kans gegrepen die ze misschien wel had moeten laten liggen. Ach, wat kon er misgaan. Zelfs als ze ruzie zouden krijgen, dan konden ze alsnog morgen voorgoed afscheid nemen. Ze zag er nog meer tegen op om hier te blijven. Go with the flow.

'Goedemorgen,' zei Richard opgewekt. 'Wat een heerlijk weer.'

Saskia glimlachte flauwtjes. Hij tilde de koffer op en liep ermee naar de deur.

'Waar zijn de sleutels, dan zet ik deze vast in de auto.'

Ze knikte in de richting van de keukentafel, waarna Richard de sleutels pakte.

Hij was opgewekt en behulpzaam. Net als gisteren. Ze moest hem een kans geven. Wie weet werd het nog gezellig.

'Nummer twee,' glimlachte Richard en liep met de koffer naar buiten.

Ze draaide zich om en keek of ze nog iets vergeten was. Och, natuurlijk. In de haast waren Zalia en zij vergeten afspraken te maken over haar Zwitsers mobieltje en de huissleutels. Ze zou de telefoon binnen leggen en de sleutels na afsluiten door de brievenbus gooien. Dat zou Zalia wel begrijpen. Ze checkte haar handtas. Alles zat erin: haar paspoort, portemonnee, rijbewijs, eigen mobiel, huissleutels en de cheque. Haar bankrekening! Wat moest ze daar…

'Wat is het volgende?' wilde Richard weten.

Die bankrekening kwam wel, desnoods kwam ze nog een keer terug, dat moest toch voor het proces van Klaus. Tja, wat moest er nog meer mee? Ze twijfelde of ze de gekregen skiuitrusting mee moest nemen. Onhandig. Bovendien was het een tastbare herinnering aan haar tijd in Zwitserland. Niet doen, dus.

'Wat kleine dingen en ik moet dit nog even bij Zalia afgeven en afsluiten.'

'Oké, ik help je wel en dan kunnen we gaan,' antwoordde Richard. Hij had er duidelijk zin in.

51

Het autorijden was goed te doen. De strooiwagens reden af en aan, waardoor de weg nat, maar niet glad was. Richard paste zijn snelheid aan de omstandigheden aan, zodat ze met zestig kilometer per uur door de dalen reden. Tot aan de autotrein bleef het een tweebaansweg, wist ze nog van de heenreis. Daarna werd het de snelweg; dat zou wel nog een stukje prettiger rijden.

'Nog vijftien kilometer naar die trein,' las Richard vanaf een bord. 'We zijn daar ongeveer om halfnegen. Precies zoals we gisteren hadden berekend.'

Saskia knikte. Na de treinreis volgde het langste stuk: de snelweg tot aan Amsterdam.

Dan zou ze vermoeidheid veinzen. Ze had opeens helemaal geen zin meer om te praten. Eerst opzichtig gapen, daarna zogenaamd in slaap vallen. Zo rond het middaguur zou ze weer wakker worden. Voordat Richard de kans kreeg een serieus gesprek te voeren, zou ze hem voor een lunch uitnodigen.

Eenmaal weer op weg kon ze doen alsof ze zich niet lekker voelde. In Nederland zou het beter met haar gaan en in Amsterdam aangekomen zou het bijna over zijn, maar had ze wel een goed excuus om hem zo snel mogelijk te bedanken en afscheid te nemen. Ze moest nog even vragen of ze bij Karlies kon blijven, want haar onderhuurder zou de rest van de maand nog in haar huis zitten. Ze was blij dat die vrouw zo relaxed had gereageerd toen ze vertelde dat ze onverwacht terug naar Nederland kwam. Als Karlies niet thuis was, kon ze altijd nog naar een hotel.

'Wat een koud rotweer,' zei Richard. 'Ik kom natuurlijk van een tropisch eiland, maar hoe heb jij dat hier zo lang volgehouden?'

Saskia haalde haar schouders op. 'Gewoon je warm kleden.'

'Elke avond de open haard aan?'

Voordat ze doorzag waar hij heen wilde had ze al instemmend geknikt. 'Die Klaus was een expert in het aanmaken van de open haard. Ik kan me niet herinneren dat ik het iemand ooit zo snel heb zien doen.'

Saskia keek even snel opzij of hij het niet cynisch bedoelde. Zo had het niet geklonken. Wel viel het haar op dat hij over Klaus in de verleden tijd sprak.

'Kijk, een benzinestation,' zei hij. 'Net wat we nodig hebben.'

Hij stuurde de auto de afrit op, stopte naast een pomp en stapte uit.

'Ik gooi hem vol en koop wat te knabbelen voor onderweg.' Hij sloot het portier en liep naar de achterkant van de auto om de klep van de tank te openen.

Terwijl hij stond te tanken, opende ze haar handtas om haar telefoon te pakken. Van Zalia had ze helaas niets meer gehoord. Gisterenavond had ze haar gebeld, maar ze had niet opgenomen. Omdat ze niet zonder bericht wilde vertrekken, had ze een sms'je gestuurd. Ze zag dat ze geen berichten had.

Toen Richard naar het tankstation liep, verstuurde ze een sms aan Karlies.

KOM VANDAAG NAAR AMSTERDAM. KAN IK BIJ JOU SLAPEN? ANDERS NEEM IK HOTEL. TOT STRAKS!

Ze stopte het telefoontje weer terug in haar tas. Het kon dat ze vanavond voor een gesloten deur stond, maar ze hoopte dat Karlies thuis zou zijn. Ze schrok van de ringtone van haar mobiele telefoon. Snel pakte ze het mobieltje uit haar tas en zag aan het nummer dat het Karlies was. Ze glimlachte en drukte op het groene icoontje.

'Zo, jij bent vroeg op!'

'Hallo, Saskia,' antwoordde een donkere mannenstem. 'Je spreekt met Karel Oostveen, de vader van Karlies.'

'O, sorry! Dag meneer Oostveen,' mompelde ze.

'Ik ben op weg naar het ziekenhuis en zag je berichtje. Laat mij het maar weten als je in Amsterdam bent, dan kun je de sleutel van Karlies' appartement krijgen. Tenminste, als je geen andere slaapplaats hebt.'

Ze begreep niets van zijn antwoord. Waarom moest hij de sleutel aan haar geven? Kon Karlies dat zelf niet? Waarom droeg hij haar mobiele telefoon bij zich?

'Karlies ligt in het ziekenhuis,' verduidelijkte hij. 'Ze is verleden week donderdagavond in haar appartement overvallen en daarbij zwaargewond geraakt.'

Saskia dacht dat ze ter plekke door de bliksem werd getroffen.

'Een vriendin heeft haar dezelfde avond nog gevonden. Dat is haar redding geweest.'

'Hoe is het met haar?'

'Ze is donderdagnacht geopereerd aan een schedelbasisfractuur. Sindsdien houden de artsen haar kunstmatig in coma. De andere verwondingen moeten vanzelf genezen. Dit weekend willen ze de dosis verminderen, waardoor ze op een gegeven moment uit haar coma komt.' Ze hoorde zijn stem breken. 'Toen het ziekenhuis mij belde, ben ik direct vanuit Monaco overgevlogen en voorlopig blijf ik hier.'

'Ik weet niet wat ik moet zeggen,' stamelde ze. 'Komt het goed met haar en heeft de politie de dader al?'

Ze hoorde hem ontkennend grommen. 'Volgens de dokters komt ze er weer bovenop. En over de dader... Ik hoop dat ze hem ooit pakken, dan zal ik hem het leven zuur maken.' Hij liet een stilte vallen waarin ze zijn woede en machteloosheid bijna kon voelen.

'Het sporenonderzoek in haar huis is echter afgerond. Daarom kun jij daar slapen als je wilt. We hebben ook een extra slot op de deur gedaan, al is er geen spoor van inbraak geweest. Ze moet diegene zelf binnengelaten hebben.'

O, Karlies! Deze keer is je naïviteit je fataal geworden...

Richard kwam het tankstation uitlopen.

'Dank u wel voor het aanbod, maar ik heb al een andere slaapplaats. Ik bel u zodra ik in Amsterdam ben.' Voor geen goud ging ze nu in dat huis slapen.

'Rij voorzichtig. Tot gauw.' Hij verbrak de verbinding.

Richard stapte in, startte de motor en reed weg. Toen ze op de twee-baansweg reden, keek hij haar aan.

'Jezus, wat is er aan de hand? Heb je soms een spook gezien?'

Ze was letterlijk sprakeloos. Zonder te antwoorden draaide ze haar hoofd opzij en keek afwezig naar buiten. Richards blik gleed naar beneden, waar hij haar mobiele telefoon boven op haar handtas zag liggen. In stilte reden ze even later het terrein op waar de trein stond.

52

Het begon steeds grijzer te worden. Sneeuwvlokken vielen in een traag tempo uit de lucht. Ze tuurde door het winterse gordijn. Ze zag haar beste vriendin op de vloer van haar huiskamer liggen. Bloed stroomde uit haar hoofd. Al haar spullen overhoopgehaald of beschadigd.

De schokbrekers van de Ford Fusion deden hun werk toen Richard de auto de trein opreed. Bij elke metalen hobbel veerde de auto licht op en neer. Hij stopte vlak achter een SUV.

Saskia kon het bijna niet geloven dat Karlies in het ziekenhuis lag, ook al had ze zo vaak gezegd eerst te kijken wie er voor de deur stond. Ze wist dat het geen buurt was waar men langs de deur ging om iets te verkopen of een enquête te doen en Karlies had gelijk gehad dat er meestal alleen vrienden langskwamen. Maar toch. Zo had ze Richard maanden geleden ook binnengelaten. Met alle gevolgen van dien... Richard, donderdagavond, dacht ze. Vrijdagavond was hij hier! Als dit waar was...

'Hoe ben jij precies aan mijn adres gekomen?' Met alle macht probeerde ze de beschuldigende toon uit haar stem te weren.

'Dat heb ik je al verteld,' antwoordde hij lacherig. 'Een goede privé-detective...'

'Hou op met die onzin,' beet ze hem toe. 'Beantwoord mijn vraag. Volgens mij had ik helemaal geen briefje naast de telefoon liggen met het adres erop. Ik had al die spullen in mijn handtas zitten. Hoe ben jij aan mijn adres in Zwitserland gekomen?!'

Hij wendde zijn gezicht af en keek naar buiten. De trein was in beweging gekomen. Langzaam reden ze door het besneeuwde landschap in de richting van de tunnel die een paar honderd meter verderop lag.

'Dat is toch onbelangrijk, Saskia. Waar het om…'

'Het is niet onbelangrijk! Beantwoord gewoon de vraag die ik je stel. Hoe ben jij aan mijn adres gekomen?!'

Ze reden de tunnel in. Van het ene op het andere moment werden ze opgeslokt door het donker. Het beetje licht dat er nog van achteren kwam verdween. De trein kreeg meer vaart, het werd zwart om haar heen.

'Waar het om draait is mijn liefde voor jou,' ging Richard zoetgevooisd verder.

'Ik ben hier helemaal naartoe gereisd om jou mijn onvoorwaardelijke liefde te verklaren. Want dat is het, daarvan ben ik sinds mijn verblijf op Curaçao overtuigd geraakt. Diep in mijn hart wist ik wel dat er zoiets moois bestond, Saskia. Maar ik moest eerst een aantal beproevingen doorstaan voordat ik het zag. Toen ik het zeker wist, heb ik geen moment meer geaarzeld en ben naar je toe gekomen.'

O… mijn… god, ging het door haar heen. Hij is gestoord, compleet van de wereld. Zijn hele optreden was één grote leugen. Ik zit met een psychopaat in de auto. En ik kan er niet uit.

'Wij horen bij elkaar,' ging hij op dezelfde toon verder. 'Sinds ik dat weet, heb ik een soort rust gevonden. Daarom kon ik het makkelijk opbrengen om in het hotel te wachten tot ik jou weer zou zien. Ook dat behoorde tot het proces. Het wachten. En het wachten op jou is het waard.'

Hij is gek, maak geen fouten. Hij heeft een krankzinnige visie en onderbouwt die met zweverig gezwets. Terwijl hij nog steeds geen uitlaatklep voor zijn agressie heeft gevonden. Als hij Karlies inderdaad heeft aangevallen, en ze voelde dat hij dat had gedaan, is hij ook gevaarlijk. Wat moet ik doen? Het spel meespelen of keihard tegen hem ingaan?

'Ik respecteer je gevoelens,' probeerde ze zo diplomatiek mogelijk te antwoorden. 'Maar voordat we daarover praten wil ik graag weten hoe jij mij hebt gevonden.'

Hij lachte smadelijk.

'Nogmaals, dat is onbelangrijk. Een bijzaak die verdwijnt in het grote geheel. Het gaat nu om ons. De rest doet er niet toe.'

Ze voelde hoe hij zijn hand op haar been legde. Rustig, maar beslist duwde ze zijn hand weg.

'Niet doen, Richard. Daar heb ik geen enkele behoefte aan.'

Hij boog zich naar voren. Zijn adem gleed langs haar gezicht. Weer legde hij zijn hand op haar been.

'Het wordt weer zoals vroeger,' fluisterde hij. 'Jij en ik.'

Hij kuste haar lippen, teder maar vol passie. De walging trok door haar hele lichaam. Ze duwde hem van zich af. Gedwongen door de onverwacht krachtige beweging liet hij haar los. Op dat moment passeerde de trein een van de lichten die om de paar honderd meter in de tunnel hingen. In een flits zag ze zijn gezicht. De vriendelijke trekken waren verhard.

'Jij bent van mij,' zei hij beslist en hij boog zich naar voren om haar schouders tegen het portier te klemmen. Weer beroerden zijn lippen haar. Hij kuste haar hals, zijn mond kroop langzaam omhoog.

'Van mij,' klonk het begerig. In zijn opgewondenheid liet hij haar linkerschouder los. Zijn hand daalde en kneedde haar borst. Hij kreunde.

'Stop hiermee, Richard!'

Zijn vingers gleden over haar buik. Toen zijn hand haar kruis bereikte, sloeg ze hem zo hard mogelijk met haar vrije hand. Ze raakte zijn oog en met een schreeuw sloeg hij naar achteren.

Ze moest hier weg. Alles was beter dan in deze kleine ruimte te blijven. Ze trok aan de hendel van het portier en duwde. Door de snelheid van de trein was het nog een hele klus om het portier te openen. De wind suisde om haar hoofd toen ze haar lichaam naar buiten wurmde.

'Blijf hier!' hoorde ze Richard schreeuwen. Door het lawaai dat de trein produceerde en de gierende wind leek zijn stem van ver te komen. Met één hand aan het portier en de andere aan het rubber van het dakgootje, stapte ze zo goed en zo kwaad als het ging naar buiten.

53

De afstand tussen de zijkant van de auto en de opstaande rand van de langgerekte oplegger was een centimeter of twintig. Haar voet paste er in de lengte tussen, maar ze hield zich alleen vast aan het dakgootje van de auto, waardoor ze nog steeds wankel stond. De oplegger deinde licht op en neer, maar het was vooral de wind die het staan moeilijk maakte.

Centimeter na centimeter liet ze haar lichaam langs de zijkant van de auto glijden. Toen ze zo ver was dat ze het portier kon sluiten, klemde ze haar vingertoppen nog steviger rond de rubberen rand en liep voetje voor voetje naar de voorkant van de Ford Fusion. Als ze schuifelde kon ze nog redelijk vooruitkomen met haar gekneusde enkel. Ze boog zich naar voren en greep de buitenspiegel stevig vast. En nu? Ze moest van de auto weg zien te komen, maar moest er half omheen als ze de volgende auto wilde bereiken. Ze schoof haar rechterhand over de motorkap en omklemde met haar andere hand de rand van de motorkap onder de voorruit. Half over de kap gevouwen, greep ze de rand aan de voorkant van de auto en schuifelde verder. Toen ze ongemakkelijk voor de auto stond, zag ze de kleine ruimte tussen de voorbumper van haar auto en de achterbumper van de SUV. Terwijl ze met één hand nog haar eigen motorkap vasthield, greep ze met de andere het imperiaal van de SUV.

Nu ze op de stalen oplegger tussen de auto's stond, leek het trillen, het gebonk en gekreun van de wielen die over het spoor denderden door heel haar lichaam te gaan. Het was alsof ze zich in een ruimte bevond die gevuld was met luidruchtige machines. Met name het gekrijs, geschuur en gepiep van de wielen gingen door merg en been.

Voor het eerst keek ze door de voorruit naar binnen. Richard had haar ontsnappingsact gevolgd zonder zelf in actie te komen. Blijkbaar was hij nu van gedachten veranderd, want het portier aan zijn kant werd langzaam geopend.

Hij stapte uit, waarbij hij zich vasthield aan de deurstijl en het portier zelf.

'Saskia, kom hierheen. Dit is gekkenwerk!'

Ze reageerde niet. De wielen bonkten en de oplegger bleef mechanisch kreunen.

'Ik kom je halen, hoor!'

Hoewel ze hem graag iets had toegebeten, hield ze haar mond. Ze was benieuwd of hij zijn dreigement waar ging maken. Bovendien moest ze haar krachten sparen in plaats van te schreeuwen.

'Dit is je laatste kans. Als je nu niet komt, kom ik je halen.' Hij liet even een stilte vallen.

'Dwing me hier niet toe, Sas.'

'Mannen die vrouwen slaan zijn lafaards!'

Hij antwoordde, maar zijn woorden werden door de harde wind geblokkeerd waardoor ze het niet verstond. Ze zag hoe hij heel voorzichtig hetzelfde deed als zij net had gedaan. Toen hij op het punt kwam waar hij half over de motorkap naar de voorkant van de auto moest zien te komen, zag ze hem aarzelen.

Na wat wikken en wegen waagde hij het. Op dat moment pakte ze met beide handen het imperiaal van de SUV vast waarop de skibox stond. De reling van het imperiaal bood haar houvast. Langs de rechterkant van de wagen vergrootte ze de afstand tussen haar en Richard, die inmiddels tussen haar auto en de SUV was beland.

Weer schoot de trein onder een van de vele lampen door die aan het plafond van de tunnel hingen. Even dacht ze dat haar hart stilstond. Een klein meisje dat haar gezichtje bijna tegen het achterraam had gedrukt keek haar met een doodsbange blik aan.

Ze voelde hoe haar grip op het imperiaal verzwakte. De kou en de wind begonnen langzaam maar zeker hun tol te eisen. Haar handen verkrampten en de pijnscheuten in haar enkel leken met de seconde te verhevigen. Ze moest volhouden tot de trein uit de tunnel was. In het daglicht, met al die mensen om haar heen, zou Richard niets kunnen doen.

Bij het passagiersraam hield ze weer even stil. Deze mensen zijn waarschijnlijk net zo bang als jij, schoot het door haar heen. In een donkere tunnel hangt er opeens iemand aan jouw auto. Wat zou jij dan doen? Stil blijven zitten en sowieso de deur niet opendoen.

Richard was haar aan de andere kant van de SUV gevolgd. Ook hij gebruikte het imperiaal als houvast.

De volgende auto was een kleine middenklasser. Geen imperiaal en zo op het eerste gezicht geen andere voorwerpen waaraan zij zich zou kunnen vastklampen. Ze moest iets bedenken, want Richard kwam gestaag dichterbij.

Ze bleef staan met haar handen om de imperiaal van de SUV geklemd. 'Blijf daar!' Zijn gevloek werd door de wind opgepakt en meegevoerd. Zijn woede dreef hem sneller voort. Toen de buitenspiegel van de bestuurder binnen handbereik was, sprong hij op de motorkap, strekte zijn arm en greep de hare vast. Ze zette zich schrap en boog naar hem toe. Ze zette haar tanden in zijn arm en beet.

Hij schreeuwde, liet haar los en gleed bijna van de motorkap.

Het werd een race, wist ze. Zo snel als haar bevroren handen, vermoeide spieren en gezwollen enkel het toelieten, liep ze naar de achterkant van de auto. Ze keek heel even naar voren en zag dat Richard zich hersteld had van de beet en haar volgde.

Ze bereikte de achterkant van de SUV. Het was nu alles of niets. Als ze hier bleef om op adem te komen, was ze verloren. Ze negeerde de protesten van haar lichaam en ging met één hand aan het imperiaal hangen. Ze boog zo ver mogelijk naar voren om de rand van de motorkap weer te grijpen. Bijna ging het mis. Toen ze het imperiaal losliet, belandde ze half op de motorkap, maar vond even geen houvast. Ze zwenkte met één hand aan de motorkap weer naar achteren. Snel greep ze de voorkant van de motorkap en kwam even op adem. Omdat Richard ongetwijfeld vlak achter haar zat, moest ze door. Ze gleed langs haar eigen auto en pakte de spiegel aan de bestuurderskant.

Een bons vlak naast haar deed haar schrikken. Richard hing half over de motorkap en ze voelde hoe de carrosserie even bewoog. De wind raakte haar nu vol van achteren, zodat ze alles van haar spieren moest vragen om niet voorover te tuimelen. Met een laatste krachtsinspanning priemde ze haar vingers in het rubberen dakgootje. Ze liet de spiegel los en opende het portier aan de kant van de bestuurder. Door de weerstand van de wind moest ze haar kracht precies verdelen. Opende ze de deur te bruusk, dan verloor ze haar evenwicht en stortte ze van de trein. Voorzichtig opende ze het portier, terwijl ze met haar andere hand het rubber boven haar omklemde. Snel stapte ze voorbij het handvat, pakte de sponning vast en glipte naar binnen. Meteen trok ze de deur dicht en duwde op het knopje van de automatische vergrendeling. Voorlopig was ze veilig.

54

Richard trok aan de hendel van het portier. Toen deze gesloten bleef, ontstak hij in woede.

'Doe die deur open! Doe die deur open of ik sla de ruit in!'

Ze bleef doodstil zitten. Zijn gebrul maakte geen indruk op haar. Omdat het portier geen centimeter meegaf, had Richard zijn hand nog steviger om de hendel geklemd en hing hij er met bijna zijn hele gewicht aan.

'Open die deur, anders krijg jij er net zo van langs als die kutvriendin van je!'

Ze schrok van zijn woorden, maar mocht zich niet laten verleiden tot een domme actie, want dat was waar hij op uit was.

'Laatste waarschuwing!' gilde hij. 'Die deur open, anders sla ik de ruit in!'

Omdat ze niet reageerde op zijn bevel, haalde hij uit met zijn linkerarm. Zijn vuist ramde hard tegen het glas vlak naast haar hoofd. Geschrokken kroop ze ineen. Ze herstelde zich snel en zag dat hij nogmaals uithaalde. Hij hing nu met zijn hele gewicht aan één hand, die de hendel van het portier vasthad. Hiermee nam hij een ontzettend groot risico.

Na de klap dacht ze even dat het glas uit de sponningen zou vliegen. Het hield echter stand en Richard wapperde met zijn hand van de pijn en graaide daarna weer naar het rubberen gootje om even van zijn inspanningen uit te rusten. Je moet iets doen, gonsde het door haar hoofd. Nóg een paar van dit soort tikken en de ruit vliegt eruit. Dat is het begin van het einde. Als hij eenmaal binnen is, ben je verloren.

Richard schreeuwde het uit van woede. Wederom haalde hij uit. Ze boog naar voren en maakte een paniekerige beweging met haar arm. Ze hoorde de klik en kwam omhoog om naar het knopje van de deur te kijken. Richard zag het en trok weer aan de hendel. Het portier bleef gesloten. Maar het geluid van de trein kwam op de een of andere manier luider de auto in. Ze zag Richard naar de achterkant van de auto kijken en in lachen uitbarsten.

'Stom wijf,' schreeuwde hij. 'Je hebt de kofferbak geopend.'

Vanuit de kofferbak kon je op de achterbank komen. Ze kon hem met geen mogelijkheid meer tegenhouden. Hij kon nu rustig aan doen. Het zou haar verbazen als hij nog enig risico nam. Zelfs als ze hem vanaf de achterbank probeerde tegen te houden, zou ze het van hem verliezen.

Terwijl ze hem nauwlettend in de gaten hield, omklemde haar hand de hendel van het portier.

Richard drukte zijn bovenlichaam tegen het raam van de bestuurder. Zijn hoofd stak net boven het dak uit. Er moest een moment komen waarop hij het voorste portier losliet om de hendel van het achterste te grijpen. Dat was haar enige kans. Hij mocht niet bij de achterklep komen. Ze kon hem proberen af te leiden en weer de auto uit vluchten, maar ze kon het niet meer opbrengen. Ze was bang en kon fouten maken. Maar ze was ook woest dat hij haar in deze positie had gedwongen.

De afstand tussen het voor- en achterportier bedroeg ongeveer één meter. Omdat hij zijn balans wilde behouden nam hij zijn tijd. Hij strekte zijn arm, zijn vingers omsloten de hendel van het achterportier. Precies op dat moment trok Saskia aan de hendel van haar portier. Een fractie van een seconde nadat de klik van de automatische vergrendeling had geklonken, trok hij aan de hendel van het portier om zich te kunnen verplaatsen. De deur vloog open. Door de kracht verloor hij ook de grip op de andere hendel. Zijn ijzige gil werd abrupt verbroken toen hij met hoge snelheid tegen de rotswand werd gesmeten.

Saskia sloot haar ogen. Dit was niet gebeurd. Dit had zij niet gedaan. Ze leefde nog, maar voelde zich allesbehalve een overwinnaar.

Amsterdam, oktober 2011

55

Ze liet zich op de bank vallen, wat een dag. Het was bijna middernacht en ze was vanaf vanmorgen vroeg in touw geweest. Ze was gebroken, wilde het liefst slapen, maar wist dat dit voorlopig niet zou lukken. Daarvoor was het nog veel te druk in haar hoofd.

Op kosten van de Zwitserse overheid was ze vanmorgen in het vliegtuig gestapt om als getuige in het proces van Klaus te verschijnen. Het proces zelf stelde minder voor dan dat ze er vooraf van had verwacht. Ze vertelde in de rechtbank haar verhaal en Zalia deed hetzelfde. Hierna kwam de officier van justitie met zijn eis, gevolgd door de advocaat van Klaus. De uitspraak volgde over twee weken.

Tijdens het proces had Klaus geen woord gesproken en constant voor zich uit gekeken. Blijkbaar wilde hij met niemand contact, wat zij had gerespecteerd. Zelfs toen de officier van justitie zijn eis, tien jaar gevangenisstraf, uitsprak, had hij geen spier vertrokken. Hij was zeker tien kilo afgevallen en zijn ogen stonden flets. Hij hoorde alles gelaten aan. Dit was zijn lot, hiervoor had hij op die bewuste vrijdagavond gekozen en dus accepteerde hij het.

In de dagen voor het proces had ze zich vaak afgevraagd wat ze zou voelen als ze hem weer zou zien. Het was berusting, wist ze nu. Ze hadden een fijne tijd gehad die abrupt was afgebroken. Hij zat zijn straf uit en zij moest verder met haar leven, maar ze zou hem nooit vergeten. Hopelijk gold voor hem hetzelfde.

Na het proces was ze met Zalia gaan lunchen. In de afgelopen maanden was hun contact sporadisch geweest, in augustus en september hadden ze elkaar zelfs helemaal niet gesproken. Zalia woonde inmiddels met Dione en Pim in München, waar ze een makelaarskantoor was begonnen. Ook zij had Zwitserland de rug toegekeerd, ook al was het haar thuis geweest.

Ze hadden de hele middag aan tafel gezeten. Zalia vertelde over haar keuze voor München, hoe ze daar via via terecht was gekomen en over de meevallers en tegenslagen waarmee ze was geconfronteerd bij het opzetten van haar nieuwe bedrijf. Over haar privéleven was ze enigszins terughoudend. Ze probeerde er zo veel mogelijk voor de kinderen te zijn en aan een andere man moest ze nog lang niet denken. Daarvoor was alle pijn nog te vers en te rauw. Pim en Dione misten hun vader, maar verder wilde ze er niet op doorgaan. Hierdoor bleef het onduidelijk wat ze precies aan haar kinderen had verteld.

Saskia had ook groot nieuws. Ze was een eigen bedrijfje gestart als binnenhuisarchitect. Het liep nog geen storm met de adviesaanvragen, maar ze redde het net. Liever had ze over een fantastische start verteld, omdat ze zich bijna aan Zalia verplicht voelde om met het startkapitaal dat ze van haar gekregen had, meteen succes te hebben. Maar ze wist ook dat ze de ondernemer in Zalia niet voor de gek kon houden en was dus eerlijk. Toch was haar enthousiasme oprecht, want als Zalia haar dat geld niet had gegeven, had ze waarschijnlijk deze stap niet durven zetten.

Karlies was godzijdank langzaam maar zeker goed hersteld. Ze had geen hersenletsel aan de mishandeling overgehouden, maar wel een aantal littekens. Ze had net plastische chirurgie ondergaan om ze zo onzichtbaar mogelijk te maken. Het leek alsof de mishandeling haar niet klein had gekregen. Ze had haar leven weer opgepakt en genoot van elke nieuwe dag. Althans, zo kwam het over op de buitenwereld. Hoe ze zich werkelijk voelde hield Karlies voor zichzelf. Tweemaal had Saskia het onderwerp aangesneden, om haar te laten weten dat ze er voor haar was, maar haar beste vriendin was beide keren dichtgeklapt. Ze had alleen verteld dat Richard haar had mishandeld om het adres in Zwitserland los te krijgen. Over details wilde ze niet spreken. Wel had ze een nieuw slot op haar deur laten aanbrengen en het schermpje van de intercom laten maken, want dit zou haar nooit meer overkomen. Saskia begreep heel goed dat Karlies er niet aan herinnerd wilde worden en ze bespeurde een beetje schaamte. En als ze iets in Zwitserland had geleerd, was het om niet te veel aan te dringen.

Al met al begon ze haar leven dus weer op orde te krijgen, vertelde ze Zalia. Ze woonde weer in haar oude appartement in de Indische buurt, waar ze zich ondanks alles, thuis en veilig voelde.

Gedurende de lunch van vandaag was de naam van Richard niet gevallen. Het had namelijk geen zin meer om over hem te praten. Zalia had haar fantastisch gesteund na het drama in de tunnel. Ze was direct gekomen en nam haar mee toen de politie daar toestemming voor had gegeven. Iedereen was het erover eens dat het een ongeluk was geweest. Dat hij gek was geworden. Urenlang hadden ze over haar vreselijke ervaring in de tunnel gesproken, maar ook over Jules' dood. De tomeloze inzet van Zalia had enorm bijgedragen aan de verwerking van alle gebeurtenissen, zodat ze ook echt door kon. Ze had gehoopt dat het voor Zalia ook geholpen had.

Tijdens het afscheid had Zalia haar nog verteld dat ze twee weken geleden toevallig in gesprek was geraakt met een zekere Franz Heidelmann. Hij was de eigenaar van een architectenbureau in München. Toen het zo ter sprake was gekomen, had ze hem verteld over haar Nederlandse vriendin die in Zwitserland zulke uitstekende ideeën op papier had gezet. Hij had direct interesse getoond en gevraagd of zij in de omgeving van München kon of wilde werken. Echte vakmensen waren namelijk schaars, had hij haar verzekerd.

Saskia glimlachte. Zelfs nu ze geen deel meer uitmaakte van haar gezin, probeerde Zalia toch nog een goede baan voor haar te vinden. Een uitzonderlijke vrouw.

November, 2011

56

Ze kwam haar appartement binnen, hing haar jas aan de kapstok en liep door naar de keuken. Ze schonk een glas mineraalwater in en dronk dit met flinke teugen leeg. Binnenkoorts, dacht ze cynisch. Dat krijg je als je de hele dag op kantoor voor je uit zit te staren en jezelf opvreet. Niet van de zenuwen, maar van onmacht en verontwaardiging. Ze was verdorie een prima binnenhuisarchitect! Waarom rinkelde die telefoon dan niet en bleef de voordeur gesloten? Het was om gek van te worden.

Weer een nutteloze dag, de zoveelste op rij. Ze was gestopt met tellen, daar werd je alleen maar depressiever van. Haar laatste klus dateerde alweer van drie weken geleden. Het interieur van een pand in de grachtengordel was volgens de eigenaar nodig toe aan een make-over. Hoewel haar naam niet was gevallen, wist ze bijna zeker dat Karlies de man kende en had aangedrongen haar beste vriendin het aan te laten pakken.

Het was lief bedoeld en ze waarderde het best wel, maar op deze voet kon ze niet verder. Het moment dat ze een eerlijke evaluatie moest maken over haar eenmansbedrijf kwam steeds dichterbij. Natuurlijk wilde ze deze confrontatie uitstellen, maar als ze graag haar vak wilde uitoefenen, moest het wel bestaansrecht hebben. Zo niet, dan moest ze iets anders gaan doen. Hard, maar realistisch.

Vanavond had ze met Karlies afgesproken. Die had een nieuwe hobby, waar ze haar graag bij betrok: het keuren van nieuwe hippe eettentjes in Amsterdam. Als het haar beviel, dan seinde ze al haar vrienden in. Dat die niet onbemiddeld en onbekend waren, wist de Amsterdamse horeca inmiddels ook, waardoor ze altijd met alle egards behandeld werd. Ze was een wandelende reclamezuil, mits ze tevreden was.

Eigenlijk had Saskia helemaal geen zin om vanavond weer uit eten te gaan, eruit te moeten. Ze deed het voor Karlies, maar beleefde er zelf niet altijd plezier aan. Het was allemaal zo pretentieus. Bovendien doken er continu vrienden van Karlies op die ze niet kende of met wie ze niets had. Gelukkig had Karlies dit inmiddels begrepen en probeerde ze erop te letten haar tijd met Saskia ook echt aan haar te besteden in plaats van aan de omgeving.

Ze ging achter haar computer zitten. Voordat ze zich ging douchen en omkleden wilde ze haar mail nog even checken. Er was een bericht. Niet van een klant, maar van Zalia. Ze fronste en ging er eens goed voor zitten.

Hallo Saskia,

Hoe is het ermee? Loopt je bedrijf al beter? Ik hoop het, want na alles wat zich in de afgelopen maanden heeft afgespeeld, is het de hoogste tijd dat jij de wind mee-krijgt.

Hier in München komt ons leven beetje bij beetje op orde. Pim en Dione hebben het gelukkig naar hun zin op school. In het begin was dat wel anders, maar dat lijkt me vrij logisch. Nu ze eenmaal gewend zijn, gaat het gelukkig stukken beter. Zoals ik jou verleden maand tijdens de lunch al vertelde, hebben ze het nog steeds over jou. Je hebt echt een onuitwisbare indruk op ze gemaakt, meid!

Via vrienden heb ik vernomen dat Klaus is veroordeeld tot een gevangenisstraf van acht jaar. Hoe moeilijk het ook is om dit op papier te zetten, ik vond dat ik het moest doen. Dat ik het tegenover jou verplicht was. Als jij erover wilt praten, je hebt mijn nieuwe nummer. Of over de mail, wat jij wilt.

Ik besluit met nieuws, of het goed is moet jij maar beoordelen. Weet je nog dat ik je vertelde over Franz Heidelmann? Die eigenaar van dat architectenbureau? Nou, ik heb hem eergisteren weer ontmoet. Een gesprek over onroerendgoedprojecten waarvoor hij zowel zakelijk als privé interesse heeft. Omdat we inmiddels een stadium hebben bereikt waarin knopen moeten worden doorgehakt, heb ik een vluchtig onderzoek naar hem laten doen. Gewoon om te weten of hij werkelijk is wie hij zegt dat hij is.

Om een lang verhaal kort te maken: Heidelmann is inderdaad gefortuneerd. Hij heeft tachtig mensen in dienst en zijn bedrijf loopt als een trein. Waarom ik dit meld? Nou, tijdens ons gesprek herinnerde hij zich wat ik over jou had gezegd. Zijn bedrijf heeft veel projecten lopen en zit te springen om vakmensen. Hij is heel benieuwd naar je. Dus... mocht je belangstelling hebben, ik kan een gesprek voor je regelen. Als je er een paar dagen aan wilt vastknopen, is dat ook mogelijk. De kinderen willen je graag zien, wat natuurlijk ook voor mij geldt. Ik denk dat het een uitgelezen kans is voor een prima positie in een bedrijf met doorgroeimogelijkheden. Maar die beslissing is aan jou.
Liefs,
Zalia

Ze las de mail nogmaals door. München, een architectenbureau met doorgroeimogelijkheden. Ze stond op, liep naar het raam en keek naar buiten. Het regende. Kleine druppels die je bijna niet voelde maar die je na verloop van tijd toch doorweekt maakten. Mensen liepen op het trottoir, hoogopgetrokken kragen. Hier en daar een paraplu. Auto's reden stapvoets; vrijdagavond, uitgaansavond, het was druk op straat. Even overwoog ze om niet te gaan, maar ze zou haar afspraak met Karlies niet afzeggen. Nu hadden ze echt iets te bespreken.
Ze liep naar de douche. Terwijl ze haar kleren uittrok, kon ze alleen nog maar aan München denken. Ze was er nog nooit geweest en ze had niet gedacht nogmaals naar het buitenland te gaan. Misschien zou daar binnenkort toch verandering in komen.

Joyce kwam langzaam bij bewustzijn. Terwijl haar oogleden trilden, schoten talloze onsamenhangende beelden over haar netvlies. Wit licht, een trap, de man met de schokkende schouders, zijn buik, de haarlokken van een vrouw. Ze knipperde met haar ogen en keek verschrikt om zich heen. Binnen enkele seconden was het haar duidelijk waar ze zich bevond.

ISBN 978 90 229 9708 6

Suzanne Vermeer
De suite

Als hotelmanager van een populair hotel op Tenerife heeft alleenstaande moeder Joyce Nieuwpoort geen alledaags leven. Met hard werken heeft ze inmiddels een zeer goede reputatie opgebouwd. Nu Russische toeristen het eiland als perfecte vakantielocatie hebben ontdekt, is het drukker dan ooit. En al heeft ze niet veel qualitytime om met haar tienerzoon Jason door te brengen, ze probeert hem toch zo goed mogelijk op te voeden.

Op een avond moet Joyce overwerken. Onverwachts wordt ze overmeesterd door twee mannen die haar bedwelmen. De volgende dag komt ze bij in een van haar eigen hotelsuites, maar ze kan zich niets herinneren. Dan wordt ze geconfronteerd met een man die haar kan vertellen wat haar over-komen is, en waarom. Ze moet een suite volledig tot zijn beschikking stel-len of anders zorgt hij ervoor dat haar leven een hel wordt…

*'**** De laatste bladzijden zijn zo spannend, dat je bijna vergeet adem te halen.'* — VIVA over *De vlucht*

Een snowboarder schoot voor haar langs. Ze vond het vreemd dat zo'n snelle wintersporter naar rechts ging en zich tussen de minder ervaren skiërs meng-de. [...] Op volle snelheid draaide hij opeens scherp naar rechts en gleed veel te hard naar de rand van de piste, waar een instructeur een groepje kinderen voorging. Het klasje skiede in een lint achter hun begeleider aan, die een zwart jack droeg. Manon zag precies wat er gebeurde.

ISBN 978 90 229 9480 1

Suzanne Vermeer
Après-ski

In het huis van de familie Dijkstra is de spanning om te snijden. Sinds kort woont de drieëntwintigjarige Manon na een verbroken relatie weer thuis. Haar ouders en jongere zus Fleur, die in alles haar tegenpool is, vinden haar maar een losbol, die niets serieus aanpakt. Toch gaan ze, volgens traditie, ook dit jaar weer met het hele gezin op wintersport naar Oostenrijk.

Op de tweede dag van hun vakantie wordt de blauwe piste ontregeld door een snowboarder die dwars door een skiklasje heen schiet. Manon aarzelt niet en redt een meisje dat van schrik op de zwarte piste afstormt. Haar reddingsactie valt op en ze wordt door de leiding van de skischool gevraagd om voor hen te komen werken. Het ongeval blijkt pas het begin te zijn van een serie akelige incidenten. Wat begon als een droombaan voor Manon, verandert algauw in een nachtmerrie.

'Een spannend boek voor bij de knapperige openhaard!' – YES

'Is er nieuws?' Haar tong struikelde bijna over de
woorden.
'Er is nieuws,' sprak de man op een ingehouden
toon. 'De zoekoperatie is zojuist beëindigd. Uw man
is niet gevonden.'
Ze hoorde hoe hij zijn adem inhield om naar de
juiste formulering te zoeken. 'Het spijt me om u dit
te moeten mededelen, mevrouw Van Rijnsburg.'
Hij haperde even. 'Uw man is nu officieel vermist.'

ISBN 978 90 229 9479 5

Suzanne Vermeer
Cruise

Heleen en Frank zijn vijftien jaar getrouwd. Kinderen hebben ze nooit
gekregen, hoewel Heleen dat graag had gewild. Als touroperator is Frank
vaak van huis. Op een dag komt hij onverwacht eerder thuis en verrast hij
Heleen met een romantische cruise ter ere van hun jubileum. De reis is
geweldig, totdat Frank verdwijnt... Heleen is in alle staten, maar hij wordt
niet gevonden. Gebroken keert ze terug naar Nederland. Na een paar moeilijke maanden nemen twee verzekeringsmaatschappijen contact met haar
op. Heleen komt erachter dat Frank een dubbelleven leidde en een kant had
die ze nooit had verwacht. Dan gaat bij haar de knop om en zet ze alles op
alles om achter de waarheid te komen. Dat wordt haar niet in dank afgeno-
men...

'Met Cruise *bewijst de auteur definitief haar*
kwaliteiten.' – EZZULIA.NL

Het bloed was uit Isabels gezicht getrokken.
Haar pupillen waren groot. Ze keek alsof ze een
aanstormende trein zag en geen kant op kon. Haar
mond stond iets open, woorden leken in haar keel
te blijven steken. Met verstikte stem zei ze: 'We
komen eraan.' Daarna legde ze de hoorn op de haak.
Haar ogen waren vochtig, haar blik angstig.
'Bibi wordt vermist.'

ISBN 978 90 229 9522 8

Suzanne Vermeer
Zomertijd

Koen en Isabel hebben allebei een zeer verantwoordelijke en drukke baan.
Wanneer de schoolvakantie aanbreekt, komen ze in de problemen. Hun
dochtertje Bibi zou, voordat ze zelf met vakantie gaan, een week bij opa en
oma logeren. Maar Isabels vader krijgt een hartinfarct en moet in het ziekenhuis worden opgenomen.
Naast de zorgen die ze om zijn gezondheid hebben, moeten ze opvang voor
Bibi zien te regelen. Op aanraden van een collega van Koen brengen ze haar
naar een zomerkamp.

Elke dag bellen ze met hun dochter om zich gerust te stellen. Totdat ze een
telefoontje krijgen dat Bibi is verdwenen... Een grootscheepse zoekactie
levert niets op. Dan neemt een vreemde contact op met Isabel. Als ze haar
dochter ooit nog terug wil zien, zal ze een hoge persoonlijke prijs moeten
betalen.

'Deze thriller vráágt om een verfilming.' – ESTA